英国ちいさな村の謎⑬

アガサ・レーズンとイケメン牧師

M・C・ビートン　羽田詩津子 訳

Agatha Raisin and the Case of the Curious Curate

by M. C. Beaton

コージーブックス

アガサ・レーズンとイケメン牧師

本書をクルー近くのウアー村在住のミセス・ナンシー・スタッブズに捧げる。
彼女は本書に描かれているよりもずっと品のいい村のアヒル・レースについて
詳しく教えてくださった。心から感謝している。

主要登場人物

アガサ・レーズン……………………元PR会社経営者
ジョン・アーミテージ………………アガサの隣人。探偵小説家
アルフ・ブロクスビー………………牧師
ミセス・ブロクスビー………………牧師の妻。アガサの親友
トリスタン・デロン…………………副牧師
ペギー・スリザー……………………村の女性
ミス・ジェロップ……………………村の女性
ミセス・トレンプ……………………村の女性
フレッド・ランシング………………ニュー・クロスの牧師
ミセス・ヒル…………………………ニュー・クロス在住の女性
リチャード・ビンサー………………実業家
ミス・パートル………………………ビンサーの秘書
ビル・ウォン…………………………ミルセスター警察の部長刑事。アガサの友人
アリス・ブライアン…………………ビルのガールフレンド。銀行の窓口係

1

人生でおもしろいことなんてもうひとつもないんだわ。アガサ・レーズンは、そういう気分になりかけていた。フランスの修道院で修行している元夫のジェームズ・レイシー宛に手紙を書くと、ひと月後に、彼が音信不通になっているという知らせが修道院から返ってきた。また戻ってくると約束して修道院を出ていったきり、まったく姿を見せないし、連絡もないという。

ジェームズはたんにわたしにうんざりしたので離婚したかった、だから修道院を結婚生活から逃げだすための口実に使っただけなのね。そう考えると、アガサは惨めになり落ち込んだ。もう絶対にどんな男にも関心を持たないわ。もちろん、隣のジョン・アーミテージにも。あるとき彼にベッドに誘われて、はねつけ、それ以来気まずくなっている。甘い口説き文句のひとつもなく、愛情を示すこともせずにいきなり誘われたので、プライドがひどく傷ついたからだ。ときどき村で顔を合わせると言葉は交わしたが、ディナーの誘いをすべて断っているうちに、やがてジョンもあきらめたようだった。

そんなわけで、牧師のアルフ・ブロクスビーが副牧師を雇ったというニュースが村じゅうに広まっても、アガサは無関心だった。牧師の妻とは友人だったので教会には定期的に足を運んだが、精神的に向上するためではなく義務感からだった。さらにミセス・ブロクスビーとの友情を大切にしたかったので、カースリー婦人会にも仕方なく出席していた。婦人会は、村の女性たちが基金集めの計画を相談する場だった。

その暖かい八月の夜、アガサは牧師館で開かれる婦人会に重い足どりで向かっていた。彼女の外見はこれまでとがらりと変わっていた。ノーメイク、歩きやすいぺたんこサンダル、ゆったりしたコットンドレス。

書記のミス・シムズが前回の議事録を読みあげた。全員が牧師館の庭に集まっていた。アガサはろくに聞かずに、ミス・シムズのピンヒールが芝生をぐいぐいえぐっているのを見つめていた。

最近、婦人会の会長に選ばれたミセス・ブロクスビーは、お茶とケーキが回されると、メンバーたちに提案した。「みなさん、ご存じのように、来週、新しい副牧師がやって来ます。名前はトリスタン・デロン、きっとみなさんも温かく迎えてあげたいと思っていることでしょうね。そこで、今度の水曜にここで歓迎会を開くつもりです。カースリー村の全員を招待しました」

「押し合いへし合いにならないかしら?」ミス・ジェロップという不明瞭なしゃべり方をするぎょろ目のやせた中年女性が発言した。まるで伝染病にかかったウサギみたい、とアガサはぶしつけにも思った。

「それほどの関心は集まらないと思うわ」ミセス・ブロクスビーは残念そうだった。「最近はそれほど多くの人が教会に来ないから」

でも無料の食べ物と飲み物につられて大勢がやって来るだろう、とアガサは皮肉っぽく考えた。ひとこと言ってやろうかと思ったが、いきなり徒労感に襲われた。ま、どうでもいいわ。わたしは行かないつもりだし。アガサはしばらくの間ロンドンでフリーランスとして宣伝の仕事をしていて、帰ってきたばかりだった。中国製ハーブで作られたミスティック・ヘルス(神秘の健康)という新しい石鹸《せっけん》の宣伝だ。世間では健康的な石鹸なんて求めていない、贅沢な気分を味わわせてくれる石鹸を求めているのだ、と名前にケチをつけたが、メーカーは頑として耳を貸そうとしなかった。もうじき製品発表のパーティーに出席することになっていたので、またロンドンに一週間ほどロンドンに滞在してショッピングを楽しむつもりでいた。

翌週末、アガサはカースリーに帰るためにパディントン駅に向かいながら、ロンドンはどうしてかつてのような魔法をふるわなくなったのだろうと考えていた。そう感じるのはこれが初めてではなかった。いまやロンドンはほこりっぽく、煤《すす》け、騒々しく、威嚇的に感じられた。新しい石鹼の宣伝を手がけたこともたいして楽しめず、もはや自分が属していない世界で動き回っているように感じた。でも、カースリーの村では何が待っているというの？　何も。お決まりの家事、婦人会、村をぶらつくこと、それだけだ。

しかし、モートン・イン・マーシュ駅で停めておいた車に乗りこみ、家までの短い距離を走りだすと、気分が軽くなってきた。ミセス・ブロクスビーを訪ね、牧師館の庭の涼しい緑陰にすわって話をしたら、きっと癒やされるだろう。

ミセス・ブロクスビーはアガサの顔を見て喜んだ。

「まあ、入ってちょうだい、ミセス・レーズン」二人はずいぶん前からの友人だったが、相変わらず堅苦しく「ミセス」をつけてお互いを呼んでいる。これは婦人会の伝統で、現代と現代的なマナーに染まるまいとする抵抗なのだ。

「暑いわね？」牧師の妻は汗ばんだ顔から灰色のほつれ毛をかきあげた。「庭にすわりましょう。話を聞かせて」

お茶を飲みながら、アガサはロンドンでの経験をかなり脚色してしゃべった。

「それで、新しい副牧師はどうなの？」話し終えるとたずねた。

「とてもなじんでるわ。気の毒にアルフは夏風邪で調子が悪いので、このところミスター・デロンにずっとお説教を担当してもらっているの」彼女はクスクス笑った。「アルフにはまだ話していないけど、このあいだの日曜なんて、教会の座席は満員で立ち席しか空いていなかったほど。かなり遠方からも女性が詰めかけたのよ」

「どうして？　そんなにおもしろいお説教をするの？」

「そうじゃないわ。お茶のお代わりは？　ミルクとお砂糖もどうぞ。それはね、彼がとても美しいせいなの」

「美しい？　美しい副牧師なの？」

「目を奪われるほどよ。今度の日曜に教会に来て、自分で確かめてちょうだい」

「それもいいわね。ここでは他にやることもないし」

「あなたが退屈しているのは悪い兆候よね」牧師の妻は心配そうだった。「そのたびに、どこかで殺人事件が起きる気がするから」

「殺人事件なら、そこらじゅうで毎日起きてるわ」

「近所でっていう意味よ」

「殺人事件には興味がないわ。最後の事件ではあやうく命を落とすところだったし。そういえば出発直前にウスター警察本部のブラッジ警部から手紙が来たの。ライセンスをとって、自分の探偵事務所を構えるべきだって勧められたわ」

「まあ、それはいい考えね」

「結局、泥沼の離婚を調査したり、会社に潜入してどのタイピストがオフィスの文房具をくすねているか調べたりってことになるのがオチよ。いやよ、わたし向きの仕事じゃないわ。その副牧師は牧師館で暮らしているの？」

「ミセス・フェザーズのお宅に空いている部屋があったの。ほら、あの老婦人は教会の向かいに住んでいるから、うってつけでしょ。もちろん、ここに住んでもらうつもりでいたのよ、部屋はたくさんあるから。でも、彼が聞き入れなくて。お金に不自由していない、一族の信託基金からささやかな収入があるって言うの」

「そろそろ猫たちのところに戻らなくちゃ」アガサは立ち上がった。「あの子たち、わたしよりもドリス・シンプソンの方が好きなんじゃないかって気がするわ」ミセス・シンプソンはアガサの掃除婦で、留守のときは二匹の猫の面倒を見てくれていた。

「じゃあ、日曜には教会にいらっしゃるわね。副牧師について、ぜひあなたの意見を聞きたいわ」

「あら、そう言うってことは」アガサのクマみたいな目が鋭くなり、好奇心がありありと浮かんだ。「あなたは彼に対する意見を差し控えるって意味ね」

「いいえ、信じられないほどいい人よ。文句を言うべきじゃないわ。彼が来てくれて本当にありがたいと思っている。正直なところ、かわいそうなアルフは少し嫉妬しているみたいね。わたしの口からは何も伝えていないけど、教会が超満員だったことを教区民から聞いたらしいの」

「牧師になると聖人みたいにふるまうことが期待されるんでしょうね。わかったわ。日曜にうかがうわね」


コテージに帰ると、アガサは窓もキッチンのドアもすべて開け放ち、猫のホッジとボズウェルを庭に出してやった。陽だまりの芝生でころげ回っている猫たちを眺めながら、わたしがいなくても寂しいと思ってないみたい、と考えた。ドリスに餌をもらい、庭に出してもらってさえいれば、二匹はこのうえなく幸せそうだ。ドアベルが鳴ったので玄関に行った。隣人のジョン・アーミテージが立っていた。

「お帰りなさいと言おうと思って、ちょっと寄ったんだ」

「ありがとう」アガサはそっけなく応じた。「せっかくだから、中で一杯どうぞ」

ジョンと会うたびに、うっすらと日焼けした顔といい、金髪と緑の瞳といい、とても見栄えがすることに驚きを覚えずにはいられなかった。ジョンはアガサと同年代にもかかわらず、肌はつやつやしていて、ずっと若く見える。お手軽な相手とみなされてベッドに誘われたことはもちろん、その事実もいまいましかった。ジョンは売れっ子の探偵小説家だ。

二人は飲み物を手に庭に出た。「椅子は少しほこりがついてるわ。それどころか庭じゅうのものがほこりっぽくなっている。最近はどうしてたの？」

「執筆と散歩かな。ああ、それから、村じゅうの女性たちが口を開けば、新しい副牧師はすてきだ、とほめちぎるのを耳にタコができるぐらい聞かされたよ」

「それで、実際にすてきな人なの？」

「おべっか使いのろくでなしだよ」

「自分が女性たちに注目されなくなったから、腹を立ててるだけでしょ」

「かもね。彼と会ったかい？」

「その時間がなかったの。日曜に教会へ行って見てくるつもりよ」

「どう思ったか教えてくれ。どこか妙な感じがするんだ」

「どういう意味？」

「はっきりと指摘はできないんだが、なんかうさんくさいんだよ」

「あなただってそうよ」アガサはずけずけ言った。

「どういうところが？」

「あなたは……ええと、五十三歳？　それでも日に焼けた肌はなめらかだし、おまけにどことなくロボットみたいなところがあるわ」

「あなたを誘ったことは謝まった。でも、まだ許してくれていないみたいだね」

「あら、許してるわよ」まだ腹を立てていたが、アガサはすばやく否定した。「ただ……あなたは絶対に気持ちを表に出さないでしょ。それに、たわいのない話はめったにしない」

「新しい村の副牧師についての憶測は、実にたわいのない話だと思うけどな。自分が望むことを期待するんじゃなくて、相手をありのままに受け入れる気はないのかい？」

「つまり、見たままを受け入れるってこと？」

「そのとおり」

アガサが本当に求めていたのは元夫の代わりになる人だったので、ジョンがまったくロマンチックなところを見せないことには、しじゅういらいらさせられた。もっとも、アガサは何かをじっくり検討するタイプではなかったので、ジョンのことは腹立たしい退屈な人間として、もはや見限っていた。

「でも、友人にはなれるよね？」ジョンがたずねた。「だって、わたしは一度へまをしただけなんだし」

「ええ、そうね」友だちならもうたくさんいるわ、と意地悪くつけ加えようかと思ったが、ロンドンからコッツウォルズに引っ越してきたとき、自分には一人も友人がいなかったことを思い出して、かろうじて言葉をのみこんだ。

「だったら、日曜の教会のあとでいっしょにランチでもどうかな」

「いいわよ。ありがとう」


アガサとジョンは説教が始まるきっかり五分前に教会に到着した。信徒席はまったく空いておらず、二人は仕方なく後方に立った。

頭上の尖塔で鳴り響く甲高い鐘の音が止むと、教会内に期待のざわめきが広がった。そのときトリスタン・デロンが祭壇に近づいてきて、信徒たちを見回した。アガサは前の女性の大きな帽子越しに首を伸ばし、感嘆のあまり、ため息をもらした。

副牧師はたしかに美しかった。祭壇のわきに立つ副牧師は金色の巻き毛を日差しにきらめかせている。抜けるように白い肌に大きな青い瞳、完璧な形の唇。アガサは副牧師に見とれながら、機械的に最初の賛美歌を歌い、聖書の朗読に耳を傾けた。それから副牧師は説教壇に上がると、汝の隣人を愛することについて説教を始めた。ふだんだったら、妙に感傷的でくだらない説経だと思っただろうが、アガサは一語も聞きもらすまいと彼の言葉に聞き入った。

説教が終わっても、教会からなかなか出られなかった。誰も彼もがポーチにいる副牧師と言葉を交わそうとしたからだ。ようやくアガサの番になると、トリスタンはじっと彼女の目を見つめ、しっかりと手を握った。

「すてきなお説教でした」アガサはうわごとのように口走った。

トリスタンは温かい笑みを向けてきた。「教会に来てくださってうれしいです。遠くに住んでいらっしゃるんですか？　それとも村を離れていらしたのかな？」

「ここです、住んでるのは。ライラック・レーンに」アガサはしどろもどろになった。

「いちばん奥のコテージです」

ジョンが彼女の背後でじれったそうに咳払いしたので、アガサはしぶしぶ前に進んだ。

「ああ、なんてすばらしい人なのかしら」まえもって相談していたように地元のパブ〈レッド・ライオン〉に歩きながら、アガサは感極まったように叫んだ。

「ふん」ジョンの答えはそれだけだった。

ランチのためにパブに落ち着くと、アガサはさらに続けた。「あんなに美しい男性は初めて見たわ。それに、背も高いし！　百八十三センチぐらいはあるわよね？」

「彼にはどこか妙なところがあるよ。それに、ぱっとしない説教だったし」

「まあ、あなた、嫉妬しているんでしょ」

「信じてもらえないかもしれないけどね、アガサ、わたしはこれっぽっちも嫉妬なんてしてないよ。他の頭の悪い女性みたいに、よりによってあなたが外見だけで若い男性に夢中になるとは意外だね」

「あら、そう、じゃ別の話をしましょ」アガサはむくれた。「新しい本の執筆は進んでいるの？」

ジョンが話しはじめると、その言葉を右から左に聞き流しながら、アガサは副牧師と二人きりで会うための策をあれこれ練った。精神的な導きをお願いしようかしら？　だめだわ、彼はミセス・ブロクスビーに話すだろうし、彼女に計略を見抜かれてしまう。ディナーに誘う？　でも、トリスタンはカースリーだけではなく周辺の村のありとあらゆる女性にもてなされているにちがいない。

「そう思わないかい？」ジョンに何か質問されていることに気づいた。

「え、何を？」

「アガサ、わたしが言ったことをひとことも聞いていなかっただろ。本を書いたら、『副牧師の死』っていうタイトルをつけようかと思ってるんだ」

「頭痛がするの」嘘をついた。「それであなたの話に集中できなかったのよ」


ランチがすむとジョンをさっさと追い払い、アガサは副牧師について胸のときめく空想にふけった。ミセス・ブロクスビーを訪ねて、トリスタンについて情報を仕入れたかったが、日曜は牧師の妻は忙しいので月曜の朝まで我慢するしかなかった。朝になり急いで牧師館に行くと、牧師のアルフがいて、妻は用があって出ていると切り口上で言った。

「日曜に教会に行ったんです。あんなにたくさんの信徒は見たことがなかったわ」

「はあ、そうですか」牧師の声は冷ややかだった。「来週の日曜にわたしが復帰したときも、大勢の信徒が来ることを祈ってますよ。よろしければ、そろそろ……」

牧師はそっとドアを閉めた。

アガサはじれったくて居ても立ってもいられなかった。教会の向かいにはトリスタンが部屋を借りている家がある。なのに、口実がないから彼を訪ねられない。帰ろうとしかけたとき、ミセス・ブロクスビーがやって来るのが見えた。アガサは喜んで彼女を呼び止めた。

「わたしに会いに？　どうぞ入ってちょうだい。お茶を淹れるわ」

ミセス・ブロクスビーが牧師館のドアを開けると、牧師の声がぎくりとするほどはっきりと書斎の方から聞こえてきた。「おまえかい？　あのぞっとする女がたった今来たよ」

「失礼」ミセス・ブロクスビーは断ると、あわてて書斎に駆けこんでいきドアを閉めた。

少しして、顔をほんのり赤らめながらミセス・ブロクスビーが部屋から出てきた。

「かわいそうなアルフ、押し売りの女性に白いヒースを買ってくれってうるさくつきまとわれたみたい。主人は暑さのせいで、かなりピリピリしているの。お茶でいいかしら」

「できたらコーヒーを」アガサは彼女のあとからキッチンに入っていった。

「庭に出ましょう。そうすれば煙草を吸えるわよ」

「忘れたのね。禁煙したのよ。催眠術師を訪ねたおかげで効果があったわ。いまだに煙草は焦げたゴムの味がするの、彼に言われたとおりよ」

ミセス・ブロクスビーはコーヒーを淹れ、ふたつのマグカップをトレイにのせると庭に運んでいった。「この暑さは嫌になるわね」ミセス・ブロクスビーはトレイをガーデン・テーブルに置いた。「おかげでみんないらついてるわ」

「日曜に教会に行ったわ」アガサは切りだした。

「たくさん人が来ていたでしょ。楽しめた？」

「とっても。副牧師にすっかり心を奪われたわ」

「ああ、ミスター・デロンね。彼の並外れて美しい顔以外には、何か気づいた？」

「ポーチで言葉を交わしたわ。とても魅力的だった」

「まさに魅力たっぷりね」

「あなたは彼が好きじゃないでしょ。その理由もわかるわ」

「あら、教えて」

「彼は教会を満員にしているから。ミスター・ブロクスビーには絶対にできなかったのに」

「ミセス・レーズン、わたしがそんなに心の狭い人間だと思ってるの？」

「ごめんなさい。でも、彼は本当にすばらしいお説教をしたわよ」

「でしょうとも！　だけど、お説教が何についてだったか忘れてしまったわ。教えてちょうだい」

しかし、どんなにがんばっても、アガサは内容を思い出せず、ミセス・ブロクスビーの穏やかな目に見つめられるうちに頬がほてってきた。

「ねえ、ミセス・レーズン、美しさはとても危険なものだわ。人格形成を邪魔しかねないから。というのも、世間は美しい人だと、人格もすばらしいと考えたがるからよ。本当はそうじゃなくても」

「やっぱり彼が好きじゃないんでしょ！」

「わたしには彼がわからないし、理解できないのよ。その話はこのぐらいにしましょう」

家に帰ってくると、アガサは落ち着かず、満たされない思いで一杯になった。もう一度メイクして、いちばんエレガントな服を着た。副牧師と会えるのが、教会のポーチで日曜に一分だけなんて、そんな状況に甘んじるアガサではなかった。

ドアベルが鳴った。期待しながら、髪とメイクを廊下の鏡でチェックしてから、ドアを開けた。婦人会の書記のミス・シムズが立っていた。

「どうぞ」気晴らしになりそうでほっとしながら、ミス・シムズを招き入れた。

ミス・シムズはハイヒールで危なっかしく歩きながらついてきた。暑い日だったので、最低限の服しか身につけていなかった。チューブトップ、ミニスカート、生足。暑い日にストッキングをはかずに歩き回れる女性がうらやましい。アガサは素足で出かけると、靴でかかとが擦れ、靴擦れができてしまうのだ。

「彼ってゴージャスよね?」ミス・シムズはキッチンの椅子にすわると、うっとりしながら口を開いた。「教会であなたを見かけたわ」

「副牧師のこと? ええ、かなり目の保養になる人ね」

「それだけじゃないの。彼は才能に恵まれているのよ」息をはずませている。

「どういう才能? 何カ国語もしゃべれるとか?」

「まさか! 癒やしよ。背中が猛烈に痛くて、村で会ったときにそのことで相談したら、部屋に連れていって、両手をあたしの背中にあてがってくれたの。するとじわっと熱くなってきたのよ」

そうでしょうとも。苦々しい嫉妬がわきあがった。

「とたんに痛みは消えちゃったの、あっという間に!」

トントンという足音がして、掃除婦のドリス・シンプソンが掃除機を手にして階段を下りてきた。「これからリビングを掃除したら帰ります」彼女はキッチンのドアからのぞきこんだ。

「あの新しい副牧師のことを話してたの」ミス・シムズが言った。

「ああ、彼ですか」ドリスはフンと鼻を鳴らした。「小ずるい悪党ですよね」

「ちょっと戻ってきて」ドリスが行こうとすると、アガサは怒鳴った。

「何ですか？」ドリスは戸口に立ち、エプロンの上で腕を組んだ。猫たちは喉をゴロゴロ鳴らしながら、ドリスの足首に体をすりつけている。

「どうしてトリスタンを小ずるい悪党って言ったの？」アガサはたずねた。

「そうですねえ」ドリスは灰色の頭をかいた。「どこかぞっとするところがある気がして」

「でも、彼のことはよく知らないんでしょ」アガサは問いただした。

「ええ、ただの印象です。さて、もう仕事にとりかからないと」

「あの人に何がわかるっていうの？」ミス・シムズが文句をつけた。「ただの掃除婦なのに」自分自身も「紳士のお友だち」と遠回しに呼ぶパトロンがいないときは、他人の家の掃除をしていることをころっと忘れているようだった。

「そうよね。彼の部屋はどんなふうだったの？」

「ええと、ミセス・フェザーズのコテージはすごく暗いんだけど、絵とか小さなラグで部屋を明るい感じにしていたわ。専用のキッチンはないけど、年取ったミセス・フェザーズが料理をしてくれるんですって」

「ミセス・フェザーズはついてるわね」

「デートできないかな、って思ってるとこ」

アガサは身をこわばらせた。「彼は聖職者よ」語気を荒らげた。

「だけど、カトリックじゃないわ。みんなと同じように女性とつきあえるのよ」

「バスルーム設備の仕事をしているっていう紳士のお友だちはどうしたの？」

ミス・シムズは含み笑いをもらした。「内緒にしとくわ。どっちみち、彼は結婚しているし」

ふだんは押しの強いアガサも、ミス・シムズには負けた。それに、トリスタンは若かった。たぶん三十ちょっとだろう。そしてミス・シムズはまだ二十代後半だ。

ミス・シムズが帰ってしまうと、アガサはそわそわと歩き回りはじめた。キッチンの引き出しを開けて、煙草のパックをじっと見つめた。とうとうパックをとりだすと、一本に火をつけた。ああ、最高！　すばらしい味がする。催眠術師の呪いは消えたのだ。くらくらするめまいがおさまるまで、テーブルにつかまっていた。健康のことを、肺のことを考えなさい、と頭の中で叫んでいる声がする。「とっとと消えて」アガサは内なる声につぶやいた。

またドアベルが鳴った。おおかた、またどこかの女が副牧師に手をあてがわれたことで有頂天になって、報告にやって来たのだろう、と苦々しく考えた。

勢いよくドアを開けた。

目の前にいたのは微笑んでいるトリスタン本人だった。

青いシャツに青いチノパンツの姿に、アガサはまばたきした。「まあ、ミスター・デロン」小さな声で言った。「ようこそ」

「トリスタンと呼んでください。日曜の教会であなたは目立っていたし、ロンドンから来たと小耳にはさみましてね。ぼくは今も都会の暮らしがなつかしいし、いまだ田舎についてはよく理解できずにいるんですよ。突然ですが、今夜、ごいっしょにディナーでもいかがかと思ったんです」

「ええ、それはすてきね」もっと分厚くメイクしておけばよかった、と思いながら答えた。「どこで？」

「ああ、ぼくの部屋で、かまわなければ」

「うれしいわ。何時ですか？」

「八時では？」

「けっこうよ。よかったら寄っていらっしゃらない？」

「いえ、またにします。教区の訪問の途中なので。では今夜」

トリスタンは明るい微笑をアガサに向けると、手を振って歩み去った。

アガサはキッチンに戻った。膝がガクガク震えている。年を思い出しなさい、と頭の中の声が叱責《しっせき》した。アガサはそれを無視すると、もう一本煙草に火をつけ、何を着ていこうかとあせりはじめた。楽な服はもうけっこう。ディナーに誘うとは、副牧師はわたしのどんな噂を聞きこんだのだろう、と考えずにはいられなかった。自分をとびぬけた重要人物だと思うことにした。それは劣等感を覆い隠すための彼女なりのやり方だった。


数時間後、ゴールドのシルクドレスでさわやかな夏の夜に出ていったとき、コテージの寝室には却下された大量のドレスが散らばっていた。シンプルなシャツドレスを選んだ。村のコテージのディナーには、かしこまったイブニングドレスはふさわしくないと判断したからだ。

顔をそむけて牧師館を通りすぎると、ミセス・フェザーズの家のドアをノックした。なんとなく賛成してもらえない気がして、ミセス・ブロクスビーには招待の件は話していなかった。

老ミセス・フェザーズがドアを開けた。白髪交じりの髪で腰が曲がり、穏やかで善良そうな顔をしている。「そのまま二階に上がってください」

アガサは狭いコテージの階段を上がっていった。踊り場でトリスタンがドアを開けた。「ようこそ。おしゃれですてきですね」

狭い部屋に通されると、ディナー用に白いクロスをかけたテーブルが用意されていた。

「すぐに始めましょう」トリスタンは階下に叫んだ。「もう運んで来てもらっていいですよ、ミセス・フェザーズ」

「お手伝いしなくていいのかしら?」アガサは心配になった。

「いや、大丈夫。彼女のお楽しみをだいなしにしないでください。ぼくの世話を焼くのが大好きなんです」しかし、しばらくしてミセス・フェザーズが重いトレイを運んでくると、アガサはいたたまれない気持ちになった。老婦人はフォアグラのパテとメルバトーストを盛りつけた皿を二枚と、冷えたワインボトルとグラスふたつを並べた。

「次の料理を出してほしいときは声をかけてくださいね」

アガサは席についた。ミセス・フェザーズは大きな白いナプキンをアガサの膝に広げてから、階段をギシギシいわせながら下りていった。

トリスタンがワインを注ぎ、彼女の向かいにすわった。「さあ、あなたみたいな洗練された女性が、どうしてまたコッツウォルズくんだりまでやって来たのか話してください」

アガサはコッツウォルズの村に住むという夢をずっと抱いていたのだ、と打ち明けた。年齢を推測されるのが嫌で、早期退職したという部分は省略した。そうやってしゃべり、食事をしながら、アガサは向かいにすわる副牧師の美しさを心ゆくまで堪能した。金色の巻き毛に縁どられた無垢で中性的な目鼻立ちは、まるで地上に降り立った天使のようだ。ただし、鍛えられたがっちりした体つきはあくまで男性的だった。

トリスタンは立ち上がると二番目の料理を頼んだ。ミセス・フェザーズは新じゃがいもとサラダを添えた牛ヒレ肉のロッシーニ風を運んできた。

「ミセス・フェザーズの料理の腕はすばらしいですよね?」トリスタンは二人きりになると言った。

「ええ、ほんとに。このステーキは完璧だわ。どこでヒレ肉を買ったんですか?」

「買い物はミセス・フェザーズに任せたんです。特別なごちそうにしてほしい、とだけ伝えました」

「この食材のお代金、彼女がすべて負担したんじゃないですよね？」

「ミセス・フェザーズはどうしてもぼくの食事代を払いたいと言って聞かないんですよ」

アガサはざわついた気持ちでトリスタンを見た。ミセス・フェザーズのような年老いた未亡人には、こんな高級な食材やワインの代金を出す余裕はないはずだ。しかし、トリスタンはそれを当然の贈り物として受け止めているようで、さらにアガサの人生について質問を続けた。ステーキを食べ終えると、ミセス・フェザーズはベイクトアラスカを運んできた。

「わたしのことばかり話してしまったわ。あなたのことは何ひとつ知らないのに」

「たいして話すこともありませんよ」

「ここに来る前はどこにいたの？」

「ロンドンのニュー・クロスの教会です。通りから不良少年を一掃するために少年クラブを運営していたんです。襲われるまでは順調だったんですけどね」

「いったい何があったの？」

「ギャングのリーダーの一人が、ぼくにメンバーを奪われていると逆恨みしたんですよ。家に帰る途中で五人組に襲われました。ひどく殴られ、肋骨が折れ、おまけに、白状するとノイローゼになってしまって、田舎でしばらく過ごす方がいいかもしれないかと考えたんです」

「なんて恐ろしい目に遭ったんでしょう」

「もう克服しました。人生にはそういうこともありますよ」

「どうして教会に入りたいと思ったの？」

「人助けができる気がしたんです」

「それで、ここでは幸せ？」

「ミスター・ブロクスビーは、ぼくが気に入らないんじゃないかな。ちょっと嫉妬しているんだと思います」

「あの人は気むずかしいから。わたしのことも嫌っていると思うわ」二人とも牧師に嫌われていることで声を揃えて笑った。

「探偵の仕事をしているって言ってましたね。それについて話してくれませんか？」

そこでアガサはデザートを食べ、コーヒーを飲みながら熱弁をふるい、ふと気づくと真夜中近くになっていたので、しぶしぶ帰ることにした。

「そうそう、ぼくは株取引の才能があるんです。みんなに一財産こしらえてあげていますよ。お手伝いしましょうか？」

「とても優秀な株式仲買人に頼んでいるの。でも、必要があればお願いするかも」

家まで送ってくれるだろうとひそかに期待していたが、トリスタンは先に立って階段を下りていくと、アガサと向き合った。「今度はわたしがごちそうするわね」

「約束ですよ」トリスタンはかがみこんでアガサの唇にそっとキスした。陶然としながらアガサは彼を見上げた。トリスタンはドアを開けた。「おやすみなさい、アガサ」

ドアが背後で閉まった。牧師館の二階の窓にミセス・ブロクスビーの顔がちらっと見えたが、すぐに消えた。

コテージに帰り着くと、次のディナーの約束をしなかったことに気づいた。彼の電話番号すら知らない。電話帳をめくって、ミセス・フェザーズの番号を見つけた。まだ寝ていることはないだろう。ダイヤルした。ミセス・フェザーズが電話に出たので、トリスタンと話をしたいと伝え、いらいらしながら待った。

ようやく彼の声が聞こえてきた。「もしもし？」

「アガサです。次のディナーの日を決めるのを忘れていたでしょ」

沈黙が広がった。それから小馬鹿にしたようなくぐもった笑い声。「おや、熱心ですねえ。また連絡します」

「おやすみなさい」アガサはすばやく言うと、受話器を熱々のじゃがいもみたいに放りだした。

のろのろとキッチンに入っていき、テーブルについた。屈辱で顔がほてっている。なんてお馬鹿さんなの、頭の中の声が言った。今度ばかりはアガサも悲しげに同意した。

翌日、目が覚めて真っ先に思ったのは、二度と副牧師とは会いたくないということだった。彼のせいで、あんな馬鹿な真似をしたんだわ。風が強くなって屋根の乾いた茅葺《かやぶ》きがざわざわと鳴り、つむじ風がライラック・レーンを吹き抜けていく。アガサはどうにかベッドから出て、現実と向き合うことにした。トリスタンがわたしのことを笑い物にしてミセス・ブロクスビーに話したらどうしよう？　いつものようにブラックコーヒーの朝食をとると、ホースの水まきは禁止されたとラジオで言っていたので、じょうろで庭に水やりをすることにした。庭に歩きかけたとき、サイレンが村の静謐《せいひつ》を破って響き渡った。ゆっくりとじょうろを置くと、耳を澄ませた。サイレンはライラック・レーンの入り口を通り過ぎ、教会の方に進んでいって止まった。

アガサはじょうろを放りだすと、家を走り抜けて小道に飛びだした。ぺたんこサンダルでほこりをまき散らしながら、牧師館めざして走りだす。神さま、どうかミセス・ブロクスビーの身に何かあったのではありませんように。

三台のパトカーと救急車が停まっていた。野次馬が集まってきている。アガサは〈レッド・ライオン〉の店主ジョン・フレッチャーを見つけてたずねた。

「誰か怪我でもしたの？　何があったの？」

「わからないんだ」ジョンは答えた。

二人は長いあいだ待っていた。もやのような雲が太陽を隠してしまい、風が止み、あたりは静まり返った。野次馬のあいだに噂が飛び交っている。牧師だ、ミセス・ブロクスビーだ、副牧師だ。

牧師館の外で無表情な警官が任務についていた。彼は質問に答えるのを拒否し、ただ「移動してください。何も見るものはありません」と繰り返しているだけだった。

白衣の鑑識課員が到着した。人々は立ち去りはじめた。「店を開けないと」パブの店主は言った。「いずれわかるだろうしね」

アガサの隣にジョン・アーミテージが現れた。「何が起きているんだ？」

「わからないの。ミセス・ブロクスビーに何かあったんじゃないかって心配で心配で」

そのとき友人のビル・ウォン部長刑事が女性の警官を連れて牧師館から出てきた。

「ビル！」アガサは叫んだ。

「あとで」彼と女性警官はミセス・フェザーズの小さなコテージに向かい、ドアをノックした。老婦人がドアを開け、二人は何か言った。老婦人は震える手を口元にあてがい、三人とも家に入っていきドアが閉まった。

「答えは出たな」ジョン・アーミテージが言った。

「副牧師ね。救急車が出発しないから、彼は死んだんだわ！」

2

ジョンとコテージにいったん戻り、改めて牧師館を訪ねることにした。

「副牧師を殺したいと思ったのは誰だろう？　副牧師が犠牲者だとしてだが」ジョンがたずねた。

わたしよ、とアガサは心の中で思った。ゆうべ彼を殺してやりたいと思ったわ。

声に出しては「待つのは嫌ね」と言った。ミセス・フェザーズは質問されたら、ゆうべのあのディナーのことを警察にしゃべるにちがいない。ジョンにはゆうべのことを知られたくない。警察がここに来る前に、どうにかして追い払わなくては。

「落ち着かないわ」アガサは立ち上がった。「散歩に行ってくるわね」

「いい考えだ」

「一人でよ」

「ああ、そうか」

ドアまでいっしょに行き、アガサがドアを開けると、ミルセスター警察署のウィルクス警部がビル・ウォンと女性警官を従えて立っていた。

「入ってもよろしいですか？」ウィルクスがたずねた。

「ええ」アガサは顔を紅潮させて応じた。「じゃあ、またね、ジョン」

ジョンはアガサに背中を押されて外に出ていった。

アガサは警察をリビングに通すと、なぜかうしろめたい女生徒のような気分ですわった。

「何があったんですか？」彼女はたずねた。

「副牧師のミスター・デロンが今朝、牧師の書斎で死んでいるのが発見されたんです。刺されていました」

アガサはヒステリーの発作が起きるのを感じた。

「ミステリ小説みたいに珍しい東洋の短剣で刺されたのかしら？」くぐもった笑いがもれた。

ウィルクスはじろっと彼女を見た。

「牧師のデスクにあったペーパーナイフで刺されていました」

アガサは必死にヒステリーを抑えつけた。

「ペーパーナイフじゃ、人を殺せないわよ」

「そのナイフでなら可能でした。きわめて鋭利だったんです。ミスター・ブロクスビーの話だと、常に研いでいたようだ。教会の維持のために信徒たちがお金を寄付する献金箱が横倒しになっていて、お金はなくなっていました」

「いくら寄付されたか記録するために、牧師がときどき教会から運んでくるみたいね。だけど、ミスター・デロンが泥棒と鉢合わせしたなんてありえない。盗むほどの寄付は入っていなかったと思うわ」

「ところが牧師によると、今回はかなり入っていたんですよ。副牧師は先々週の日曜の説教で、教会の維持のために寄付することの重要性を力説したんです。箱には数百ポンドが入っていました。牧師は中をのぞいただけできちんと勘定しなかった。今日きちんと計算するつもりでいたそうです」

「だけど、ミスター・デロンは牧師の書斎で何をしていたのかしら?」アガサは質問した。

「できたら推測は中断して、あなたの行動についてお訊きしたいんですが、ミセス・レーズン。昨夜、ミスター・デロンとディナーを共にしたそうですね。そして真夜中頃に帰った」

「ええ」

「彼と親しいのですか？」

アガサの顔は真っ赤になった。「もちろんちがいます！　あの人のことはほとんど知りません」

「それでもディナーに誘われた」

「ああ、教区の件だと思ったんです。ああやって信徒たちと知り合いになろうとしているんでしょう」

「で、何を話したんですか？」

「彼は聞き上手なんです。もっぱらわたしの話ばかりしていました。彼自身についてたずねると、ロンドンのニュー・クロスの教会にいて、少年クラブを設立したと話してくれました。でも、あるギャングのリーダーに、その界隈の少年を奪われたと恨まれ、五人組にさんざん殴られたそうです。ノイローゼになったと言ってたわ」

「そして、真夜中に別れて、それっきりですか？」

「もちろん」

「彼が特別に親しくしていた村の女性を知っていますか？」

「いいえ。だいたい、わたしはついこの間まで留守にしていたんです。ロンドンで仕事をしていたのよ。初めて彼に会ったのは先週の日曜で、教会のポーチだった。そうしたら、きのう、うちにやって来て、ディナーに招待してくれたの」

「もう一度最初から話してください」ウィルクスが言った。

アガサはまたすべてを繰り返しながら、顔がほてるのを感じた。警察はミセス・フェザーズの家の通話記録を調べるだろうから、アガサが家に帰ってから彼に電話したことがばれるだろう。

「どうかしたんですか？」ウィルクスが彼女の赤い顔を無遠慮に見ながらたずねた。

「家に帰ってから、次回のディナーの約束をしたのに、日を決めていなかったことに気づいたんです。それで電話したら、また連絡すると言われました」

「彼が言ったのはそれだけですか？」

「もちろんです」嘘をつく人に特有のやけに断固とした口調で否定した。

「とりあえず、このぐらいでけっこうです。署に来て、供述書にサインをお願いしたい、ええと、明日の朝に。それから、さらに質問が出てくる事態に備えて、いつでも連絡がとれるようにしていてください」

彼らが帰ろうとして立ち上がると、友人のビル・ウォン刑事がすばやくウィンクした。

「あとで連絡して」アガサは唇だけ動かした。

ウィルクスが出ていくときに、アガサは叫んだ。「ミスター・デロンはいつ殺されたんですか?」

彼は振り向いた。「わかりません。ミセス・ブロクスビーが今朝六時半に起きて庭に出ていくと、書斎に通じる両開きのドアが大きく開いていた。書類が風に舞っているのが見えたので、中に入ってドアを閉め、副牧師の死体を発見したんです」

アガサは胸に大きな安堵が広がるのを感じた。牧師が癇癪《かんしゃく》を起こしてトリスタンを刺したのではないかと恐れていたのだ。

「じゃあ、何者かが外から侵入したんですね?」

「あるいは、何者かがそう見せかけたか」

警察が帰っていくと、アガサは震えながらすわりこんだ。それから立ち上がると牧師館に電話した。警官が出て、牧師も牧師夫人も電話に出ることはできないとそっけなく言った。

ドアベルが鳴ったので、あわてて飛んでいった。今度こそジョン・アーミテージは温かい出迎えを受けた。「ああ、ジョン」アガサは叫ぶと、彼の腕をつかみ中に引っ張った。「なんて恐ろしいの。アルフがトリスタンを殺して、強盗に見せかけた可能性はないかしら？」

「牧師にはハエも殺せないように見えるけどね」ジョンは言いながら、ドアを閉めた。「冷静になって、考えてみよう。どうして警察はあなたに会いに来たんだい？」

「警察の調べだと、生きているトリスタンと最後に会ったのはわたしだったの。彼の部屋にディナーに招かれ、真夜中ぐらいに帰ってきたのよ」

「ほほう。ずいぶん手が早いな。どうしてそうなったんだい？」

「うちにやって来て、招待してくれたのよ、それだけ」

「ゆうべのことを話して」

「もう何度も何度も警察に話したのよ」アガサはゆうべのできごとをもう一度語った。

「ちょっと待って」ジョンが遮った。「ミセス・フェザーズはフォアグラのパテ、牛ヒレ肉のロッシーニ風、ベイクトアラスカのディナーをごちそうしてくれたんだね。彼女は金持ちじゃないし、未亡人だ。トリスタンのことをちょっと図々しいと思わなかったのかい？」

「思ったわ、かなり」アガサは無念そうに答えた。

「あいつは甘い汁を吸おうとする人間に思えるな。あなたからお金を引きだすのが狙いだったんじゃないのかい？」

「わたしの魅力を過小評価してるんじゃない？　ああ、大変、たった今、思い出した。自分には株取引の才能があるから、わたしのお金を投資してあげようって言われた。わたしはとても優秀な株式仲介人に頼んであるけど、お願いするときはまた知らせるって答えたの」

「だから、あなたをディナーに招待したんだ」

「どういう意味よ？」アガサはむっとして追及した。

「よく考えてごらん。彼はうまいことを言って、老ミセス・フェザーズに高価な食事を用意させたんだ。もしかしたら彼女の蓄えにまで手をつけているかもしれない。村の噂っていうのは知ってるだろ。彼はあなたが金持ちだと聞きつけた。男性関係についてもかなり派手だと評判だ」

「大げさよ」アガサはむきになった。

「それに離婚女性だ。警察に話すべきだよ」

「どうしても？」アガサはしょんぼりしてたずねた。

「ああ、当然だろ。そうだ。警察はまだ牧師館にいるだろうから、訪ねていく絶好の口実になるぞ」

牧師館の入り口を警備していた警官は、殺人事件に関して伝えたいことがあるのでウィルクスに会わせてほしい、というアガサの要求を聞くと、中に姿を消し、数分後にまた現れた。「ついてきてください。みなさん、庭にいます」牧師の書斎のドアは開いていた。白いオーバーオール姿の人々がそこらじゅうで作業している。

警官のあとから両開きのドアを通り抜けて庭に出ていくと、ウィルクス、女性警官、牧師、ミセス・ブロクスビーがガーデン・テーブルを囲んでいた。ビル・ウォンの姿は見当たらなかった。

ミセス・ブロクスビーは夫の手を握りしめている。二人とも顔がひきつっていた。

「どうしたんですか？」ウィルクスがたずねた。

アガサは椅子を引き寄せて腰をおろすと、豪勢なディナーと、彼女に代わって投資してあげるというトリスタンの提案について話した。

「これで捜査の手がかりがつかめるかもしれないな」ゆっくりとウィルクスは言った。「他の女性の場合にはうまくいったのかもしれない。銀行口座を調べてみましょう。ミセス・フェザーズの話では、自宅に招いてディナーをごちそうしたのはあなただけだそうです。あなたはとても裕福で最高のものに慣れているだろうから、特別に手をかけてほしいと頼まれたそうです」

アガサは屈辱でまたも顔が紅潮するのを感じた。

ウィルクスはミセス・ブロクスビーに話しかけた。「村の女性で他に彼と親しかった人はいますか？」

「どうかしら」ミセス・ブロクスビーは疲れた声を出した。「たいていの女性が彼を食事に招待していると思います。ミス・ジェロップもそうです。それからアンクームのペギー・スリザー。ええと、それから。ああ、老トレンプ大佐の未亡人、ミセス・トレンプ。村はずれの丘の上にある改造した納屋に住んでいます。たくさんの人が彼にのぼせていました。とてもハンサムでしたから」

「あなたたち二人にはいかがでしたか？　お金を投資しようともちかけてきましたか？」

「いいえ、一族の信託からちょっとしたお金が入ってくると説明していましたし、わたしたちにお金を要求することは一度もありませんでした」

「どういう経緯で彼を副牧師として雇ったの？」アガサはたずねた。

「ノイローゼになったと聞かされたんだ」牧師が言った。「教区の仕事を手伝ってもらえたらありがたいと思ってね」

「そして、彼は役に立ちましたか？」とウィルクス。

「最初の週は上々だった。しかし、そのうち——えり好みするようになった」

「どういう意味ですか、えり好みとは？」

「老人や病人はまったく訪ねていないことがわかったんです——今になって気づきましたが——裕福でない限りはね。義務の不履行について指摘すると、彼はただにっこりして、もちろん義務は果たすと答えた。その後、わたしは体調をくずし、彼が教会の礼拝も担当してくれるようになった。彼を嫌いになりかけていたので、狭量だと自分をいましめたが、彼が教会を満員にしていることに嫉妬を覚えましたよ」

「強盗と鉢合わせしたようですね」ウィルクスは推測した。

「あるいは」とアガサがいきなり口をはさんだ。「彼自身が献金箱からお金をとろうとしていたのかも」

「個人的な収入があり、さらに、哀れなだまされやすい女性たちに金を貢がせていたなら、数百ポンドなんてどうしてほしがるんですか？」

「あの人はとても見栄っ張りだった」ミセス・ブロクスビーが口を開いた。「多額の献金があったのは彼のお説教のおかげだった。おそらく、そのお金は自分のものにして当然だと考えたにちがいないわ」

「しかも、牧師館の鍵を持っていたわけですからね」ウィルクスはすでにその推測を事実として受け入れていた。「書斎に通じる長い窓ですが、いつも鍵をかけていますか?」

ミセス・ブロクスビーはうしろめたそうな顔になった。「必ず鍵をかけるように心がけてますけど、ときどき忘れてしまって。つい最近までは夜も鍵をかけなかったんです。でも、このあたりでは警察署が次々に閉鎖され、その先の警察署もなくなってから、泥棒がとても増えているんです」

「今のところ押し入った形跡はないし、指紋もまったく検出されていません。牧師さんの指紋すら」ウィルクスは言った。「失礼して、捜査の様子を見てきます。牧師さん、いっしょに来て、他になくなっているものがないか調べていただけますか?」

牧師と女性警官とウィルクスは室内に入っていった。「ねえ、何かわたしにできることがある?」アガサはミセス・ブロクスビーの手をとった。「これまでずっとすることが起きるたびに、あなたはいつも助けてくれたでしょ」

「誰が犯人なのか見つけてほしいわ。アルフが疑われているのよ。ほら、ミスター・デロンに熱をあげていた女性が大勢いたでしょ。ミスター・デロンが亡くなる前に、アルフは引退して、ミスター・デロンにお説教を任せるべきだってさんざん陰で言われていたの。主人は」そこでため息をついた。「あまり如才なくふるまえない人だから、ミス・ジェロップに面と向かってそう提案されると、そんなことを考えるとはなんて馬鹿な女だって怒鳴り返したのよ。警察はアルフがミスター・デロンのことを嫉妬のせいで憎んでいたって考えている。殺人が起きたときはわたしといっしょにベッドで寝ていたから、そう証言したんだけど、まるで『奥さんならそう言うのは当たり前だ』と言わんばかりの目を向けられたわ」

「全力を尽くしますよ」ジョンが言った。アガサはぎくっとして彼を見た。彼がいることをすっかり忘れていた。ジョンみたいにハンサムな男性の存在を忘れるとは我ながらびっくりだ。

「まず、彼がこっちに来る前に、ロンドンのニュー・クロスのどこの教会にいたかを突き止めるべきだと思います」ジョンはさらに言葉を続けた。

「でも、警察がすべてを探りだすでしょ」アガサは反論した。

「それでも、警察の知らないことを何かつかめるんじゃないかと思うんだ。連中は事実にこだわる。わたしたちならニュー・クロスで女性から金をだましとったかどうか調べられる。だまされた一人がミセス・フェザーズのコテージを見張っていて、彼がこっそり出ていくのを目撃して跡をつけた可能性も考えられる。その女性は両開きのドアから書斎に入ったのかもしれない。ドアの前は芝生だけで、花壇がないから足跡は残らない」

「何もかもただの憶測でしょ」アガサは不機嫌になった。気分を損ねていたのは、常に彼女がシャーロック・ホームズで、他の人間はワトソン博士を演じるべきだと考えていたからだ。「だいたいコテージを一晩じゅう見張る人間って、どういう人なの?」

「嫉妬に駆られ、怒りをたぎらせた女だ」とジョン。「行こう、アガサ、あなたのアイディアじゃないからって、けなさないでほしいな。あと一日、警察に協力してから出発しよう」

「それ、とてもいい考えだと思うわ」ミセス・ブロクスビーが静かに言った。

「わかったわよ」アガサはしぶしぶ言った。夫への心配と殺人のショックで落ち込んでいたミセス・ブロクスビーだったが、アガサの様子についロ元がゆるんだ。別の人間に主導権を握られたせいで、つやつやした茶色の髪をボブにしたアガサ・レーズンはクマみたいな目にすねた表情と不満を浮かべ、まるで子どもだった。

「ねえ、食事はとったの?」アガサはたずねた。「家に電子レンジ調理の食べ物があるから、よかったら持ってくるわ」

「いいえ、大丈夫。二人ともあまり食欲がないの」たとえおなかがぺこぺこでも、自分と夫はアガサが店で買った冷凍食品は口にできないだろうと心の中で思った。

アガサは煙草に火をつけた。「アガサ!」ミセス・ブロクスビーはファーストネームで呼んだことに自分でもびっくりした。「また煙草を吸ってるのね!」

「おいしく感じるようになったから」アガサはぼそりとつぶやいた。

ジョンが小さなノートをとりだした。「トリスタンと親しかった女性たちをメモしておきたいんです。たしか——ミス・ジェロップと、さらに二人いたと思ったが」

「ペギー・スリザーとミセス・トレンプよ」

「ペギーって呼んでるの? ファーストネームで?」アガサがたずねた。

「ペギーはカースリー婦人会のメンバーじゃないから」

「彼女はどんな人で、どこに住んでいるんですか?」ジョンが質問した。

「アンクームよ。シャングリラっていうコテージ」

「やけに気取った名前だな」

「ジョークのつもりでつけたんだと思うわ。流行遅れを取り入れるのが流行だと考えているような人なの。庭に妖精の置物をずらっと並べてる。大声で体格がよくて、五十前後ね。お金はフィッシュ・アンド・チップスで儲けたの。お父さんがフィッシュ・アンド・チップスの人気チェーン店を経営していたんだけど、相続したチェーンを売却したのよ」

「ミス・ジェロップは知ってるわ」ジョンが調査の指揮をとるのが気に入らず、アガサは切り口上になった。

ミセス・ブロクスビーは椅子にもたれ、目をつぶった。

「もう失礼しよう」ジョンが言った。

「何かできることがあったら電話してね」

ミセス・ブロクスビーは目を開けた。「とにかく犯人を見つけてちょうだい」

二人でアガサのコテージに戻ってくると、外でビル・ウォンが待っていた。

「ちょっとおしゃべりしようかと思って寄ったんです。どうやらまた厄介事に巻きこまれたようですね、アガサ」

アガサはドアを開けた。「どうぞ入って、庭でコーヒーを飲みましょう」

ビル・ウォンはアガサの最初の友だちで、中国人とイギリス人の両親を持つ若い刑事だった。庭にすわると、つりあがった茶色の目をアガサに向けた。

「すでに供述をしたのは知っていますが、トリスタンと過ごした夜についてもう少し聞かせてください。彼に迫られましたか？」

「ああ、キスはされたわ」

「それでも、彼のことをどこかおかしいと思わなかったのかい？」ジョンが手厳しくたずねた。「だって、それだけ年が離れているんだぞ」

「これまでにも年下の男性に好意を寄せられたことはあるわよ」アガサはいらだたしげに言い返した。

「で、彼はキスをした。いつ？」ビルがたずねた。

「帰り際」

「どういうキス？　頬への挨拶程度？」

「いいえ、心のこもったキスを唇にされたわ。ねえ、どういうつもりなの？」

「この事件は金がらみですよ。彼は金を求めていたと、われわれは考えています。どういう手を使ったんだろうと頭をひねっているんです。誰かと深い関係になっていたら、それが殺人の原因になったのかもしれない」

「わたしとはそういう関係じゃないわよ。彼のことは遅かれ早かれ追っ払ったと思うわ。わたしは馬鹿じゃありませんからね」

「女性はあれだけの美形を前にすると、理性を失っちゃうんじゃないかな。ぼくも彼の説教を聞きましたよ。ガールフレンドが彼の噂をあれこれ聞いてきて、無理やり教会に引っ張っていかれたんです」

「ガールフレンド？」アガサは一瞬、そちらに気をとられた。

「アリスです。アリス・ブライアン。ミルセスターのロイズ銀行で窓口係をしています」

「真剣なの？」

「いつだってそうですよ」ビルは悲しげに答えた。

そして、彼女を両親に紹介したとたん、交際は終わりを告げるんだわ。どんなガールフレンドでも、ビルの両親からは逃げだすだろう。

「ところで」ビルはきびきびと言葉を継いだ。「何を話したんですか？」

「もっぱらわたしがしゃべってたの。わたしのことばかりでトリスタンの話は全然していないと途中で気づいて、彼のことを話してほしいって頼んだ。ニュー・クロスの教会で働いていて少年クラブを立ち上げたことと、ギャングのリーダーにメンバーを横取りしたと逆恨みされたことを話してくれたわ。ある晩、五人組に襲われて怪我を負い、それからノイローゼになったんですって」

「ニュー・クロスのどこの教会かな？」ジョンがたずねた。

「セント・エドマンズですよ。ちょっと！　あなたたち二人であちこち嗅ぎ回って、警察の仕事の邪魔をしてほしくないんですが」

「嗅ぎ回るつもりなんてないわ」アガサは警告するようにジョンを一瞥《いちべつ》した。

「トリスタンの説教を聞いて、どう思ったんだい？」ジョンはビルにたずねた。

「頭が悪くて見栄っ張りで、説教は中身がゼロだと思いましたね。もっとも、嫉妬していた可能性はありますが。アリスときたら、地上に舞い降りた天使だと言わんばかりに彼を熱っぽく見つめていたんです。それで、アガサ、お金をくれ、とはさほど強引に要求されなかったんじゃないかな？」

「そうね、代わりに投資しようかって提案されただけで、その話題はそれっきりになったわ」

「彼のことを多少知っていると不思議な人だけど、またディナーに誘われなかったんですか？」

「いいえ！」アガサは怒りに顔を染めた。ビルは鋭い目つきで彼女を見た。

「彼はミセス・フェザーズに豪華なディナーのためにさんざん手間をかけさせたのに、何も得るところはなかった。きっと、あなたを誘うのは時間のむだだと考えたんですよ」

「そう思ったとしても、言葉には出さなかったわよ」

「まあ、彼の銀行口座を調べて、誰からお金をもらっていたかがわかれば、もっといろいろ判明するでしょう。彼が約束どおり、その一部でも投資していたら、帽子を食べて見せますよ」

「何者かが夜じゅうコテージを見張っていて、トリスタンを牧師館までつけていったんじゃないかと推測したけど、ちょっとしっくりこないなあ」ジョンが言いだした。

「老ミセス・フェザーズをだましていて、彼女がそのことに気づいたとしたら、彼が出ていく物音を聞きつけて後をつけたかもしれない。老人は眠りが浅いから」

「年老いたミセス・フェザーズがあんなふうに青年を襲うところなんて、想像できないわ」

「教会のお金をとろうとしているところを見つけて、たんにお仕置きしようとしただけかもしれない」ジョンはあきらめなかった。「そこで、あのペーパーナイフをつかんで彼に突き立てた。だって、あのペーパーナイフがあんなに鋭いことを知っている人がどのぐらいいると思う、アガサ？」

「いつだったか、あそこでミセス・ブロクスビーとしゃべっていたときに、牧師が郵便物を手にして入ってきたの。彼は手紙の封を一瞬で切り開いていたので、あのペーパーナイフはよほど切れるにちがいないと思ったわ。短剣の形をした銀色のナイフだった。ただし本物の短剣じゃないわよ」

「ところで、牧師本人はどうなのかな？」ジョンが静かにたずねた。「彼がトリスタンの盗みの現場に鉢合わせした可能性だってあるだろう。もみあった形跡はないのかい？」

「いいえ、トリスタンは首の付け根を一撃で刺されていました」

「そう、だとするとかなり力が必要ね」とアガサ。

「とも限りませんよ」ビルが言った。「ナイフは鋭かったから、いったん皮膚が貫かれたら、やすやすと刃が柄まで沈みこむでしょう。メロンを突き刺すようなものです。しかし、検死後にもっと詳しいことがわかるはずです」

「どこかで読んだんだが、刺殺の犠牲者はたいていすぐには死なないらしいね。牧師が犯人だったら、わざわざ自分の書斎で犯行には及ばないだろう。ともあれ、鋭くて薄い刃物で刺された人間は、二時間ぐらい歩き回れることもあるらしい。だとすると、牧師に刺されたが、トリスタンは深手を負ったことを知らずに逃げだそうと決心し、まず献金箱からお金をとろうと考える。そして、牧師の書斎で倒れてしまった」

アガサはいらだたしげに彼を見た。「首にナイフを突き立てられたまま？」

「引き抜かず、病院に行くまでそのままにしておいた方が安全だと知っていたのかもしれない」

「あら、そう？　医者は首に刺さったナイフを見たら、すぐさま警察に電話するわよ」

「ちょっと、黙ってください、お二人とも。そこが素人探偵の困ったところですよ。あくまで事実やわかっていることに徹してください」

しかし、ジョンは聞く耳を持たず、またも推理を口にした。「もしかしたらアルフ・ブロクスビーがトリスタンを呼びつけ、トリスタンが献金箱のお金を盗んでいるように見せかけたのかもしれない」

「あなたはミセス・ブロクスビーのことを忘れている」アガサは指摘した。「彼女は夫が罪を犯したなら、絶対にかばおうとしないわ」

「しかし、彼女は知らなかったのかもしれないよ。二人とも事件が起きているあいだじゅう、ずっと寝ていたと主張している。でも、彼女だけがぐっすり眠っていたのかもしれない」

「もういい加減にしてください」ビルが言った。「帰ります。アガサ、明日の朝、警察署に来て、供述書にサインしてくださいよ」

翌朝、アガサが運転していると、ジョンはあるところでは「あの自転車の子どもに気をつけて！」と叫び、さらに別の場所では「スピードを出しすぎる」と叱りつけた。

アガサはため息をついた。「まるでセックスのない結婚生活みたい」

「あえて言わせてもらうけど、セックスなしがあなたの選択じゃなかったのかな？」

アガサはじろっと彼をにらんだ。

「おい、頼むから道路を見てくれ、アガサ」

「いったいどうしたっていうの、ジョン？　いつもとても……淡々としているのに。今日は嫌みやら文句やら、まるで気むずかしい老人みたい」

「きのう、ビル・ウォンにまっとうな提案をいくつかしたのに、あなたは小馬鹿にするだけだった」

「あまりにも荒唐無稽だと思ったのよ。わたしだって自分の意見を言う権利があるでしょ」

「あとからわたしにそう言えばよかったのに。ねえ、アガサ、このゲームじゃ、わたしたちはどちらも素人だ。使い走りの少年なんだから黙っていろ、と言わんばかりの態度をとり続けないでほしいな」

「そんなことちっとも……もう、やめましょう。言い争いはしたくないわ」

二人は気まずい沈黙を続けた。

アガサが供述書にサインを終えると、ジョンは言いだした。「このままニュー・クロスに行くべきだよ」

「なんですって？　今すぐに？」

「問題でも？」

「いいえ、別に。でも、ロンドンまで運転したくないわ」

「じゃあ、わたしが運転するよ。ただし、わたしの運転でも保険がおりるならね。でなかったら、もちろん、あなたがずっと運転席にすわっていなくてはならない。実際にも、比喩的な意味でも」

「そうしたいなら運転して。あなたの運転でも保険は大丈夫よ」

どういうことなの？　ロンドンに向かって車が走りだすとアガサは首をかしげた。これまでのジョンは感情をあらわにしなかったのに、まるでアガサがいばっていると非難するような口ぶりだ。権力があっても、本当は気弱で臆病な人間はたいていいばっているだが、アガサも自分自身を繊細で同情深い穏やかな女性だと考えていて、いばっているとはまったく思っていなかった。

しかし、ニュー・クロスに到着したときには、運転したおかげでジョンは気持ちがほぐれたようで、いつもの平静な態度に戻っていた。たぶん不機嫌はわたしとは関係がないのかもね、とアガサは思った。怒らせた記憶はないもの。誰か、あるいは何かのせいで八つ当たりしたんだわ。

ジョンは車を停めると、セント・エドマンズへの行き方をたずね、ようやく教会のある場所をちゃんと知っている人を見つけた。

セント・エドマンズは緑の多い裏通りにあり、ヴィクトリア朝時代の教会は、かつて石炭を燃やしていた時代の名残で黒く煤けた建物だった。屋根の煤には鳩の糞で白い筋目がついている。金色の三角旗の風見が立つ銃眼つきの尖塔が四本そびえ、教会のわきには、やはり煤で黒くなったヴィクトリア朝様式の家がある。おそらく牧師館だろうと二人は見当をつけた。

ジョンはドアのわきの石壁につけられた古めかしい真鍮《しんちゅう》のボタンを押した。

しばらくしてがっちりした女性がドアが開けた。ピンクのプラスチックカーラーをつけた髪を結い上げている。オーバーオールを着た胸は豊かで、気の強そうな大きな赤ら顔をしていた。

「何なの?」

「牧師さんにお会いしたいんです」ジョンが言った。

「書斎だよ」

「われわれが来たことを伝えていただけませんか？」

名前も訊かずに、女はのしのしと歩み去った。「かわいそうな牧師」ジョンがつぶやいた。「なんてひどい家政婦だ！」

現れた牧師は、値踏みするように二人を眺めた。彼はアガサがイメージするまさに英国国教会の牧師らしい顔をしていた。分厚い眼鏡の奥の気弱な目、薄くなりかけた灰色の髪、くすんだ肌色、団子鼻と血色の悪い分厚い唇。

「どういうご用件で会いにいらしたのかな？」牧師はたずねた。その声は美しく、オックスフォード大学出身者らしいアクセントがとても耳に心地よく感じられた。

「わたしはアガサ・レーズンで、こちらはジョン・アーミテージです。二人ともカースリーに住んでいて、牧師のミスター・アルフ・ブロクスビーと友人なんです」

「ああ、なんと」彼は恐ろしそうに顔をゆがめた。「今朝、ニュースでぞっとする殺人について聞きましたよ。いやはや身の毛もよだつ。初めまして。わたしはフレッド・ランシングです。どうぞお入りください」

彼は先に立って二人を書斎に案内した。書棚がずらっと並んだみすぼらしい部屋だった。「客間にご案内するべきなんですが、この部屋しか使っていないものですから。

他の部屋は湿っぽくてほこりだらけなんです」牧師は申し訳なさそうに説明した。

「お茶でもいかがですか？」

「ありがとうございます」アガサは答えた。

牧師は書斎のドアを開けると叫んだ。「ミセス・バギー！」

「何ですか？」叫び声が返ってきた。

「お茶を三人分頼む」

「お茶を淹れるよりもましな仕事がないんですか？」

「いいから持ってきてくれ！」牧師は顔をピンク色に染めて怒鳴った。

戻ってくるとデスクの前にすわった。アガサとジョンは古い馬毛の黒いソファに並んで腰を下ろした。「フェミニズムの夜間クラスのせいですよ」牧師はため息をついた。「ミセス・バギーはすっかり影響を受けてましてね。わたしのことを暴君だと考えるようになっています。どういうご用件でしょう？　かわいそうなトリスタン」

アガサは事件のあらましを語り、警察がミスター・ブロクスビーを疑うのではないかと心配なので、彼の無実を証明するためにお力を貸していただきたい、と頼んだ。

「昨晩、警察が訪ねてきましたよ」牧師は穏やかに言った。「しかし、たいして話すことはありませんでした」

「トリスタンがギャングに殴られてノイローゼになったというのは本当なんですか?」

「彼はそう説明していました」

その瞬間、ドアが乱暴に開き、ミセス・バギーがトレイにミルクティーのカップを三つのせて現れ、牧師のデスクにトレイをドスンと置いた。

「ビスケットはありませんよ」とげとげしく言い捨てて出ていった。

「いばりちらす女性にはうんざりだ」牧師はつぶやいた。

「わたしもまったく同感です」ジョンが言って、ちらっとアガサを見た。

「わたしはカースリーの牧師のことを知らなかったんですが、ミスター・ブロクスビーとおっしゃるんですか? 疑いをかけられているんだとか」

「残念ながらそうなんです。トリスタン・デロンについて、どうか本当のことを教えてください。役に立つはずです。何者かが彼を殺した。過去に関わりのあった人物かもしれません」アガサは訴えた。

牧師は立ち上がると、二人にお茶のカップを渡し、またデスクの前に戻った。

「どう話そうか迷っています。というのも警察に説明したこと以上のことを打ち明けたら、警察はひどく腹を立てるでしょうからね」

「わたしは私立探偵なんです。わたしは話していただいたことはひとことも警察にもらしません。お約束します」

「いつも、わたし、わたしだ」ジョンがつぶやいたので、アガサは思い切りにらみつけた。

「死者について……」牧師は口を開いた。「死者を悪く言うのは残酷な仕打ちだと考えています」

「でも、生きている人間に正義をほどこしたければ、それも必要なことなんです。トリスタンはゲイだったんですよね」ジョンが言ったので、アガサはびっくりして彼をまじまじと見つめた。

「そのようですな」ミスター・ランシングはうなずいた。「青年にとって、ロンドンには多くの誘惑がありますからね」

「どういう誘惑ですか?」アガサが追及した。

「金持ちのビジネスマンと友だちになったと自慢して、ゴールドのロレックスを見せびらかしていました。しかし、同性愛は問題ではない。トリスタンは舞台俳優にでもなればよかったんです。説教壇では華やかすぎた。信徒たちをそれはもう魅了しましたよ――最初のうちは」

「それから、どうなったんですか?」とジョン。

「数週間、ここにいたら退屈したようなんです。そして、なんというか、邪悪な性向が頭をもたげた。信徒の弱点を見つけ、それを利用したのです。わたしの言う意味はおわかりですね？」

「脅迫ですか？」アガサは意気込んだ。

「いえいえ、ただ……ひとことで表現すれば嫌がらせをしたんですよ」

「そのビジネスマンの名前をご存じですか？」ジョンがたずねた。

長い沈黙が続いた。「いいえ、自慢はしていましたが、詳細については非常に口が堅かったので」

誰なのか知っているんだ、とジョンは確信した。

アガサはクマのような目を光らせながらソファで体を乗りだした。

「では、ノイローゼや殴られたというのは嘘だったんですね」

「いえ、たしかに襲われましたよ」

「少年クラブのせいで？」

「少年クラブは設立しませんでした。でも、とても怯えているようで、逃げなくてはならないと口走っていた。それはもうひどい怯えようで。同時にとても後悔しているようで、新しくやり直したいとも言っていました。わたしは静かな田舎の村に行かせるのがいいと思いついて、求人がないか問い合わせた。いいですか、彼は違法行為をしたわけではないんです。それに、もっといい人間になると決心していたようでした」

「教区で特別に親しい人はいましたか?」

「ええ、いました、ソル・マクガイアという建設業者が。ブライオリー・ロードの商店街のはずれに住んでいます。十六番地に。牧師館を出て、左に行き、角を曲がってすぐです」

牧師館を出るなり、アガサはジョンを問い詰めた。「どうしてゲイだとわかったの?」

「わからないよ。ただの山勘だ」

「へえ!」

「それから牧師は絶対に、そのビジネスマンの名前を知ってるね」

「彼が嘘をつくわけないでしょう?」

「牧師だからかい? おいおい、アガサ、あなたはびっくりするほどうぶなところがあるね」

「わたしには信じられないわ」アガサは断固として反論した。

二人はむっつり黙りこんだまま角を曲がり、ブライオリー・ロードに出た。

そこはこれまでよりも小さな家が立ち並ぶみすぼらしい通りで、十六番地には申し訳程度の前庭があった。しおれかけたイボタノキの生け垣、壊れた自転車、伸び放題の雑草。

ノックをしても誰も出てこなかった。隣人にたずねると、たぶん仕事に出ているが、たいてい夕方六時頃には戻ってくると言われた。

「あと四時間か」ジョンが腕時計を眺めた。「でも、食事をとっていないから、まずパブを探そう」

行き交う車が熱気のせいでかげろうのように見えるメイン・ロードでパブを見つけた。ジョンがドアを開け、二人は陰気な店内に足を踏み入れた。誰もいなかった。多くの店のように〝ビストロ風〟にまだ改装していない昔ながらのロンドンのパブだ。薄汚れた窓から日差しがぼんやり入ってきて、スロットマシンが点滅していたが、ありがたいことに有線放送は流れていない。やせて無愛想な店主が、ランチはもう終わったが、サンドウィッチなら作れると言った。二人はハムサンドウィッチとビールを注文し、注文の品ができると隅のテーブルに持っていった。

「少なくともわたしたちの方が警察よりも一歩進んでるわ」

「ほんの少しだけだよ。警察はまたロンドンに戻ってきて、さらにランシング牧師に質問するはずだ。われわれにしゃべった以上、牧師はおそらく警察にも話すだろう」

「本気でそう考えてるの？　警察とはもう話したくないかもしれないし、最初に情報をすべて伝えなかったことを知られたくないかもしれないわよ」

「かもしれない。このサンドウィッチはひどいな。こういうパブのサンドウィッチにはひさしぶりにお目にかかったよ。ハムはぺらぺらだし、パンはぱさついている」

「古きよき英国のパブの伝統を守り続けているのね」アガサは不機嫌に応じた。

「ところで、その金持ちの男の情報は興味深いね。本当に重要人物だとしたら、トリスタンを亡き者にしたかったかもしれない。トリスタンはもしかしたら彼を脅迫していたのかもしれないぞ」

「しまった、トリスタンがニュー・クロスを去ってからカースリーに現れるまで、どのぐらい時間がたっていたのか確認するのを忘れたわ」

「それが何か役に立つのか？」

「長い時間がたっているなら、銀行口座にはもうあまりお金が残っていなかったかもしれない。ほら、カースリーに来て間もないから、それほど多額のお金を巻きあげられなかったんじゃないかしら。もっとも、彼は自分にお金をかけるのが好きだったようだから、手に入れたはしから、すぐに浪費しちゃったかもね。だとしたら、銀行口座はあまり手がかりにならないかもしれない」

「いや、なるよ。村人か、あるいは何者か知らないがこのビジネスマンからの小切手が記帳されているかもしれない」

二人は謎について話し合い、それからパブを出てニュー・クロスの通りにあるインドの店を冷やかし、トルコ料理店の前を通り過ぎた。やがてジョンが腕時計を見た。

「そろそろソル・マクガイアが自宅に戻っている頃だから、会いに行こう」

3

ソル・マクガイアは黒髪、青い目の美青年だった。トリスタン・デロンの殺害事件の調査をしていると告げると、ソルはショックを受けたようだった。

「なんだって、その話、すげえショックですよ。まあ、入ってください」

二人は彼のあとから狭いリビングに入っていった。ビールの空き缶やら古い新聞やら雑誌で足の踏み場もない有様だった。

「適当に空いているところにすわって。どうして殺されたんですか？　おれ、ニュースにはうとくて」

ジョンが説明し、トリスタンについて知っていることをたずねた。

「たいして知らないんです。おれが地元の建設現場で働いているのを見かけて、あいつはおしゃべりにやって来た。おれはゲイじゃないってはねつけると、あいつは笑って、自分もゲイじゃないって言ってたな。最初はあんまり相手にしなかったんだけど、しょっちゅうやって来るし、悪意のこもった冗談を言うので、それなりにおもしろかったんだ」

「例をあげてもらえない？」アガサが頼んだ。

「教区の女性たちは彼に熱をあげてたけど、あいつは彼女たちを小馬鹿にしているみたいだったよ」

「誰か特定の人はいた？」

「ミセス・ヒルっていう人のことを話してた。犬みたいな目つきで自分のことを見るから、指をパチンと鳴らして、ビスケットでも放ってやりたくなるって。ま、そんなようなことだね」

アガサは熱心にたずねた。「トリスタンはビジネスマンのことを話したことがない？プレゼントをくれた人のことを？」

「ああ、それか。ビールを飲んでもいいかな？」

「どうぞ」

「あんたたちも飲むかい？」

「いや、わたしはけっこう。すでにビールを飲んだし、運転があるからね。あなたはどう、アガサ？」

「いえ、わたしもけっこうよ」

ソルは姿を消し、少ししてビールの缶を持って戻ってくるとプルトップを開けた。ゴクゴクと飲むと、手のひらで口元をふいた。「ゴールドのロレックスを見せてくれたっけ。リチャード・ビンサーからのプレゼントだって言ってた」

アガサはびっくりして目を丸くした。「リチャード・ビンサーですって？　実業家の？」

「彼の話ではね。でも、あいつはすごい嘘つきだからな」

「彼が殴られたのは知ってる？」

「ギャングにやられたって言ってたけど、ギャングの知り合いなんていなかったしね。絶対に、女の一人があいつの本性に気づいて棍棒《こんぼう》で殴ったんだよ。ただの勘だけどさ」

「ミセス・ヒルがどこに住んでいるか知ってる？」

「ジーヴス・プレイスにあるでかい家だって話してたな。メイン・ストリートを渡って、グラッドストーン・ストリートを進んで、パルマーストンで右に曲がると、左手がジーヴスだ。番地は知らねえけど、一戸建てのでかい家だって。すげえ興味があるんだけど」ソルのしゃべり方はアイルランドと南ロンドンの訛《なま》りが奇妙に入り交じっていた。「どうしてこのあたりで聞き回ってるんだい、しかもあんたたちが？　親戚なのかい？」

「いいえ、わたしたちは私立探偵なの」

「ライセンスを持ってるのかい？」

「申請中よ」アガサは嘘をついた。

「まあ、幸運を祈るよ。だけど、彼がその村で殺されたんなら、そっちの誰かが殺したって考えるのが当然だろ」

「どのぐらいの期間か知ってる？　襲われてから、ここを去るまで」アガサはたずねた。

「襲撃されたあと、一度ここに来たんだ。で、海外に行くって言ってた。それが半年ぐらい前かな」

「そんなに前！」

「おれの言いたいことわかるよね？　ニュー・クロスじゃ、彼はもう過去の人間なんだよ」

ソルの家を出ると、アガサは言った。「さあ、ビンサーを追いかけましょう」

「時間が遅すぎるよ。オフィスはすぐ見つけられる。シティのチープサイドにあったはずだ。せっかくここにいるんだから、ミセス・ヒルを訪ねてみないか?」

「いいわよ。でも、言っておくけど、彼女はたんなる哀れな中年女性で、トリスタンにだまされたってだけよ」

「あなたと同じようにね」ジョンがつぶやいた。

アガサは彼をにらみつけると、怒りをこらえて黙りこんだ。

ジーヴス・プレイスのヴィラを見つけたが、誰もいないようだった。遠くから雷のゴロゴロという不穏な音が聞こえてくる。

「今夜はもうおしまいにした方がよさそうだな。カースリーに戻って、明日ビンサーとミセス・ヒルを訪ねよう」

アガサは疲れていたので同意した。

カースリーまであと半分のところで嵐が襲ってきて、豪雨の中、ジョンはのろのろ運転で走らなくてはならなかった。ようやくカースリーに戻る道路に折れたとき、雷雲が去っていき、車の窓を開けると、ひんやりした風が吹きこんできた。

「もう夏も終わりね。明日の朝は何時に出発するの?」

「早くに。六時半ぐらいかな。ラッシュにひっかからないようにね。ぶつくさ言わないでくれ。わたしの車で行くから、寝足りないならあなたはずっと寝ていけばいい」

ライラック・レーンに着くと、アガサはおやすみなさいと言って車を降りた。猫たちが出迎え、ニャーニャー鳴き、ゴロゴロ喉を鳴らした。餌をやってから、ラザニアを電子レンジに入れた。

食事を終えると、お風呂に入りベッドにもぐりこんだ。ビル・ウォンに電話して発見したことを知らせるべきだ、としつこく指摘する良心のとがめをどうにか抑えこむと、眠りに落ちていった。

「よほどついていないと、ビンサーはオフィスにいないだろうね」翌朝、ジョンはM40号線のロンドン行きの車の流れに滑りこみながら言った。「しょっちゅう出張をしているから」

「自宅で待機して、電話するべきだったかもね」アガサは眠そうだった。

「不意打ちを食らわせるのが最善の策だ」

「自分を守るために、絶対に手先どもをそばに置いているはずよ。どうやって通過するつもり?」

「トリスタン・デロンの件でお目にかかりたい、という手紙を渡そう」

「で、会ってくれなければ?」

「もう、黙ってくれ、アガサ。とにかくやってみよう」

「むずかしいでしょうね」アガサが追い打ちをかけた。「わたし、〈セレブ〉で彼を見たけど、奥さんと二人の子どもがいたわ」

「言っただろ、とにかく試してみるだけだ」


リチャード・ビンサーのオフィスは鉄とガラスでできたすばらしい現代的な建物で、エントランスホールにはガラスの天井まで届くほどの巨大な木が一本植えられていた。

「さ、行くわよ」アガサは大きな受付デスクにぐんぐん近づいていった。そこではおしゃれでやせた四人の若い美女たちが電話応対していた。

「ミスター・ビンサーをお願い」アガサはいちばん威圧的ではないと判断した女性に声をかけた。

「何時のお約束ですか？」

「約束はないの」彼女は車で書いた手紙を入れた封筒を渡した。そこには「至急、親展」と書かれていた。「これをすぐに渡してちょうだい。きっとわたしたちに会いたくなるはずよ」

「おすわりください」受付嬢は入り口ドアのわきに並んだソファと椅子を手振りで示

した。

二人はすわって待った。さんざん待った。

ようやく、さっき話した受付嬢が近づいてきた。「上にご案内します。ついてきてください」

ガラスのエレベーターで建物の最上階まで運ばれていった。ドアが開くと別の受付エリアで中年の秘書が二人に挨拶して、待つように指示した。

またもや二人は腰をおろした。受付嬢は下に戻っていき、秘書は受付の奥にあるドアを入っていき姿を消した。あたりはしんと静まり返った。

忘れられてしまったのかしら、と思いはじめたとき、秘書が戻ってきた。「ミスター・ビンサーがお会いします」

秘書は二人を内側のオフィスに案内し、その先の重いドアを開けると、部屋に通した。大きなジョージ王朝様式のデスクの向こうには、小柄な禿げた男がすわっていた。

男は二人を立ち上がって迎えようとはせず、冷たい視線を向けると口を開いた。

「もうけっこうだ、ミス・パートル。必要になったら呼ぶよ」

秘書は出ていきドアを閉めた。

「すわりたまえ！」リチャード・ビンサーは命じ、デスクの前のふたつの低い椅子を示した。

　アガサとジョンは腰をおろした。

「予想していた連中とちがうな。この会話は録音して、恐喝するつもりなら警察に連絡するとまえもって警告しておこう」

「恐喝するために来たのではありません」ジョンが口を開いた。「トリスタン・デロンの死について調べているんです」

「それで、きみたちは？」

「ジョン・アーミテージとアガサ・レーズンです」

「ジョン・アーミテージ。作家の？」

「ええ」

「きみの本は全部読んだよ」実業家の態度はぐっと和らいだ。

　ジョンは二人ともカースリーに住んでいて、牧師の友人なので、彼の容疑を晴らしたいと思っていると説明した。そして、ビンサーがトリスタンにプレゼントをしたと知ったのでうかがったと。

　ビンサーはテープレコーダーのスイッチを切ると、額を手でぬぐった。

「彼の親戚なのかと思っていた」

「トリスタンはあなたを恐喝しようとしたんですか？」

「ああ。そうだ。しかし、何も手に入れられなかったよ。何があったか話した方がよさそうだ。いずれ警察もわたしのことを知るだろう。どこから始めようか？ わたしは多額の金を慈善団体に寄付しているが、部下に寄付の申請書を調べさせて報告書を提出させ、どこにいくら寄付するか決定しているんだ。だから、主席秘書のミス・パートルがトリスタンに個人的に会うべきだと勧めてきたときはちょっと驚いた。彼はニュー・クロスで少年クラブを始めるための資金を求めているらしかった。いつもは厳格な秘書が、このトリスタンという男には甘いのが興味深くて、彼に会うことを承知した。トリスタンはとても美しく、実にチャーミングだったので、ときどき自分の性的指向を疑問に思うほどだった。彼は巧みにわたしをおだてた。わたしには息子がいないので、プレゼントをすると彼が目を輝かせる様子を見てうれしかったんだ。しかし、友情を断ち切った」

「なぜですか？」アガサはたずねた。

「ある日、少年クラブの進捗状況を見学するために、ニュー・クロスの教会に行った。ホールを借り、備品を買うために、トリスタンに一万ポンドの小切手を渡してあった。さらにお金を要求してきたが、あくまでビジネスマンのわたしは彼が渡したお金をどう使ったかを見たかったんだ。訪ねたときトリスタンは外出していたが、牧師はいて、少年クラブなんて聞いたことがないと言った。そのときトリスタンが入ってきて、あいまいな言い訳を並べ、牧師をびっくりさせようと思っていたと弁解したが、彼が何もしていなかったことは明らかだった。自分がだまされたことを誰にも知られたくなかったので、彼のことは牧師に任せることにした。その後、トリスタンは手紙を書いてきて、わたしたちが関係を持ったと妻に話すと脅してきたんだ。もちろん、そんなことはしていない。さらに、わたしが与えたプレゼントを妻に見せると言った。だがわたしは、また近づいてきたら、まっすぐ警察に行くし、きみとの電話は録音してある、と伝えた。実際にわたしの通話はすべて録音されているんだ。それきり二度と連絡はなかった。ただ、そんなに簡単にあきらめたことが不思議だったがね。精神分析医の友人に、トリスタンの性格について知っていることを相談してみると、トリスタンは鏡に魅せられていなかったかと訊かれた。妙な質問に思えたが、思い返してみると、何度か鏡がたくさんあるレストランに連れていったときに、自分の姿にほれぼれと見とれていたんだ。

精神分析医によると、彼はおそらく身体的ナルシストで、そういうタイプのナルシストは気分のいい日に感じるような、温かくて、頭がぼうっとなるような空気を発散して人々の心をとらえるのだそうだ。

とにかく、トリスタンの魅力はそこだった。彼といると自分はいい人間だと感じられたんだ。しかし、いずれまた彼から連絡があるにちがいないと考えていた。さっき手紙を受けとったとき、彼がわたしたちの友情について日記か何かに書き残していたので、きみたちは恐喝するためにやって来たのかと思った。しかし、話せることは以上だ。わたしは人の本質を見抜けることを誇りにしてきたが、トリスタンには完全にだまされたよ」

「警察はこのいきさつについて知る必要はないと思います」ジョンが言った。「牧師がしゃべれば別ですが。われわれの口からは告げるつもりはない。そうだろう、アギー？」

またもや良心がチクリとした。だが、アガサはしぶしぶ「そうね」と答えた。

「彼はまともだよ」南ロンドンに向かう車に合流しながらジョンは言った。

「ビンサーのこと？　まあね」

「あなたはあまり確信が持てないのかな」

「トリスタンをぶちのめしたか、それを指示した人物は殺人にも関わっていると思うの。ビンサーみたいな権力のある人間なら、トリスタンを襲わせることは簡単にできる」

「裏のある会社役員が登場する左翼のドラマを見すぎたんじゃないのか、アガサ」

「まんざらありえないことじゃないわ」アガサは頑固に言い張った。

ぎらぎらした色のない日の光がロンドンの街に降り注いでいた。横目でジョンをちらっと見ると、初めて顎の下の皮膚がたるんでいて、目の端にも小皺《こじわ》があることに気づいた。その発見になぜかアガサはうきうきしてきて、調子っぱずれの口笛を吹いていると、とうとうジョンにやめてくれと言われた。

ニュー・クロスに戻ると、ジーヴス・プレイスに回りこみ、家の前に駐車した。玄関ドアは十センチほど開いていた。「誰か家にいるんだわ」

「よかった。さ、行こう」

家のどこかで細い声が賛美歌を歌っている。ジョンはベルを鳴らした。白髪交じりの髪に血色の悪い顔をした、とても小柄な女性が羽根ばたきを手にドアを開けた。

「ミセス・ヒルですか？」アガサはぐいっとジョンの前に出た。今回の調査でジョンはでしゃばりすぎだわ、とひそかに感じていたからだ。

「ええ、そうです」

アガサは二人の自己紹介をしてから、話をしたい理由を切りだした。

ミセス・ヒルは敷居まで出てくると、不安そうに通りを見回した。

「中に入っていただいた方がよさそうね」通りには人影がまったくなかったが、声をひそめた。

彼女は先に立って重厚な古い家具でいっぱいの大きな暗い部屋に二人を案内した。

「気の毒なトリスタンが亡くなって、本当にショックでした。あんなにいい若者だったのに」

「すわってもよろしいかしら？」アガサはたずねた。

「あら、失礼、どうぞ」

ジョンとアガサは硬いハイバックチェアにすわり、ミセス・ヒルは肘掛け椅子の端にちょこんとすわると、ヘビににらまれた小鳥のように二人をじっと見つめた。

「実は、彼はまったくいい人じゃないとわかったんです」アガサが歯に衣着せずにしゃべりだした。「りっぱなビジネスマンをだまして、少年クラブを設立するという名目で出資させた。もちろん、そのお金は自分のポケットに入れ、少年クラブなんて嘘だった」

ジョンはアガサをにらみつけ、唇だけ動かした。「黙れ！」ビンサーの件は秘密にしておくべきだ。

小柄なミセス・ヒルの目から涙があふれだし、頬を伝い落ちた。「わたしだけじゃなくてうれしいわ。わたしは本当に愚かでした」彼女はむせび泣いた。

ジョンが大判の清潔なハンカチーフを渡すと、ミセス・ヒルは涙をぬぐい、洟《はな》をかんだ。「トリスタンのことを話してください」アガサがやさしくうながした。

「自分がとてもまぬけで、裏切られた気がしています。ええ、彼のことは崇拝していました。あとになってどういうことだったのかわかったんですけど。うちを除き、この通りのすべての家はアパートに改築されているんです。だから、わたしは裕福だと噂され、お金持ちのミセス・ヒルって呼ばれています。でも、最初からお話ししますね。トリスタンはわたしをおだてたんです。とてもいい気分にしてくれ、自分はすばらしい人間だって感じさせてくれました。ときどきいっしょに外出しましたけど、誰もわたしたちのことを知らない場所ばかりでした。教区の他の女性が嫉妬するといけないからね、って。わたしを大好きだって言ってくれたんです。二人の人間がお互いに尊敬しあっているときは、年齢の差は障害じゃないって」

彼女は涙をぬぐった。「わたしは彼のために生き、心を捧げました。そのうち、設立する予定でいる少年クラブのために寄付をしてほしいと言われたんです。そこで、お金はまったくないのだと打ち明けました。とてもつましい暮らしをしながら、死ぬまで蓄えがもつように祈っているんだと。同情したらしく、彼はわたしにどのぐらいのお金があるのか、根掘り葉掘り質問しました。それっきり訪ねてこなくなりました。彼はわたしを愛してくれていると思っていたんです」嗚咽《おえつ》をもらした。「だって愛していると口にしてたから。そしてわたしは……彼のためなら命だって投げだしたでしょう」

大きくしゃくりあげると先を続けた。「ある日牧師館の外で待っていると、ようやく彼が出てきたので、どうしてわたしを避けているのかと問いつめました。愛していると言っていたのにって。彼はここでは繰り返したくないようなことをさんざん言いました。殺してやりたかった。でもわたしが殺したんじゃありません」

「他の人からもお金を引きだそうとしていたと思いますか?」ジョンが静かにたずねた。

「知りません。彼が来るまで、あそこは信徒も少なかったんです。牧師さんの代わりに彼がお説教をするようになると、たくさんの人が来るようになりましたけど、たいていは頭の空っぽな若い女の子でした。お願い、この話は誰にもしないでください。人に知られたらもう生きていけないわ」

「必要がない限りしないわ。ところで、お宅にはたくさんの部屋があるんでしょ」

「有り余るほどね」虚ろな声で答えた。

「いくつかの部屋を貸したらいいわ」アガサは提案した。「収入が得られるでしょ」

「だけど、悪い人が来るかもしれないわ」

「不動産業者に貸し出してもらうのよ。部屋にキッチンやバスルームがないからあまり高い家賃にはできないけど。多額のお金を改装に投じない限りはね。メイン・ロードで賃貸を扱っている不動産屋を見かけたわ。不動産屋があなたに代わって入居者を吟味してくれる。しかも、この家で一人きりで暮らさなくてもよくなるのよ。つまり、子どもはいないし、ペットもいないけど、お金だけいただくってこと」

「わたしにはとうてい無理よ……」

「あら、無理じゃないわ。ねえ、コートを着て。いっしょに不動産屋に行って、相談してみましょう」

ジョン・アーミテージはもう一度ランシング牧師と話をしたくてうずうずしていた。牧師はリチャード・ビンサーのことであえて嘘をついたのだ。ビンサーは牧師を訪ねたと言っていたのだから、牧師もビンサーを知っていたはずだ。それにトリスタンは何も罪を犯していないと断言したが、実際には犯していた。一万ポンドを横領したのだ。しかし、アガサがミセス・ヒルと部屋を貸す計画に取り組んでいるあいだ、じれったい思いで待たねばならなかった。かたやミセス・ヒルは計画が進むにつれ元気を取り戻してきたようだった。不動産屋の担当者は家までやって来て部屋を検分し、各部屋に洗面台をとりつけ、入居者にキッチンを使う許可を与えるという条件で、妥当な家賃を口にした。彼はアガサ・レーズンに劣らず主導権を握りたがるタイプだったが、ミセス・ヒルは何をするべきか指示されて喜んでいるようだった。もう大丈夫と見極めたアガサが帰ろうとすると、ミセス・ヒルは涙ぐみながら、人生を新しくやり直させてくれて感謝していると言いながらアガサをハグした。アガサはどういたしまして、とぶっきらぼうに応じると、再び退屈そうな表情に戻った。

「さて、やっと空間の無駄遣いが解決したから、もう一度牧師に会いに行きたいんだけどね」ジョンの声は不機嫌そうだった。

「あの気の毒な人のために、何かしないではいられなかったのよ」アガサはぴしゃりと言い返した。

「あの気の毒な人って言うけど、彼女がトリスタンを刺した可能性だってあるんだよ。彼が殺された夜に何をしていたのか、結局たずねなかった。すべての容疑者をそんなに信用するなら、調査はおしまいにした方がいいかもしれない」

「あなたのことがわからなくなってきたわ。ずいぶん意地が悪いのね」

「あなたは自分のことだってわかってないだろ、アガサ・レーズン」

「ここで突っ立って一日じゅう口げんかしているつもり？」

「牧師ともう一度話したいんだ」

「じゃあ、さっさと取りかかればいいでしょ、まったくもう！」

「疲れたし、腹ごしらえもしたい」

「牧師を搾りあげてから何か食べに行きましょう。ただし、あのパブは二度とごめんよ」


二人がまた現れたので、セント・エドマンズの牧師は見るからに不快そうだった。けんか腰の家政婦の姿は見当たらなかった。

「説教の原稿を書いているのでとても忙しいのですが」

「ほんの数分だけ、お時間をいただければけっこうです、ミスター・ランシング。嘘をついた理由を知りたいんですが」アガサが切りだした。

「やれやれ。じゃあ、入ってもらいましょうか」

またもや彼の書斎に落ち着くと、アガサは口を開いた。「トリスタンは何も罪を犯していないとおっしゃいました。でも、ミスター・ビンサーをだまして一万ポンドを出させた。さらにミスター・ビンサーを知らないとおっしゃったけれど、彼はあなたを訪ねたと言っています」

「たしかにわたしを訪ねてきたが、トリスタンにだまされたことは誰にも言わないと約束させられたんです。ビジネスイメージに悪影響を及ぼすからと説明されました。それにトリスタンは心から悔いて、一ペニーにいたるまで返すと約束したんです」

「ですが、返さなかったようですよ」

「嘘をついて申し訳ありませんでしたが、ミスター・ビンサーにひとことも他言しないと誓ったものですから」

「まだ話していないことはありませんか？」

「思いつく限りでは」ミスター・ランシングはいらだたしげな視線を向けた。「これぐらいで充分でしょう」その声は怒気を含んでいた。「あなたたちは警察じゃない。そもそも何も話さなければよかったんだ。あなたたちにはその権利はないんですから」

「地元の牧師を助けようとしているだけなんです、ミスター・ブロクスビーを」ジョンが穏やかにとりなした。「もちろん理解していただけますよね。本当に必要が生じない限り、わたしたちに話したことが警察の耳に入ることはありません」

「ではそろそろお引き取りいただけませんか？　あなたたちのせいで、こちらは気が動転しているんです」


「これでおしまいね」アガサが疲れた声を出した。「食事に行きましょう」

二人はA40号線のサービスエリアで卵とソーセージとフライドポテトという一日じゅう提供されている脂っぽい朝食をとった。

「ロンドンで時間をむだにしているのかもしれないって気がしてきたよ。殺人はカースリーで起きたんだから、やっぱり殺人犯は村かその周辺に住んでいるのかもしれない」

「いいえ、手がかりはロンドンにあると思うわ」本気でそう信じているわけではなく、たんにジョンに反論したかったので、アガサはそう言った。

二人はまた出発した。アガサはいつのまにか眠りこみ、ウッドストックを抜けるまで目を覚まさなかった。「あらいやだ、ずっと眠ってたの？」すわり直しながらたずねた。

「ああ、しかも、すごいいびきをかいていたよ」

「あなたの相手は一日でもうけっこうだわ」アガサは嚙みついた。「いつもあら探しばかりしてるのね」

「わたしは事実を述べているだけだ」ジョンはむっとしたように返した。

アガサはあくびをこらえながら、くつろげる自分のコテージに早く戻りたいと心から思った。

ようやく村に入ると、狭いメイン・ストリートは二台のテレビ局のバンでふさがれていた。

「マスコミはもう帰ったのかと思ってたよ」

ライラック・レーンに折れた。パトカーがアガサのコテージの外に駐車している。

「いいかい」ジョンが厳しく言った。「何があったのかわからないけど、何か訊かれたらたんに店をのぞき、食事をするためにロンドンに行っていたと話すんだ。いや、だめだ、レストランを調べるな。サービスエリアのことは話せるが。そうだ、ピクニックランチを持っていってグリーン・パークで食べたと言おう」

車を停めると、ビル・ウォンとヒラの刑事と女性警官が駐車していた車から降りてきた。

ビルは沈痛な面持ちだった。「どこにいたんですか、ミセス・レーズン」その堅苦しい呼び方に、アガサの心は沈んだ。

「ロンドンよ、ウィンドウショッピングをしてきたの。どうして？」

「中に入った方がよさそうです。あなたも来てください、ミスター・アーミテージ」

アガサはコテージの鍵を開けた。「どうぞキッチンに」足首にまとわりついてきた猫たちに危うくつまずきそうになった。

全員がキッチンのテーブルを囲むと、アガサは口を開いた。「何があったの？　もう供述はすませたでしょ」

「さらに進展があったんです」ビルのまなざしは硬かった。それから、ホッジがかぎ爪をズボンに食いこませたので顔をしかめた。

「ミス・ジェロップが殺されたんです」

4

「いつなの？　どうやって？」アガサは矢継ぎ早に質問した。

「現時点では正確な死亡時間はわかりませんが、今夜早くです。絞殺されていました。ミセス・ブロクスビーが訪ねていって、ドアが開いていたので入っていき遺体を見つけなかったら、一人暮らしだったので、しばらく発見されなかったかもしれない」

「気の毒なミセス・ブロクスビー！」アガサは腰を浮かせた。「すぐ彼女のところに行かなくちゃ」

「すわってください！　ウィルクス警部が付き添っています。あなたたちの行動について話してください」

「だけど、わたしたちは容疑者じゃないでしょ？　もちろん」

「あなたはやたらに首を突っ込んできますからね、何をひっかき回していたのか知りたいんです」

ジョンが代わりに答えた。「村を出てピクニックをしようと考え、グリーン・パークに行ったんですよ。あちこちの店を回り、ウィンドウショッピングをした。それからA40号線のサービスエリアに寄って、一日じゅう提供されている朝食をとった」

「いつ？」

「一時間半ぐらい前かな」

「探偵ごっこをするためにニュー・クロスに行かなかったでしょうね？」

「いいえ」牧師が口を閉ざしていることを祈りながら、ジョンは答えた。

「では、二人で昼間じゅう出かけていたんですね。どうしてですか？」

「店を冷やかしたかった。それだけだよ」ジョンは必死になって話をでっちあげた。「ああ、ケンジントンも歩き回った。わたしたちにぴったりの物件があるかと思ってね」

「どういう物件ですか？　なぜ？」

ジョンは大きく息を吸いこんだ。疲れていたし、この第二の殺人事件の知らせに冷静さを失っていた。「なぜって結婚を考えているからだ」

内心で彼を罵倒しながら、アガサはわざとらしい微笑を顔に貼りつけた。

「これまで言わなかったわね。びっくりさせたかったの」

「では、いつ結婚式をする予定なんですか?」

「日取りはまだ決めていないわ。でも、そのときは、ビル、あなたが花婿に引き渡す役をしてね」

ビルのアーモンド形の目が二人の顔にじっと注がれた。「そんな話、信じませんよ」感情のこもらない声だった。「でもアリバイはチェックします」

質問は続いた。店やグリーン・パークやケンジントンで誰かに話しかけられたか?二人とも疲れていたので嘘をつく方が楽だと気づき、作り話を何度も繰り返しているうちに、アガサは本当に結婚するような気になってきた。

質問が終わると、アガサはたずねた。「となると、ミスター・ブロクスビーの容疑は晴れたの?」

「誰の容疑も晴れていません。今後数日は旅行に行かないようにしてください」

警察が引き揚げると、もうすぐ結婚する予定だと言ったことでアガサはジョンをとっちめようとした。ジョンはそれを見てとると、「それはあと、あと」と先手を打ってかわした。「牧師とミセス・ヒルに電話して、黙っているように釘をさしておかないと」

「あなたが電話して、未来の夫さん。わたしはお酒を作るわ」

「わたしにもウィスキーをたっぷり頼む。その前にミセス・ヒルの電話番号を教えて。たしかメモをとっていたよね」

アガサは電話番号を教えてからリビングに行き、自分には大きなグラスにジントニックを作り、ジョンにはウィスキーを注いだ。グラスを手に腰をおろし、ジョンが電話でしゃべっている声に耳をそばだてたが、リビングのドアが閉めてあったので言葉は聞きとれなかった。ビルに真実を話すべきだった、と力なく考えた。どうやらジョンが正しくて、殺人犯はこのコッツウォルズに潜んでいるようだ。

ドアベルが鳴った。カーテンからのぞくと、マスコミ連中が数人外にいた。

ドアベルは無視してお酒を飲んでいると、ジョンがやって来て隣にすわった。

「外にいるのはマスコミかい？」彼がたずねた。

「そうよ、何人も。どうして結婚するなんて言ったの？」

「ああ、とっさに口から出たんだ。第二の殺人事件で動揺したせいかな。しばらくはその線で押して、別れたって言えばいい」

「ビルは信じていなかったわ」

「信じるよ。彼がまた訪ねてきたら、いかにも婚約者同士らしく振る舞えばいいだけだ。きっとまた来るだろう。演技をする気になれない？」

「今は何をする気にもなれないわ。ミス・ジェロップはどうして殺されたのかしら?」

「あきらかに何かを知っていたんだ。いちばんいいのはおとなしくして、騒ぎがおさまるのを待つことだね。警察がいなくなったらミセス・ブロクスビーに会いに行けるだろう。ミセス・ブロクスビーはあと二人の女性のことを話していただろう?」

「アンクームのペギー・スリザーとトレンプ大佐の未亡人ね」

「そこらじゅうに警察とマスコミがうようよしているから、今はまだ二人と話しに行くわけにはいかない。ここに泊まってあげようか?」

「いいえ。その件についてはもう話がすんでいると思ったけど」

「たんに安全のためだよ。誰かがあなたの口も封じようとするかもしれない」

アガサは身震いした。「わたしは大丈夫」

電話が鳴った。「あなたが出て」アガサは言った。

ジョンは廊下の電話をとり、しばらくして戻ってきた。「マスコミだ。あなたの番号は電話帳に載っていないのかと思った」

「そうだけど、マスコミには電話帳にない番号を調べる手段があるのよ。帰り際に壁からプラグを引き抜いておいて」

「つまり、一人になりたいってこと?」

「そのとおり」

ジョンはウィスキーをぐいっと飲み干すとグラスを慎重にテーブルに置き、ドアに向かった。

「わたしが必要なときは叫んでくれ」

アガサは彼が帰ってしまうとグラスを手にすわりこんだ。ときどき、ドアベルが甲高く鳴った。マスコミは執拗だった。さっき彼女のコテージの外にパトカーが停まっているのを見たにちがいない。

それからアガサはぎくしゃくと立ち上がると、二階に上がっていった。ていねいにメイクを落とし、バスルームの拡大鏡で顔を点検した。口の周囲の皺が深くなっている気がする。服を脱ぎ、手早くシャワーを浴びると、寝間着を着てベッドにもぐりこみ、天井の梁《はり》を見上げた。とうとう悲鳴のようなドアベルが止み、浅い眠りに落ちていった。


翌日の午後になって、電話がまだプラグから抜いたままだったことを思い出して、あわてて接続した。ジョンの番号にかけた。「何をしているの？」

「執筆だ。でも、あることを思いついたんだ。そっちに行くよ」

「ドアをノックして、ベルは鳴らさずに。そうしたらあなただってわかるから」

アガサは古ぼけたブルーのリネンのドレスにぺたんこサンダルをはいていた。もっとおしゃれな服に着替えようかと考えたが、たかがジョンじゃないの、と思い直した。

ドアがノックされたので開けた。ジョンは彼女のあとからキッチンに入ってくると、小さな宝石箱をテーブルに置いた。「作り話で通すために、それをはめた方がいいかと思って」

宝石箱を開けると、婚約指輪が目に飛びこんできた。メレダイヤに取り囲まれた大きなサファイア。

「いつ買ったの？」

「何年も前。元妻のものだよ。別れる直前にそれをわたしの顔に投げつけたんだ。はめてみて」

アガサはまだつけている結婚指輪と重ねてはめてみた。ぴったりだった。

涙がひと粒頬をころがり、キッチンのテーブルに滴り落ちた。

「どうしたんだ？」

アガサは震え声で笑った。「わたし、ジェームズがくれた婚約指輪をまだ持っているの。それをつけるのは耐えられないけど、相変わらず結婚指輪ははめてるわ」

ジョンはすばやくアガサをハグした。「これをはめておいた方がいいよ。わたしの判断がまちがっていなければ、おそらくビル・ウォンがすぐにやって来る。コーヒーを淹れるよ。ねえ、猫たちがテーブルで跳ね回ってるぞ。こんな真似を許してるのかい？」

「二匹の好きなようにさせているの。テーブルは定期的にごしごし洗ってるわ。でも、あなたの言うとおりね」アガサは二匹をテーブルからおろし、庭に通じるドアを開けて外に追いだした。

ジョンがパーコレーターにコーヒー粉を入れていると、ドアベルが鳴った。

「またマスコミかしら」アガサは玄関に行き、のぞき穴からのぞいた。「ミセス・ブロクスビーだわ」

勢いよくドアを開けた。「入ってちょうだい。お気の毒に。ひどい目に遭ったわね。ご主人はどこなの？」

「警察に協力して供述しているわ」

ミセス・ブロクスビーはキッチンのテーブルについた。

「コーヒーはどうですか？」ジョンが言った。「すぐにできますよ」

「ええ、ありがとう。ミルクだけで、お砂糖はなしで」

「どうしてミス・ジェロップが？」

「まったくわからない」ミセス・ブロクスビーはコーヒーのカップをジョンから受けとった。「無知蒙昧《むちもうまい》だけど害のない女性だもの」

「彼女はどこの出身なの？　最近、コッツウォルズの村人はみんなよそからやって来ているみたいでしょ。村に個性がなくなってきたと、地元の人たちが嘆くのも当然よね」

「ミス・ジェロップはスタフォードシャーのどこかから来たの。かなり裕福だったと思うわ。一族がジャム製造に関わっていたのよ、ジェロップのジャム＆ジェリー。このあたりではあまり知られていないけど、北部ではとても有名だったみたいね」

「アルフにはアリバイがあるの？」

「正確な死亡時間はわからないのよ、夜のあいだだってことぐらいしか。アルフが仕事をしていたときに、わたし、ミス・ジェロップが朝に電話してきたことを思い出したの。何か相談したいことがあるから訪ねてきてほしいって言ってた。あの人はいつも教区のできごとに苦情を言い、彼女の言葉を借りると、教会を活気づけたがっていたの。バーミンガムのスチールバンドを雇って礼拝で演奏してもらったらどうか、とかそういうことね。午後遅くに電話して、夜の九時ぐらいに行くって伝えたわ。行ってみると家のドアが少しだけ開いていて、ドアベルを鳴らしても応答がなかったので、事故にでも遭ったのかもしれないと心配して入ってみたの」ミセス・ブロクスビーは震える手で口元を押さえた。「そしたら、彼女がいたのよ」

「首に何か巻かれていたの？」

「見えなかったわ。脈があるかだけを確かめてから、警察と救急に電話した。でも、じっくり見る勇気はなかった」

「村はぐんぐん都会みたいになっているな」ジョンが口を開いた。「昔は誰もが他人の動向に目を光らせていたが、今じゃみんな他人のことを気にしなくなっている。ただしかわたしの記憶だと、彼女の庭の両側には高い生け垣があって、両隣の家からはドアがまったく見えないようになっていたな」

「ええと、彼女は雑貨屋の裏のドーヴァー・ライズの連棟式住宅に住んでいるのよね。あそこは袋小路になってる。歩いている人間がいたら、絶対に誰かが目撃しているはずだわ」アガサが言った。

「覚えてるかしら、あそこには四軒しかないのよ。ウィザースプーン夫妻は娘さんを訪ねてイヴシャムにいる。それが一軒目のコテージ。それからパーティントン夫妻。夜はほぼずっと、道から奥まったリビングでレンタルビデオ二本を見ながらディナーを食べて過ごしていた。その次がミス・ジェロップ。袋小路の突き当たりがミス・デベンナムで、チェルトナムの妹の家にいて向こうに泊まったの」

「どうしてそんなに詳しいの？」アガサがたずねた。

「夜更けまで牧師館に警察がいて、まるでわたしがその場にいないみたいにしゃべっていたのよ」

「では、ミス・ジェロップの件に戻ろう。警察がトリスタンの銀行口座について何か言っているのを小耳にはさみませんでしたか？」

「ええ、実を言うと聞いたわ。この数週間でかなりの金額を口座に入金していたけど、すべて現金だったんですって。この殺人が起きる前に、トリスタンにだまされたと思われる女性たちに話を聞いたらしいんだけど、全員が何もあげなかったときっぱり言ったそうよ。ただし、あげようかとは思っていたんですって。老ミセス・フェザーズの銀行口座まで調べたけど、多額の金額と言っても彼女にとってはだけど、最近になってまとまったお金がおろされたのは、あなたに夕食をごちそうするためだけだったの、ミセス・レーズン。ミセス・フェザーズも代わりに投資してあげようとトリスタンに言われたそうだけど、彼女のような女性は年をとったときのことを恐れているので、一ペニーにいたるまで貯めようとしているのよ。そのミセス・フェザーズですら食事代を出していたのは、彼の魅力だったんでしょうね」

「それで、彼の口座にいくらあったか聞いたの？」アガサがたずねた。

ミセス・ブロクスビーは首を振った。ふだんは穏やかな灰色の目には心配と苦悩の色が浮かんでいた。「アルフのことが心配で居ても立ってもいられなくて。あなたたちは何かわかったの？」

「警察には黙っていてね」アガサは釘を刺した。「捜査に介入したと言って、こっぴどく叱責されるから」ニュー・クロスとビンサーを訪ねたことをミセス・ブロクスビーに話した。

「ロンドンから来た人が犯人ならいいんだけど」牧師の妻はため息をついた。「村の雰囲気がとげとげしくなっているわ。こうした愚かな女性たちがアルフはミスター・デロンに嫉妬していたって、警察にしゃべっているせいなのよ」

キッチンの窓から弱々しい光が射しこんできて、アガサの指輪をきらめかせた。

「あら、新しい指輪ね」ミセス・ブロクスビーが叫んだ。

「ジョンが動揺して、ロンドンで調べ回っていたことをごまかすために、婚約しているってビルに言っちゃったのよ」

「本当のことを話してくれればよかったのに。かわいそうなアルフの疑いを晴らすようなことなら、どんなことでも」

「ミスター・ブロクスビーのことは心配いらないと思いますよ」ジョンがなだめた。「牧師を最初の殺人事件の容疑者にするためには、あなたが夫をかばって嘘をついていると考える必要があるし、それはとうていありえませんから」

ミセス・ブロクスビーが嘘をついているかもしれないとジョンが以前ほのめかしたことを、アガサは意地悪く指摘してやろうかと思ったが、珍しく如才なさを発揮して口をつぐんでいた。

「そろそろ戻るわ」ミセス・ブロクスビーは立ち上がった。「アルフが戻ってくるかもしれないし、帰ってきたときに誰もいないのはかわいそうだから」

「いっしょに行きましょうか？　マスコミがしつこいんじゃない？」

「もう帰ったわ、あとは数人の地元記者だけ」

アガサはミセス・ブロクスビーを見送ると、ジョンのところに戻った。

「テレビをつけてニュースを見よう。連中がさっさと消えたんだとすると、何か大事件が起きたにちがいない」

「三時ちょうどになるまで待ちましょう。その時間ならどのチャンネルもニュースを流しているわ」

アガサは煙草に火をつけた。「悪しき習慣だ」ジョンがとがめた。

「わかってるわ」アガサはため息をついた。「でも、大好きな習慣なのよ」

「しばらく待つしかないようだね。マスコミがいなくなったなら、簡単だ。明日まで待って、ペギー・スリザーに会って話を聞こう。アンクームに住んでいるし、警察もそこまで見張っていないだろう。ミセス・ブロクスビーは住所を教えてくれた？」

「覚えていないわ。待って、電話帳をとってくる」部屋を出たアガサは電話帳を持って戻ってきた。

アガサがページをめくっていると、ジョンが言った。「そうだ、シャングリラだ。彼女の家はそういう名前だった」

「そうだった。庭に妖精の置き物が並んでいるのよね。思い出した。ここだわ。通りの名前は書いてなくて、家の名前だけ。スノッブね、まるで荘園屋敷に住んでいるみたい。まあ、アンクームは狭い土地だし、簡単に見つかるわよ」

二人でわかったことを話し合っているうちに、そろそろ三時になることに気づいた。

「さあ、テレビのニュースを見ましょう」

リビングに行き、テレビのスイッチを入れると、二十四時間ニュースを流している番組を選んだ。

アナウンサーがしゃべっている。「自由民主党、スコットランド国民党、民主統一党がそろって政府に対して不信任案を提出しました。国防大臣のジョセフ・デメラルがカダフィ大佐から多額の金を受け取っていたことが明らかになったためです」

「これでおしまいね。マスコミは村の殺人なんか、それが二件になろうが見向きもしないわ。おかげで少し静かになるわね」

「じゃあ、家に戻って執筆をするか」ジョンは立ち上がった。「明日の朝、そうだな十時ぐらいに迎えに来るよ」

「わかったわ」そう答えたものの、急に独りぼっちになるのは寂しかった。

「じゃあまた」

これからどうしよう。イヴシャムで買いこんだ真新しいペーパーバックがコーヒーテーブルに積まれている。最初の一冊を手にとった。『ジェリーの過ち』というタイトルだった。ページをくりながらため息をついた。お金をむだにするんじゃなかった。女性向け小説で、ようするに、ロンドンの三十代ぐらいの女性が描かれているというだけのことだ。シンデレラとなる主人公が登場し、彼女のゲイの親友が最後から二番目の章でエイズで亡くなり、ヒーローは筋肉質で不機嫌と相場が決まっている。その本を放りだした。次の本はハリー・ポッター・シリーズの最初の本だった。好奇心から買ってみたのだ。すわって読みはじめ、一時間後、ドアベルが鳴っていることにやっと気づいた。のぞき穴から見ると、ビル・ウォンが見えた。罪悪感のせいで、いやいやドアを開けた。彼は一人だった。

「そろそろ腹を割って話す頃合いですよね、アガサ」

「入っててちょうだい。お小言は中でお願い。庭にすわりましょう。あまり寒くないようだから」

「ええ、嵐のあとですがすがしくて気持ちがいいですよ」

アガサはコーヒーのマグカップをふたつ手にとると、庭に運んでいった。ホッジとボズウェルがビルの体によじ登ってきた。ホッジは膝に丸くなり、ボズウェルはビルの首に体を巻きつけている。

「猫たちはびっくりするほどあなたが好きね」

「目下の問題に集中したいんですが」ビルは言いながら、やさしく二匹の猫を芝生におろした。「さて、アガサ、もう指輪は見ました。しかし、あなたたち二人は嘘をついているという気がするのはなぜでしょうね？」

「なぜならあなたは性格の悪い疑り深い警官の心を持っているからよ。わたしたちはとても愛し合っているの。ええ、あなたには正直になるわ。とても仲良くやっているし、どちらも年をとって一人になりたくないのよ。だから、結婚することに決めたの」

「じゃ、そういうことにしておきますか。ジェームズから連絡は？」

「あなたには話しておくわね。あの嘘つきのろくでなしは、あの修道院にとうとう戻らなかったの」

「また姿を見せるんじゃないかな。幸運なら、あなたの結婚式の日に」

「彼のことはもういいわ。ミス・ジェロップが殺された理由について何かわかったの？」

「彼女は何か見つけたんじゃないかと思います。だからミセス・ブロクスビーに電話してきたんですよ。もっともミス・ジェロップにはいつも呼びつけられては文句を言われていたと、ミセス・ブロクスビーは話してますが」

「彼女はお金持ちだったの？」

「非常に裕福でした」

「誰が相続するのかしら？」

「遺言を残していなかったんです。近親者は妹でストーク＝オン＝トレントに住んでいます」

「ねえ、教えて、ビル、トリスタンの銀行口座にはおかしなところはなかった？」

「莫大じゃないけど、けっこうな額のお金、五百ポンドとか六百ポンドがときどき現金で入金されていました。合計一万五千ポンドぐらいです。一族の信託基金というのはでまかせのようですね。彼はテレンス・バイルズで生まれたんです。父親は郵便局員で、母親は専業主婦。どちらも亡くなりました。トリスタンは十七歳のときに裁判所で名前を変更しました。すでに両親はいなかったんです。これといった問題は起こしていません。学校ではいい成績をおさめ、神学を勉強した。数年間、ケンジントンの教会で副牧師を務めましたが、まったく不審なところはなかった。トリスタンはもっと治安の悪い場所で働きたいと言っていた、と牧師は話しています。彼を手放すのがとても残念だったようですね。ところで、アガサ、よけいなところで嗅ぎ回っているんじゃないんでしょうね？」

「とんでもない。探偵業はもう卒業したの。今後は静かな生活を送りたいと思ってるわ」

ビルは立ち上がった。「そう言わなかったら、あなたたちが結婚すると本気で信じたところでした。でも、静かな生活をしたいですって？　まさか！　ともかく何か発見したら、ぼくに絶対に報告してくださいよ」

ビルが帰ってしまうと、アガサは庭にすわって深い物思いにふけった。例の一万ポンドはどうなったのだろう？　警察が知らないのだから、銀行にたずねなかったのだろう。トリスタンは国税局に怪しまれないように少しずつもらっていたのかもしれない。

アガサはビンサーのオフィスに電話して、彼と話したいと伝えた。ようやく個人秘書のミス・パートルにつながった。

「お願いですから、もう彼を放っておいてください」秘書は切り口上になった。「とても忙しいんです」

アガサは深呼吸した。「ねえ、あなた、その重い腰をさっさとあげて、彼のところに行ってアガサ・レーズンが話したがっていると伝えてちょうだい」

「まったくもう」

それからさんざん待ち、やっとビンサーの声が聞こえてきた。「今度は何だね？　知っていることはすべて話した」

「例の一万ポンドの件です。どうやって払いましたか？」

「現金だ」

「現金！」アガサは叫んだ。「妙ですね」

「妙なことはわかっているが、トリスタンが巧妙にそう仕向けたんだ。ニュー・クロスの銀行に専用口座を作る予定でいるが、小切手を換金しなくてすむなら、すぐに仕事にとりかかれると言ったんだ」

「だまされたことを誰にも知られたくないお気持ちは承知しています。ただ、あなたのような方なら、お金を取り戻すために彼を訴えたのではないかと思うんですけど」

「金は返してくれた」

「なんですって！　そのことはひとこともおっしゃらなかったでしょう。いつですか？」

「わたしが彼を問い詰めた一カ月ぐらいあとだ。わたし宛の大きな封筒に入った現金が受付に届けられたんだ」

「お金には手紙が添えられていましたか？　もしかしたら友情を復活させたかったのかも」

「いや、手紙はなかった。その一週間後に連絡があって、恐喝された。そこで前に話したように警察に通報すると言うと、それっきり連絡は途絶えた。さて、わたしに関する限り、この問題にはけりがついているんだ、ミセス・レーズン。おたくの村ではまた殺人があったそうじゃないか。あきらかに殺人犯はそちらの田舎にいるようだな。では失敬」

アガサは受話器を置くと、必死に頭を巡らした。どうしてトリスタンはお金を返したのだろう？　ミスター・ランシング、牧師のせい？　いいえ、反省している態度を装って返したと主張しながら、手元に隠し持っている方がトリスタンらしい。

もう一度受話器に手を伸ばし、ジョンに電話して、この問題について話し合おうとしたが、思い直した。明日の朝で充分だ。いつもジョンを必要とする状況にはなりたくない。

しかしその晩、ベッドに横になり、正体不明の殺人犯が野放しになっていると考えると、恐怖がわきあがってきた。しかも、茅葺き屋根のコテージは、怯えているときには眠りにつきたくない場所だ。頭上の茅のあいだで何かがざわざわ音を立て、梁がきしんでいる。眠りに落ちる直前に、すべて忘れてしまおうと決意した。朝になったら警察に行って、海外に行く許可をもらおう。危険から遠い、どこか見知らぬ国で過ごそう。

しかし、朝になりブラックコーヒー二杯と煙草三本の朝食をすませると、アガサはまたもや気力が甦《よみがえ》ってくるのを感じた。夜の恐怖はきれいに消えていた。十時になると、ジョンが外でクラクションを鳴らすのが聞こえ、コテージの戸締まりをして車に乗りこんだ。

アンクームをめざしながら、アガサはビルが訪ねてきたことと、ビンサーに電話すると、お金を返されたというびっくりするような顚末《てんまつ》を聞いたことを話した。

「あの男にはまだ話していないことがあるね。トリスタンはそんなふうに金を返すはずがない。ビンサーがトリスタンを脅しつけたにちがいないよ」

「どうかしら。ビンサーはとても正直に思えたけど」

「それほど正直なら、どうしてトリスタンがお金をだましとったままだという印象をわたしたちに与えたんだい？」

「嘘をついたわけじゃないわ」

「省略による嘘だよ。さあアンクームに着いた。きどったコテージを探そう」

「見た限りではメイン通りにはなさそうね。郵便局で停めて。訊いてくるわ」

ジョンが待っていると、アガサはペギー・スリザーが村はずれのシープ通りに住んでいるという情報を手に入れて戻ってきた。

「コッツウォルズにはシープ通りが何百もあるにちがいないな」ジョンがクラッチを

入れて出発しながら言った。村はずれで右折してシープ通りに入った。「数軒しかないな。おっと、前方右手の家がそうにちがいない」

シャングリラは現代的なバンガローだった。前庭は花や漆喰の妖精の置き物で色鮮やかだ。外に駐車して不揃いな敷石で舗装された小道を玄関の方へ進んでいった。ドアマットにはお決まりのひねくれた挨拶、「帰れ」という文字。ペギーはそういうことをおもしろいと感じる人間のようだ。ジョンがドアベルを鳴らし、二人はビッグベンの鐘が鳴るのを聞きながら待った。「彼女はミセス？　それともミス？」ジョンがたずねた。

「知らないわ」

ドアを開けたのは黒髪の中年女性だった。青白い肌に、ユーモアセンスとは無縁な人によく見受けられる、いたずらっぽい目をした女性だった。

アガサは二人の名前を名乗った。

「ああ、カースリーの探偵さんね」ハスキーな声だった。「ちょうどお茶を淹れようとしていたの。どうぞ」

リビングは細々した装飾品と植物でいっぱいだった。窓際には古い便器に植えられたヤシの木。片側の壁はアンティークディーラーが偽造したがるようなブリキの看板で埋め尽くされている。ヤシの木の反対側では小便小僧の模造品が石の鉢に放尿していた。光沢のある緑のシルクが張られ、金の房がついた三点セットのソファが置いてある。

「お茶を持ってきますね」ペギーは言った。

ジョンは石でできた小便小僧を見つめた。「水はどうやって循環しているのかな」

「リビングに置くには悪趣味よね。わたしまでトイレに行きたくなってきたわ」

「こういう低俗な装飾品をおもしろがるふりをしているだけなのかな？」ジョンがささやいた。

「いいえ、本気で気に入っているんだと思うわ。しいっ！　戻ってきたわよ」

ペギーがトレイを運んできた。ティーポットはずんぐりした太った男の形をしていて、注ぎ口はペニスだった。アガサはふいにお茶を飲みたくなくなった。ペギーにカップを渡されると、サイドテーブルに置いた。

「この殺人事件はわくわくするわね」ペギーが言いだした。

「わくわく？」アガサは啞然として相手を見つめた。「あなたはトリスタンのことをとても好きだったのかと思っていたわ」

「ええ、みんながそうだったわ。あんなにゴージャスな若者ですもの」

「葬儀はいつですか？」ジョンがたずねた。「訊くのを忘れていた」

「いとこさんがご遺体をロンドンに運んでいって火葬にするみたい」

「ぜひ葬儀に参列したいわ。いつおこなわれるかご存じ？」

「ご遺体が警察から戻されるまではわからないんじゃないかしらね。もちろん、あなたも彼とちょっとあったんでしょ？」

「関係という意味なら、まったくないわ」アガサはこわばった声で答えた。

「だけど、ミセス・フェザーズがキッチンのドアからのぞいていたら、彼があなたにおやすみのキスをしているのを見たって、みんなに言いふらしているわよ」

「ただの挨拶代わりのキスよ、それだけ」アガサはだんだん腹が立ってきた。「あなたこそ、彼と親しかったんでしょうね」

「親しくはないわ。楽しませてくれただけ。それに、わたしたちのように老化しつつある女性は、美しい青年といっしょのところを見せびらかせるのがうれしいじゃない、ねえ、アガサ」

「わたしには美しい青年なんて必要ないの。こちらのジョンと婚約しているから」

「本当に？」ペギーはジョンを頭のてっぺんから爪先までじろじろ観察してから、アガサに視線を戻した。「ねえ、どんな手を使ったの？」

ジョンがすばやく口をはさんだ。「トリスタンにお金をあげたんですか?」

「全然。あのかわいそうな子ヒツジさんはほしいとも言わなかった。二、三度、豪勢なディナーをごちそうしてくれただけで、わたしに迫るのはあきらめたみたいね」

あんたなんか、大嫌い、とアガサは思った。

「彼が亡くなった夜はどこにいたんですか?」ジョンがたずねた。

「お馬鹿さんね。あなたは警察じゃないんだから、答えるつもりなんてないわ。それにしても、あなたたちみたいな探偵が調べ回っているのを見物したら、さぞおもしろいだろうと思っていたけど、なんだか退屈な仕事のようね」

アガサは立ち上がった。怒りのせいで直感が猛烈に働いていた。

「ずいぶん演技がお上手だこと、ねえ、ペギー。だけど、あなたは彼に恋をしていたし、彼はあなたをだましました。どうだましたかはこれから探りだすつもりよ。ああ、ところで、彼がゲイだって知ってた? 行きましょう、ジョン」

ペギーは出て行く二人を呆然《ぼうぜん》と見つめていた。

「あなたの最後の言葉は、あのおばさんにかなりこたえたようだね」車にまた乗りこむと、ジョンが言った。「あの毒のある嘲《あざけ》りが演技だって、どうしてわかったんだ?」

「トリスタンは完全なろくでなしで、恐喝者だってわかったけど、華やかで魅力的だった。わたしをうっとりさせ、自分がすてきな女性のように感じさせてくれた。だから、彼はとても危険だったのよ。正直に言うと、わたしもその一人になりかねなかったけど、だまされた人々は彼の魅力に翻弄されなかったというふりをしたがるのよ。ただし、トリスタンに心を動かされなかった女性なんて想像できないわ」

「ミセス・ブロクスビーは別だ。さあ、ミセス・トレンプに会いに行こう」

5

ミセス・トレンプは村の郊外にある改造した納屋に住んでいた。アガサはさまざまな村のイベントでミセス・トレンプを見かけたことがあるのを思い出した。小柄で内気な女性で、大佐が生きていたときは妻にいばり散らしていると、もっぱらの噂だった。

でこぼこした私道を進んでいき、車から降りてドアを勢いよく閉めると、近くの雷が落ちた木に巣を作っていたカラスが、警戒してカアカア鳴きながら空高く飛び立っていった。すでに刈り取りは済み、家のわきの広い畑には、金色の切り株のあいだで落ち穂をついばむキジがたくさんいた。

改造された納屋は大きくて頑丈そうだった。アガサがドアベルを鳴らし、二人は待った。カラスが輪を描きながら自分の木に戻ってきて、アガサとジョンをビーズのような目で見下ろしている。アガサは身震いした。「カラスって嫌い。縁起が悪い鳥よね」

「不吉なのはワタリガラスだろ」

ドアが開き、ミセス・トレンプが近視なのか日差しに目を細め、まばたきしながら二人を見上げた。

「ミセス・レーズンとミスター・アーミテージね？」

「そうです。入ってもかまいません？　トリスタン・デロンのことでお話ししたいんです」

「あらあら。ちょうどジャムを作っていたところですけど……ええ、どうぞ」背中を向けて家の奥に歩いていったので、二人は後に続き、高い両開きドアがある広いリビングに入っていった。家具は古いものと新しいものが居心地よく交じり合っている。プラムジャムの甘酸っぱい香りが家じゅうに漂っていた。

「どうか、おすわりになって。窓を閉め切っているんですけど、かまわないかしら。ジャム作りをしているときはいつもそうしているんです。でないと、スズメバチの大群が押し寄せてくるので。ミスター・デロンについて何をお知りになりたいの？」

「あなたが彼と親しかったと聞いたので」アガサは水を向けた。

「ええ、そうね。ですから、彼が亡くなったことを聞いて、悲しくてたまらないわ。

おまけに、またぞっとする殺人が起きたでしょ。あなたが村に来るまでは、そういうことはまったくなかったのよ、ミセス・レーズン」

「わたしとは関係ないわ。わたしは人を殺して回ったりしてませんから。だけど、犯人は誰なのか、ミスター・ブロクスビーのために知りたいんです」

「容疑者にされたのは本人のせいですよ。ミスター・デロンにとても嫉妬してましたから」

「トリスタンからそう聞いたんでしょうね」

「ええ、牧師といろいろもめたときに、つい口を滑らせたのよ」

「彼がゲイだということはご存じでしたか？」ジョンがたずねた。「それに、女性にお金を貢がせようとしていたことは？」

ミセス・トレンプは節くれ立って血管の浮きでた片手を、ふいにわななきはじめた口元にあてがった。「そんなこと、信じません。ずいぶんと悪意のこもった言い方をするのね」

「残念だけど、本当なんです」アガサが言った。「あなたからお金を引きだそうとしましたか？」

「村の若者のためにクラブを創設する計画があるって言ってたわ。支援が必要だって。

だから、彼を支援しようと思って、小切手まで用意したのよ。殺されてしまったから受けとってもらえなかったけど。でも、彼は本気でそのクラブを始めたいと思っていたにちがいないわ。あなたは誤解しているんです。彼は本物のクリスチャンだったのよ」

「ミセス・トレンプ」アガサがきっぱりと告げた。「その小切手をあげずにすんで、本当に幸運だったんですよ。彼はそのお金を自分のものにしたでしょう。小切手の額面は？」

「五千ポンド」

「かなりの大金ですね」

「そのくらいの余裕はあるから。亡くなったジョージが安楽に暮らしていけるだけのお金を遺してくれたの。主人はわたしが無駄遣いをするのを嫌った。ジャムもケーキもパンも全部、手作りしていたのよ。ジョージにそうしろと言われてね。それに、わたしの家計簿を毎週チェックして、一ペニーでも無駄遣いしたと思うと猛烈に怒った。何十年も、アンクーム街道に面したみすぼらしいちっぽけなコテージで暮らしていたのよ。がらくただらけで、身動きもできないほどだったわ！　主人は何ひとつ捨てなかったの。主人が亡くなると、何もかも運びだして捨て、この家を買ったのよ」

彼女は小さな笑みを見せた。「すてきでしょ？」

「ご主人はどうして亡くなったんですか？」ジョンがたずねた。

「癇癪の発作のせいよ。血圧に気をつけて、ってしじゅう注意していたんだけど、煙草のせいじゃないかと思うわ」

「ヘビースモーカーだったんですか？」アガサはバッグに入っている煙草のパックをうしろめたく感じた。

「いいえ。実はね、わたしの方が急に煙草を吸いたくてたまらなくなったの。でも主人は絶対に許そうとしないでしょう。そうしたらイヴシャムに新しく安売り食料品店ができてね、家計簿には村の店の価格を書いておいて、安売り店で買い物をすれば、差額で煙草代くらいは貯められるって気づいたのよ。ある日、主人はゴルフに行くって出かけた。さっそく一本火をつけたとたん、何か忘れたらしく主人が家に飛びこんできたの。わたしが煙草を吸っているのを見て、カンカンになって怒鳴り散らしていたら、急に喉の奥で妙なゴロゴロいう音を立てて倒れちゃったのよ」

彼女はまた小さく笑った。「すわりこんで、しばらく主人を眺めていたわ。それから電話で救急車を呼んだ。あの人は初めておとなしくなったわ」

「トリスタンに話を戻しますけど」アガサが言った。「どういうきっかけで親しくなったの？」

「うちに訪ねてきたのよ。牧師に代わって教区を回っているって言ってたわ。とても魅力的だったし、この家をとても気に入ってくれた。ここにずっと住めたらいいって言ってたわ。アルフ・ブロクスビーは横暴なんですってね。わたしは横暴な人間については嫌と言うほど知っていたから、ジョージとの暮らしを彼に打ち明けたの」

「アルフ・ブロクスビーは横暴じゃないわよ」アガサはきっぱりと否定した。「長年、彼のことは知っているでしょう。ミセス・ブロクスビーが横暴な夫に我慢すると思う？」

「ミスター・デロンの話だと、ずっと耐えているってことだったわ。あなたは悪意のある噂を聞いたんだと思うわ、ミセス・レーズン。彼がゲイだとしても、恥じることがある？」

「いいえ、全然。ただし、彼がお金を搾りとっている女性たちとのあいだに距離を置いている、というのは事実よ」

ふだんは弱々しいミセス・トレンプの顔つきがラバのように強情になった。

「二人とも、もう帰っていただけるかしら。中傷やたわごとはたくさんだわ」

彼女は立ち上がり、玄関のドアを開けて手で支えた。

「それから、ここに二度と来ないでちょうだい」

「夫に脳卒中を起こさせるために、わざと煙草を吸ったんだと思うわ」アガサは不機嫌に言った。「なんてぞっとする人かしら」

「ひとつわかったことがあるよ」

「何？」

「小切手を用意したと言っていただろ。トリスタンが現金じゃなくて小切手を受けとるってことは、できるだけお金をかき集めて、姿をくらます計画だったんだよ」

「たぶんね。だけど、村の人たちのお金を奪って姿を消したら、教会も去らなくちゃならない。でも教会の副牧師という地位があるからこそ、人々にお金を出させるのが簡単になったんでしょ」

「だが、命を脅かされていたんなら、国外へ逃げるつもりだったのかもしれないぞ」

「そうねえ」そのことは考えつかなかったので、アガサはくやしかった。「あまり手がかりが得られなかったわね。これからどうする？」

「まだ時間が早いな。ロンドンに戻って、トリスタンが以前働いていたケンジントンにある教会にあたってみよう」

「ビルはどこの教会か教えてくれなかったわ」

「聞き回ってみればいい」

「ウエスト・ケンジントンかもしれない。だったら一日がかりになるわよ」

「サウス・ケンジントンのどこかだっていうことに賭けてもいいよ。トリスタンのことだ、ファッショナブルな場所を選ぶだろうからね」

「警察が捜査に来ていたら？」

「じゃあ、明日まで延期した方がいいかな。ミセス・ブロクスビーがどうしているか訪ねてみよう」


ミセス・ブロクスビーは牧師館の庭に二人を案内した。「アルフは臥《ふ》せっているの。今回のことは悪夢みたいだわ」

三人は庭にすわった。「村で見知らぬ人間を見かけたという噂はまったく耳にしないの？」アガサがたずねた。

「全然。テレビのせいよ。たいていの人が家にひきこもって、テレビの前から離れようとしない。ミス・ジェロップはわたしに何を話したがっていたのかしら、って何度も考えてしまうわ。重要なことだったのかしら、それともいつもの文句だったのかしらって」ミセス・ブロクスビーはため息をついた。「今となっては永遠にわからないわね」

「マスコミはどうしていた？」アガサがたずねた。「まだ何人かはうろうろしていたにちがいないわ。住人はカメラを持っている人を見かけても、またマスコミかと思って、何も警察に話さないかもしれないわよ。ところで、トリスタンは最初にケンジントンの教会で働いていたらしいの。どこの教会か知ってる？」

「ミスター・ランシングがトリスタンをアルフに紹介してきた手紙に書いてあったかもしれないわね。ちょっとここで待っていて、調べてみるわ」

ミセス・ブロクスビーが室内に入っていくと、ジョンが言った。

「地元のパブを忘れていたよ。今頃、噂の温床になっているにちがいない。ミセス・ブロクスビーから情報を聞いたら、パブを訪ねて、ついでにランチもとろう」

ミセス・ブロクスビーが手紙を手に戻ってきた。彼女はそれをジョンに渡したので、アガサはむっとした。そこで椅子をジョンの隣に引き寄せ、いっしょに読んだ。トリスタンは健全な精神を取り戻すために田舎に引っ越す必要がある、と書かれている。最後のパラグラフに、ニュー・クロスに引っ越してくるまではサウス・ケンジントンのセント・デイヴィスで働いていたとあった。

「明日、そこに行ってみよう。トリスタンが過去にかかわった人物が犯人かもしれない」

「気の毒なミス・ジェロップはトリスタンの現在の知り合いよ」アガサが指摘した。

「だが、彼女は何かを発見したのかもしれない」

「妹さんはもう着いたの？」アガサはたずねた。「ミス・ジェロップの妹さん。ストーク＝オン＝トレントに住んでいるんでしょ？」

「何も聞いてないわ。わかったら知らせるわね」

「わたしたち、パブにランチをとりに行くの。よかったらいっしょにいかが？」

「いいえ、やめておくわ。アルフがもうじき起きるでしょうし」

ジョンとアガサは牧師館を出て、パブまでの短い距離を車で走った。

「だんだん怠け者になっていくわ。以前はどこへでも歩いていったのに」

それは本当ではなかったが、珍しく必死に運動をしたことだけがアガサの記憶に刻まれていた。自転車も持っていたが、一年以上乗っていないので、庭の隅の物置小屋で錆《さ》びかけている。ロイ・シルバーといっしょに自転車を漕いだことを思い出した。

ロイはかつて会社を経営していたときにアシスタントをしていた青年だ。電話してこないのは妙ね、とちらっと思った。新聞で殺人事件について読んでいるはずだ。それに友人であり〝ワトソン〟役のサー・チャールズ・フレイスはどうしたのだろう？　身震いした。次々に友人たちに見捨てられているのだ。ビル・ウォンですら、最近は友人ではなく警官の目でアガサを見ていた。

パブは騒々しく、煙が充満していた。煙草ではなく暖炉の火のせいだ。ジョン・フレッチャーは暖炉にかがみこんで咳き込みながらぼやいた。

「新しい薪のせいなんだよ。まだ完全に乾いてなくてね」彼はたきつけに火をつけて、薪のあいだに放りこんだ。炎が薪の周囲を少しずつなめはじめた。「これでうまくいくだろう」フレッチャーは立ち上がって両手をズボンにこすりつけた。「さて、何にするかい？」

二人ともビールとサンドウィッチを注文し、煙を追いだすために開けてある窓のそばのテーブルにすわった。薪がパチパチはぜる音は心を静めてくれた。窓の外の狭い駐車場の向こうには、金色の切り株畑が淡い日差しを浴びて広がっている。殺人事件がなかったら、ここにすわってサンドウィッチを食べてビールを飲み、家に帰って猫と遊ぶのが楽しみだったのに。このところ退屈でたまらなかったことをころっと忘れてアガサは思った。

フレッチャーが二人のビールとサンドウィッチを運んできた。

「最新のゴシップは？」アガサがたずねた。

「たいしてないな。最初のうちは、みんな、牧師の仕業だと考えていたけど、副牧師が実はあまりいいやつじゃなかったっていう噂が流れたんで、よそ者の犯行だって考えてるよ」

バーの客が酒をくれと叫んだので、フレッチャーは行ってしまった。

アガサはビールをひと口飲んで、顔をしかめた。本当はジントニックの方が好きだったが、ビールだと半パイントも飲みきれないし、お代わりもしないと承知していたので、わざわざビールを頼むようにしていた。中年女性にとって、アルコールはもっとも加齢を促進するものだからだ。

石敷きの床にハイヒールのカツカツという音が響き、婦人会の書記、ミス・シムズが登場した。

彼女はラムウォッカのグラスを手にしていた。「お仲間に入れていただいてもかまいません？」

「ぜひどうぞ」ジョン・アーミテージは応じた。

ミス・シムズはアガサの隣の椅子にすわった。「ミス・ジェロップはお気の毒だったわね？　だけど、身から出た錆よね」

「どういうこと?」とアガサ。

「いつも文句ばかり並べて、やたらにいろんなことに首を突っ込んでいたからよ。それにゴシップ好きだったし。あなたのことをどう言っていたか聞かせたかったわ、ミセス・レーズン」

「知りたくないわ」アガサはぴしゃりと言った。「トリスタンのことを聖人だと、まだ思っているの?」

「ううん、彼にひどいことをされたから」

「どんなこと?」

「彼が殺される前の日に村でばったり会ったら、ディナーに誘われたのよ。村の老婦人にはもう飽き飽きしたって。今考えれば、ずいぶんひどい言い方だけど、そのときはディナーに誘われたし、あたしといっしょにいたいんだと思って舞い上がっちゃったの」

「だけど、その夜はわたしが彼とディナーをとったのよ!」アガサが叫んだ。

「わかってる。それを今から話すところ。チッピング・ノートンの新しいレストラン〈スタヴロズ〉で八時に待ち合わせしていたの。あたしは八時十分になって飲み物を注文した。それでも彼は現れなかった。八時半に、もう帰ることにしたわ。だってメニューを見たら、とうてい自分じゃ支払えないってわかったから、飲み物代だけ払って、フィッシュ・アンド・チップスをシープ通りで買って家に帰ったの。彼に電話したら、あなたをもてなしているから取り次げないって、ミセス・フェザーズに言われたわ。いつ彼に招待されたの？」

「殺された前日のお昼過ぎよ」

「だけど、その日の午後にはあたしもディナーに誘ったのよ」ミス・シムズは泣き声をあげた。「どういうことなの」

「おそらく、わざとしたんだよ」ジョンが口をはさんだ。「彼はこのアガサとすでにディナーの約束をしていた。たぶん、きみがテーブルにすわって待っているところを想像して楽しんでいたんだろう」

「一見、とっても感じがいい人に思えたけど、彼はなんというか、ちょっと残酷だって噂も小耳にはさんだわ」

「例をあげてくれる？」アガサが頼んだ。

「たとえば移動図書館を運営しているミセス・ブラウンによると、ある週は魅力を振りまいていたのに、翌週には利用客たちの前で、本の選択が実にくだらない、よほど頭の悪い人間が選んだにちがいない、ってけなしたんですって。ミセス・ブラウンがほとんどの本を選んでいるし、全員がそのことを知ってるから、その場がしーんと静まり返った。だけど、彼はすごくゴージャスな姿だったし、本当にやさしい微笑を浮かべていたので、みんな、聞き間違えたにちがいないって考えた。それから、公営団地であたしの近所に住むミスター・クリンステッドなんだけどね、トリスタンは巡回に来て、彼とチェスをするようになった。ミスター・クリンステッドはチェスのお相手ができてとてもうれしかったようで、最初の二回はトリスタンに勝たせてあげた。でも、三回目に負かしたら、トリスタンはとても腹を立てて、ずるをした、ってミスター・クリンステッドを罵倒したんですって」

「そういう話が村で広まることにはひとつ、いいことがあるわね。アルフ・ブロクスビーが嫉妬に駆られてトリスタンを殺したとは、みんな考えなくなるってこと」

「ええ、今はね。だけど、最初はそう噂されてたわ。だって、他にそんなことをする人がいる？」

「ミス・ジェロップはどうなんだろう？　彼女についてはどう言われていたんだい？」ジョンがたずねた。

「あの人はあまり人望がないの。いつも文句ばかりで。みんなをいらいらさせていたわ。だけど、彼女を殺したいほどの人となると、見当がつかないわね。もちろん彼女は牧師がトリスタンを殺したんだとか、悪意のあることを言いふらしていたって話だけど」

つまり、人々はまだアルフ・ブロクスビーを犯人として考えているということだ、とアガサはがっかりしながら考えた。何かしなくちゃ。だけど、何を？　何か見つかることを期待して、調べ続けるしかないわ。

ミス・シムズはグラスを干すと帰っていった。「これからどうする？」アガサはたずねた。

「わからない。明日、ロンドンのその教会を訪ねてみよう。とりあえず図書館に行って、ストーク＝オン＝トレントの電話帳で〝ジェロップ〟を調べてみようよ。妹の番号がわかれば、電話できる。まちがいなくトリスタンはミス・ジェロップに何かしゃべり、そのせいで彼女の身が危険になったんだよ」

「出てないわ」半時間後、アガサは報告した。「個人電話帳には」

「〈ジェロップのジャム＆ジェリー〉か。事業所電話帳の方を見てみよう」

アガサはそちらを探した。「あった」

「書き留めたら、家に戻って、静かな場所で電話しよう」

アガサのコテージに戻ると、アガサはたずねた。「どっちが電話するの、あなた？それともわたし？」

「わたしがかけるよ」

アガサはキッチンに行き、猫たちをなでてから庭に出してやった。目の前の光景を眺めながら、庭がなんだかぱっとしないわね、と思った。植物の世話が苦手なのでこれまでは庭師を雇っていたが、料金は高いのに怠け者だったので、クビにして、花壇は灌木《かんぼく》にしてしまった。来年はすっかりやり直して、色とりどりの花を咲かせよう。

ジョンが隣にやって来た。「ミス・ジェロップの妹はミセス・エセックスだ。人事部の感じのいい人が住所まで教えてくれたよ。あなたが話す？」

「いいえ、あなたがかけて」

ジョンは驚いたようだったが、室内に戻っていった。

アガサはふいに何もかも放りだしたくなった。警察に任せるべきだった。何か他のことで頭をいっぱいにしておきたかった。何でもいい。なぜかしらジョンといっしょだと、リラックスできないのだ。ジョンがいつも若々しくてハンサムなことが自分を動揺させる原因だとは、アガサは思ってもみなかった。そういう男性はもっときれいで、もっと若い女性に興味を持ち、アガサ・レーズンのような女性には目もくれないからだ。それにアガサは古くさい考えの持ち主だったので、自分を女性として見てくれない男性には関心を抱くことができなかった。

ジョンは戻ってくると告げた。「ご主人と話をしたよ。ミセス・エセックスはミルセスター警察に来ているそうだ。行こう。署から出てきたところをつかまえられるかもしれない」

「顔がわからないんじゃない？」アガサは動きたくなかった。

「たいてい、姉妹だからどこか似ているんじゃないかな」

「ミルセスターを出て、もうコテージに来ているかもしれないわよ」

「それはないよ。今朝早く歩いていってみたんだ。まだ立ち入り禁止になっていたし、鑑識の係官が作業をしていた。行こう、アガサ！」

ミルセスター警察署の駐車場で、出てくる人たち全員の顔をチェックしながら待ち続けた。一時間後、アガサはあくびをして、こわばった腰ですわり直した。

「彼女に似ている人は誰もいないわ。そろそろ帰りましょうよ。たぶん、とっくに家に帰っちゃったのよ」

「あれがそうかもしれない」ジョンが言った。中年女性が女性警官に付き添われて出てきたところだった。彼女は目が飛びだし、フェレットみたいな顔をしている。パトカーが横付けになり、二人の女性は後部座席にすわった。

「これからどうするの？」

「パトカーをつけよう。地元に泊まっているのかもしれない」

ジョンがハンドルを握り、安全な距離を置いてパトカーを尾行した。「カースリーの方へ向かっているぞ」十キロほど走るとジョンが言った。「警察の鑑識作業が終わって、妹はコテージに泊まるつもりかもしれない」

「だとしたら、相当に神経が太いわね」アガサはあきれた。「姉が殺された家になんて、わたしなら泊まりたくないわ」

「財産に目を光らせておくためだよ。おそらく妹が相続するんだろう」

予想どおり、パトカーはカースリーに向かっていった。

「いったん家に戻った方がよさそうだ。それから少し時間をおいて、警察が引き揚げた頃を見計らって歩いて行ってみよう。わたしの家で待つことにしよう」

アガサはジョンのコテージに入るたびに、喪失感で胸がチクリとした。行方不明の元夫の個性が痕跡すら感じられなくなっていたからだ。ジェームズ・レイシーが住んでいたときは、棚から本があふれだしていた。かたやジョンの本はすべて分野ごとに整然と並べられている。ジョンは窓の正面にすえたメタル製のコンピューターデスクで仕事をしている。明るい色のチンツ地のカバーをかけた肘掛け椅子が二脚と、ピカピカに磨かれ、まったく何も置いてないオークのコーヒーテーブルがあった。

「何か飲むかい？」ジョンがたずねた。

「ジントニックを」

「レモンも氷もないんだ」

「なんてイギリス人らしいの！　ぬるいジントニックでいいわ」

ジョンがキッチンに行ってしまうと、アガサはすわって目を閉じ、ジェームズの姿とかつての部屋の様子を思い浮かべようとした。どうにか成功しかけたとき、ジョンが戻ってきた。目を開け、ジントニックのグラスを受けとった。彼は慎重に二枚のコースターをコーヒーテーブルの上に置いた。

「いかにも独り者っていう暮らしをしているのね。どこもかしこも整然としているわ」

「そうじゃないと暮らしていけないんだよ。一日でも手を抜くと、だらしなさがいすわってしまう。パトカーが通り過ぎたぞ」彼は玄関に行き、ドアを開けて外をのぞいた。「ビル！」彼は叫んだ。「こっちだ」

「彼に会うたびにうしろめたい気持ちになるわ」アガサはぼそっとつぶやいた。

ビルが入ってきた。彼は一人きりだった。「ミルセスターからぼくたちをつけてたのは、あなたたちだったんですか？」

「たまたまミルセスターで買い物をしていただけよ」アガサは弁解した。「パトカーが前にいるのが見えたけど、あなたが乗っているとは知らなかったわ」

「いえ、乗ってません。ぼくはあなたたちの後ろを走っていたんです」

「ともあれ、ここに来たっていうことは、わたしたちに何か用があるのかしら？」

ビルがアガサの顔をじっと見つめると、彼女は目を伏せてグラスに手を伸ばした。

「二人とも何か企んでいるんだと思います。これまであなたが事件から手を引くのなんて見たことがありませんからね、アガサ」

「婚約したせいなんだ」ジョンが口をはさんだ。「いろいろやることが多くてね。コテージを片方処分するべきか、どこかにもっと大きなものを買うべきか、それも決まってないんだよ」

「まあ、そういうことにしておきましょう。何か情報を仕入れましたか？」

「村人たちはトリスタンについて意見を交換した結果、彼はかなりたちが悪い人間だったという結論を出したみたいだよ」

「例をあげてください」

アガサはミス・シムズの件を話した。「ほう、それは妙ですね。だって、ゲイの男性がお金のない女性に何を求めるっていうんだろう？」

「たぶん、たんに意地悪したかったんじゃない？」

「それでも辻褄《つじつま》があいませんよ。金持ちの女性からお金を搾りとりたいなら、やさしくて魅力的な上っ面を保つのに必死になるはずです。ミス・シムズがみんなにしゃべるって、わかっていたでしょうし」

「もしかしたら」アガサが考えながら意見を口にした。「誰か、あるいは何かに怯えて、逃げだす決心をしたのかも。だから教会のお金が必要だった。わたしからも小切手をもらえると期待して招待したのかもしれないわね」

「あるいは、あなたからお金をとれる可能性が出てきたから、ミス・シムズを切り捨てた」

「だけど、わたしを招待したあとで、ミス・シムズをディナーに誘っているのよ。ミセス・フェザーズは夜のあいだに彼に電話がかかってきたって言ってた？」

「彼女の知る範囲ではないようですね。あなたの電話以外は。ミス・シムズは招待されてすっかり舞い上がり、興奮していたにちがいない。もしかしたら日にちを勘違いしたのかもしれませんよ。あなたは彼と月曜にディナーをとった。彼は明日の夜って言ったのに、ミス・シムズは頭がぼうっとしていて日をまちがえたのかもしれません」

「レストランに電話して、トリスタンが何曜日に予約を入れたのか調べてみよう」ジョンが言った。

「オックスフォードシャーの電話帳が必要よ」アガサが注意した。

「持ってるよ。あなたたちは話していて。寝室で電話をかけてくるよ」

「本気でまた結婚するつもりなんですね」ビルはアガサの表情をじっと観察した。

「いい考えだと思うから」

「あなたの世代の女性は話し相手や、パブやレストランにいっしょに行ってくれる相手や、ヒューズを直してくれる相手がほしくて結婚することが多い。でも、あなたはちがうでしょう、アガサ」

「二度と恋に落ちないって決めたの。だから、話し相手で落ち着くのもありなんじゃないかしら。ねえ、話題を変えない？　ミス・ジェロップの妹さんはお姉さんのコテージに滞在するつもりなの？」

「ミス・ジェロップの妹だって、どうしてわかったんですか？」

「パトカーがコテージのあるドーヴァー・ライズの方に曲がったもの。簡単よ」

「ねえ、あなたたち二人は彼女が警察にいることを知り、外で待ち伏せしていて、ここまで跡をつけた。そういう気がしてならないんですけど、どうしてかなあ？」

「あなたが偏屈で疑り深い警官の心を持っているからよ。あら、ジョンが戻って来た」

「謎が解けたよ」ジョンは階段を下りてきた。「トリスタンは火曜の夜にテーブルを予約していたんだ、月曜じゃなくて。レストランは満席じゃなかったし、ミス・シムズが現れて紳士の友だちを待っていると言って、予約の名前も告げなかったので、二人用のテーブルに案内したそうだ」

「また行き止まりか。そろそろ帰ります。ミセス・エセックスにうるさくつきまとわないでくださいよ」

「誰のこと？」アガサはとぼけた。

「知らないふりをするんですか！」

ビルが帰ってしまうと、ジョンはたずねた。

「ああ言ったけど、ミセス・エセックスにうるさくつきまとうんだよね？」

「もちろんよ」

「警察が帰ったことがはっきりするまで、ちょっと待った方がいいよ。たった今、窓の前をミセス・ブロクスビーが通り過ぎた。あなたの家を訪ねるつもりじゃないかな」

ジョンは窓を開けて叫んだ。「ミセス・ブロクスビー!」彼女は振り返ってにっこりすると、玄関にやって来た。ジョンがドアを開け、中に招じ入れた。ミセス・ブロクスビーはすっかりリラックスして明るい表情になっていたので、思わずアガサは叫んだ。「まあ、ずいぶん元気そうね。いいニュースを聞いたんでしょ」

「いいニュースはないけど、ずっと教会にいて、改めて祈ってきたのよ」

アガサは恥ずかしくなった。「ビル・ウォンがさっきまでここにいたの」ミス・シムズのデートの約束と、その成り行きについて牧師の妻に話した。「でも、そもそもどうして彼女を誘ったのか理由がわからないわ」

「おそらく」とミセス・ブロクスビーはゆっくりと言葉を口にした。「彼はたぶんゲイじゃなかったのよ」

「だけど、聞いてきた話だと、自分でそう言ってたのよ」

「相手を拒否したり傷つけたりする手段として、そう言ったのかもしれないわ。とても美しい男性はゲイだと思われがちよ。実を言うと、わたしもそう思いこんでいたの。考えてみて、ミセス・レーズン、彼とディナーをとっていたとき、ゲイかもしれないって感じた？」

「いいえ。性的なオーラを発散してたわ」

「見かけどおりの悪辣な人間だったのなら、男性も女性も操ることができて満足していたんじゃないかしら。男性に対してはゲイだとほのめかしておいても、迫られたら拒絶することができる。女性に対してはゲイだという口実で同じようにはねつけられる。人を操ることに喜びを覚えていたのよ。トリスタンはわたしと会うなり、あなたはアルフにはもったいない、って遠回しに言ったけど、わたしには通用しなかった。だって、夫に対して愛情が揺らいだことは一度もないからよ」

アガサは一瞬ねたましく感じ、あわててその気持ちを抑えこんだ。ミセス・ブロクスビーは善良な女性なのだから、ごほうびを与えられて当然よ。わたしも神に祈りを捧げるべきかもしれないわ。

全員でトリスタンについてこれまでわかったことを検討してみたが、何も成果はなかった。

ミセス・ブロクスビーが帰ってしまうと、ジョンは腕時計を見た。「そろそろミセス・エセックスを訪ねてもよさそうだね」

村を抜けてドーヴァー・ライズまで歩いていった。「裕福だったのに、もっと高級な場所に住もうとしなかったのは不思議だな。ここはかつて労働者の住宅地だったんだよ」

「一人暮らしだし、そんなに大きな家は必要ないと思ったんじゃないかしら。こういう連棟式のコテージでも二十万ポンド近くする。コッツウォルズに住むのはお金がかかるのよ。人気の土地だから。コッツウォルズにセカンドハウスを持っていた人の多くが、前回の不況でロンドンの家を売って、ここから通勤しなくてはならなくなった。でも、モートンから電車でわずか一時間半だしね。ロンドンの高級住宅地ハムステッドに住んでも、シティにたどり着くのにそのぐらいの時間がかかるわ」

袋小路の行き止まりに立ち、通りを眺めた。「パトカーはいないな。見張りをしている警官の姿もないようだ」

「ビル・ウォンが藪《やぶ》から飛びだしてくるんじゃないかって不安だわ」

「敵はいないようだ」

「ライセンスがないのにこういうことをするのは気が進まないわ。わたしたち、詮索好きの二人組に思われそう」

「素人探偵の宿命だよ」ジョンは楽しげだった。「しっかりしろ、アガサ。いつものように歯を食いしばってがんばれ」

二人はコテージに到着した。ドアが開きっぱなしになっている。

「さあ、行きましょ」

アガサはドア脇のベルを鳴らし、ふいに自分がパンツとシャツブラウスにぺたんこサンダルという格好であることに気づいた。このごろ身なりにかまわなくなってるわ。エステサロンにもずっと行っていない。そわそわと上唇に触れてみた。これ、髭かしら？　バッグを探ってコンパクトをとりだすと、小さな鏡をのぞきこんだ。

「はい？　どういうご用件？」

アガサがコンパクトを下げると、ミセス・エセックスが興味深げにこちらを見つめていた。

アガサはあわててコンパクトをバッグにしまい、ミス・ジェロップの友人だと名乗り、お悔やみを申し上げるために伺ったと挨拶した。

「それはご親切に」彼女の飛び出した目にじろじろ見つめられ、やっぱり口ひげが生えているのかも、とアガサは落ち着かなくなった。

「お姉さまのことでお話ししたいんですが」アガサは切りだした。

「どうして?」

アガサは深呼吸した。これまでの自信はどうしちゃったの?「わたしはこれまで殺人事件で何度か警察のお手伝いをしているんです。少し質問させていただければ、お姉さまを殺害した犯人を見つけるのに役立つんじゃないかと思ったので」

「でも、警察には知っていることをもうすべて話したわよ!」

ジョンがアガサの前に回りこんだ。彼はミセス・エセックスに魅力的な微笑を向けた。「ご存じのように、わたしは探偵小説を書いているんです」

「お名前は何でしたっけ?」

「ジョン・アーミテージです」

彼女の血色の悪い唇に笑みが浮かんだ。「まあ、去年、〈サウス・バンク・ショウ〉に出演しているのを見たわ。どうぞお入りになって。なんてわくわくするのかしら」

お姉さんの死をまったく悲しんでいないのね、とアガサは苦々しく感じながら、ジョンのあとからコテージに入っていった。

「遺産の棚卸しをしているところなんです。かわいそうなルビーは自分のためにあまりお金を使わなかったみたいね」

ルビー、それが彼女のファーストネームだったのね、とアガサは思った。そのことから、苗字で呼ぶ伝統のある婦人会で、他の女性たちはどういうファーストネームだったかしら、としばし物思いにふけった。

ふとジョンがしゃべっているのに気づいた。「お姉さんは牧師の奥さんのミセス・ブロクスビーに、話したいことがあるので訪ねてきてほしいと電話したんです。しかし、ミセス・ブロクスビーがここに来たときは、すでに亡くなっていた。ミス・ジェロップは誰かのことで何か危険なことを知った、というようなことをあなたに話しませんでしたか？」

「いいえ、ずっと口をきいていませんから。わたしたち、けんかしたんです。ルビーの遺言が発見され、すべてをわたしに遺したと警察から聞いてびっくりしたわ。実を言うと、姉は亡くなる前日に遺言を変更したそうなんです」

アガサのクマみたいな目がきらっと光った。「前の遺言では誰にお金を遺したんですか？」

「あの副牧師です。殺された人。かわいそうなルビー。姉はハイスクールの生徒みたいに、しょっちゅう誰かに熱を上げていたんです」

「で、あなたは遺言のことを何も知らなかった？」アガサはたずねた。

飛びだした目がアガサの顔にさっと向けられた。その目は悪意と抜け目なさでぎらついていた。

「つまり、姉が遺言を変更したことを知ったので、すぐに殺したって言いたいわけ？探偵ごっこは、こちらのお友だちに任せておいたらいかが？」

「お姉さんの書類で何か見つかりませんでしたか？」ジョンがあわてて口をはさんだ。

「手紙とか日記とか？」

「警察に訊いた方がいいわ。すべての書類を運んでいったから。そろそろ、おひきとりいただけないかしら、やることが山のようにあるのよ」

「コテージは売るつもり？」アガサが質問した。

「わからないわ。休日や週末用に持っているかも。主人がもうすぐ引退するし」

「最後にお姉さまと話したのはいつだったんですか？」とアガサ。

「三年ぐらい前だったかしらね」

「あまり手がかりはなかったな」歩いて家に戻る途中、ジョンは憂鬱そうだった。

「車のせいでイギリスの村のゴシップが減ったんだよ。近い将来、立ち話をしたり、歩いたりしている人なんてまったく見かけなくなるかもしれない。最近は十メートル先の村の店に行くにも、車を使うご時世だからな」

「やっぱり理解できないんだけど」アガサはいらついていた。「よそ者がいたら、絶対に目についたはずよ。地元の記者のふりをしていない限りはね。村の人たちはマスコミにはうんざりしているから、ジャーナリストみたいな人間を目にしたら、さっとよけてしまうでしょう。わたしには本物のジャーナリストは一キロ先からでもわかるけど」

「どうやって？」

「きちんとした服装をしていても、調子のいいアルコール依存症らしい落ちぶれた雰囲気を漂わせているからよ」

「あなたはPR担当者だったから、皮肉な見方をするんだよ」

「たしかに」しぶしぶ認めた。「そういう輩《やから》にごまをするのは大嫌いだった」

「あなたがごまをすっているところなんて想像できないよ。自分の書いてほしいことを書けと、相手を脅しつけているところなら目に浮かぶけどね」

それは当たっていたが、アガサはそれを人に言われたくなかったし、信じたくもなかった。自分のことは内気で繊細で虐げられていると思っていたからだ。姿見をのぞいたときに、こちらを見返しているがっちりした、髪やお肌の手入れが行き届いて身なりのいい女性が、自分だとは信じられないこともあった。

二人は無言で歩き続けた。「これからどうするの？」

「ともかく調査を続けよう。明日はロンドンだ」

6

「とてもすてきだ」翌朝アガサが車に乗りこんでくると、ジョンはほめた。アガサは光沢のあるジャージー素材でできたゴールドのスーツを着ていた。スカートは短かった。彼女のいちばんの自慢である脚はストッキングに包まれ、ハイヒールサンダルをはいていた。

「ありがとう」アガサはぶっきらぼうに応じた。そろそろ、またドレスアップしようという気になったのだ。といっても、外見を洗練させたいという気持ちはジョン・アーミテージとは無関係よ、とひとりごちた。できたら運転は自分でしたかった。ジョンに運転を任せていると、なんとなく卑屈な気持ちになる。アガサはいつでも主導権を握るのが好きだったのだ。自分では気づいていなかったが、おしゃれをしたら、ジョンが異性として関心を持ってくれるかもしれないと無意識のうちに期待し、それによって相手よりも優位に立ちたいと思っていた。ただし、アガサの無意識の思いは彼女の脳の意識領域には届いていなかった。

「あのぞっとする広告を見てごらんよ」M40号線を走りながら、ジョンが叫んだ。

「え、何？　どこ？」

「もう通り過ぎたよ。『クリスマスまで、ショッピングする日はあと九十一日しか残っていない』ってやつだ」

「お店はもうクリスマス用クラッカーや包装紙を用意してるわよ。そういう商業主義のせいで、大人は子どもたちのためのクリスマスをだいなしにしたのよね」

「ちがうよ。子どもたちが大人のためのクリスマスをだめにしたんだ」

アガサはとまどってジョンを見た。「どういうこと？」

「子どもたちは望んだとおりのものを手に入れることを期待するようになったんだ。子どものいる友人から、さんざん聞かされたよ。七月に何か新製品が出る。子どもたちはそれをほしがる。『クリスマスまで待ちなさい』と言ってもむだだ。どうしてもすぐに手に入れたい。クリスマスにはすでに古くなってしまうからね。子どもはサプライズなんて求めていない。とにかく望みどおりのものを手に入れたいんだ。だから、クリスマスツリーの下で顔を輝かせている子なんて一人もいないよ。『どうしてこのコンピューターゲームを買ったの？　もう何カ月も前のものじゃないか』欲張りな子どもとがっかりさせられた親、それがクリスマスさ」

「でも、それは絶対に親の過ちよ。断固たる態度をとって、『親があげるものをありがたくもらいなさい。しかも、五ポンド以上のものはだめだ』って言えないの？」

「そして、永遠に恨まれるのかい？ 最近の子どもは友人同士で張り合わなくちゃならないんだよ。休暇が終わっても、プレゼントが他の子に勝てそうもなければ学校に行きたがらないほどだ。わたしはクリスマス休暇はどこかに行こうと思っているよ」

「どこに？」

「さあね。地図にピンを刺して決めるよ」

「わたしもたぶんどこかに行くけど、短くするわ。猫たちを置いていきたくないから」

「あなたの猫たちはドリス・シンプソンになついているようだけどね」

「わたしの猫たちよ！」

「独占欲が強いんだな。そうだ、いっしょにどこかに行くってのはどう？」

「なぜ？」

「かまわないだろう？ 一人でどこかに行きたいなら別だが」

「ええ、旅行しているときは一人きりで行動する方が好きなの」

「じゃ、ご自由に。別の人を見つけるよ。前にいるまぬけときたら。頻繁に車線変更して、頭がどうかしてるんだな」

大人になるべきだったわ、とアガサは心の中で嘆いた。旅の連れがいたら楽しかったのに。彼が愛情のこもったことを言わないからって、どうして腹が立つの？　だいたい言う必要もないでしょ？　どうして言わせたがってるの？

無理やり、カースリーの殺人事件に頭を切り替えた。トリスタンがゲイだと、どうしてジョンは決めつけたのかしら？　嫉妬？　アガサはあのディナーのことを思い返した。最後に冷たくされたせいで、大半を頭から消し去っていた。いいえ、彼はゲイには全然見えなかった。女性をその気にさせてから袖にするのに都合がいいから、ゲイのふりをしていたにちがいない。男性を誘ったときは両性愛者だと言ったのだろう。サウス・ケンジントンの教会にいたときは、優等生としてふるまっていたのかもしれない。とびぬけた美貌のせいで、ちやほやされ、ゆがんでしまったのだろうか？　いや、そうではなく、最初からゆがんだ部分があったにちがいない。

彼女がさんざんいじめてきたジャーナリストたちは、どうやって日々の拒絶や苛酷な締め切りに対応しているのだろう？　ＰＲ担当をしていたとき、もっと親切にしてあげるべきだった。そうしていれば、もっと成功していたかもしれない。

アガサはこれまで自分の行動に疑問を抱いたことがほとんどなかった。しかし、珍しく過去についてあれこれ思い返しているうちに、事件のことなどすべて忘れてしまいたくなった。ジョンがすべて主導しているせいだ、となんとなく感じた。ジョンはアガサのような挫折を味わわずにすんできた。世間で名前が知られているから、みんな喜んで彼に話をする。しかも、彼は男性だからよ、とアガサは苦い気持ちで考えた。探偵仕事は男性がするものだからだ。一方、女性はでしゃばりだとみなされる。ウーマンリブは神話になってしまったの？　結局のところ、女性は子育てに加え、仕事まですることを期待されるようになっただけのように思える。女性への尊敬はなくなってしまったのだ。

ふと物思いから覚めると、サウス・ケンジントンに近づいていて、ジョンがこう言っているところだった。「空いているパーキングメーターを探して」ゆっくり走っていき、運よく空いている場所を見つけた。教会から二本先の通りで、ちょうどパーキングメーターから出ようとしている車がいた。

「犯人はトリスタンがロンドンにいたときの誰かならいいんだけど」アガサは言った。

「カースリーは時代に取り残された古くさくて退屈な場所のままでいてほしいわ」

「ミス・ジェロップが殺されていなかったら、わたしも同じ意見だっただろう。教会に人がいるといいんだが。最近は泥棒だらけだから、教会もたいてい鍵がかけられているんだ」

アガサは腕時計を見た。「そろそろランチの時間だわ。ランチサービスをしている教会もあるでしょ」

セント・デイヴィスはふたつのマンションにはさまれて建つ小さなヴィクトリア朝様式の教会だった。ほっとしたことに、ドアは開いていた。

ジョンのあとから中に入っていきながら、いつもジョンが先頭に立つことにいらだちを覚えた。教会は暗く、お香の匂いがたちこめている。燃えている蠟燭《ろうそく》と十字架の道行き（イエス・キリストが十字架に掛けられる受難の道を十四あるいは十五の十字架や像で表したもの）を眺めた。「ここはカトリック教会なの？」

「いや、英国国教会だ。鐘がたくさんあるし、お香の匂いからして、とても高位の教会だよ」

脇のドアからシャツを着た男性が出てきて、祭壇に歩いていった。

「すみません」ジョンが呼びかけた。

男性は通路を二人の方に近づいてきた。グレーのシャツに黒のズボンという格好で、細長い知的な顔をしている。

ジョンは名前を名乗り、トリスタンについてできるだけの情報を集めたいと思っている理由を説明した。

「ヒュー・ビアズファードと申します」男性は名乗った。「ここの牧師です」

「トリスタンが副牧師をしていたとき、こちらにいらっしゃいましたか？」アガサがたずねた。

「ええ。彼が殺されたという記事を読んでショックを受けました。実に悲しいことだ」

「ここにいたとき、彼はどんなふうに振る舞っていましたか？」

「模範的でしたよ、ただ……」

「ただ、何ですか？」アガサが鋭くたずねた。

「死者の悪口は言いたくないし、彼が全部悪いんじゃなかったんです」

「お話ししていただいた方がいいと思います」ジョンが言った。「彼に何があったのか知るために、どんなわずかな手がかりでもありがたい」そのとき女性が教会に入ってきて、後ろの信徒席にすわるとひざまずいて祈りはじめた。「どこか静かに話せる場所がありませんか？」

「ええ、こちらに」

牧師は通路を進んで、祭壇の左手にあるどっしりしたオークのドアを抜け、聖職者がカソックの上にはおるサープリスが何枚かフックにかけられている石敷きの通路を進み、羽目板張りの小部屋に入っていった。簡素なデスクと椅子が数脚置かれている。

「どうぞおすわりください。知っていることをお話ししましょう。ただし、事件とはあまり関係ないと思いますが。本来なら警察に言わなかったことを話すべきではないと思うのですが、ご説明によると、地元の牧師が罪をきせられそうになっているというので、わたしでお役に立つなら、できるだけのことをしたいと思います。さて、どこから始めましょうかね？」

部屋は暗く狭苦しかった。オールド・ブロンプトン・ロードを行き交う車のくぐもった音が聞こえてくる。アガサのすわっている椅子は硬く、太腿が痛くなってきた。片方の足がしびれてきたので、お尻を反対側に移動させた。

「トリスタンはとても魅力的な青年でした。最初のうちは、教区にすばらしい人材が来たと喜んでいました。しかし、あれほどの美しい外見はトラブルの元になるようです。先を続ける前に、わたしがこれから申し上げることは、あくまでここだけの話にしていただくと約束してほしいんですが」

「もちろんです」アガサは言い、ジョンはうなずいた。

「よかった。きわめて魅力的な女性が礼拝に参加するようになりました。彼女はトリスタンと親しくなっていった。もちろん、信徒の他の女性たちは嫉妬し、トリスタンがその女性と関係を持っているとわたしに告げ口する女性もいた。彼を問いただすと、結婚するつもりだと言うのです。さて、この女性は離婚していて、四十代後半でした。わたしは年齢の差と、身分ちがいだということを指摘しました」

「身分とは？」アガサはたずねた。

「彼女はとても裕福で上流階級に属していました。おまえはただの若いツバメだと、トリスタンに諭したんです。しかし、彼は耳を貸そうとしなかった。主教にその問題を報告しようかと思ったが、ずるずると先延ばしにしていた。彼はすっかり恋に落ちていたんです」

アガサは眉を吊りあげた。「トリスタンが？　恋に？」

「わたしはそのご婦人を訪ねたんです。もしかしたらそんなことをするべきじゃなかったのかもしれませんが。こんなに年が下の男と結婚したら、あなたにとっていろいろと厄介なことになるだろう、とわたしが口にしたとたん、彼女は大声で笑いだし、トリスタンはいい子だし、いっしょにいるととても楽しいが、まったく結婚の意思はない、と言ったんです。そういうことなら、彼のことは放っておいてほしい、と頼みました。決してかなうことのない希望をかきたてているだけですから」

彼は黙りこんだ。トリスタンは本当にその女性を愛していたの？　とアガサは思った。それとも富と洗練された暮らしに幻惑されたの？

牧師はまた語りはじめた。

「彼女はトリスタンに、もうおしまいにしましょう、結婚するつもりはない、と伝えたのですが、そのとき、わたしが会いに来たとうっかり口を滑らせてしまった。トリスタンはカンカンになって戻ってくると、人生を破滅させたとわたしを責めた。貧しい暮らしにはほとほとうんざりなんだと」

「じゃあ、彼女に本気で恋をしていたんじゃないのね？」アガサは叫んだ。「彼がほしかったのは彼女のお金だったんだわ」

「いやいや、そんなふうに考えたことはありません。すべてが終わりなるまで、彼は……輝いていましたから」

「それで、その女性は何者だったんですか？」ジョンがたずねた。

「それは申し上げるべきではないと考えます。それに、この教区から引っ越してしまいましたし」

「秘密は慎重に守ります」ジョンは言った。「ジャーナリストでも警察でもありませんから」

またもや牧師は黙りこんだ。

やっと決心がついたようだった。「レディ・シャーロット・ベリンジです」

「現在、どこに住んでいるか知っていますか？」アガサがたずねた。

「残念ながら存じません」

二人は牧師に礼を言って、教会から出た。「どうやってシャーロット・ベリンジを見つけたらいいかな？」

「ファイルを調べてくれそうな友人が何人か新聞社にいるけど、殺人事件について話を聞きたがるわね。そうだ、〈ゴシップ〉誌の社交欄の編集者を知っているの。彼女に頼んでみましょう」

〈ゴシップ〉誌の社交欄担当編集者のタニヤ・カートライトはミス・アガサ・レーズンが会いたがっていると受付に言われると震え上がった。アガサはかつて、ロンドンの社交界に入りこみたがっている、とあるビジネスマンのPRを担当したことがあった。タニヤはしつこいアガサ・レーズンを追い払いたい一心で、彼を自分のコラムでとりあげたのだった。「外出しているって言ってちょうだい」彼女が秘書に命じているときに、オフィスのドアが開いて、アガサとジョンが入ってきた。

「失礼、ちょっと悩まされている女性がいてね」タニヤは明るく言った。「まあ、会えてうれしいわ、アガサ」片手を振って秘書を追い払った。「すわってちょうだい」

ジョンは興味しんしんで相手を観察した。タニヤはきつい顔立ちのやせた女性で、最新式のフェイスリフトのせいでよけいにそれが強調されていた。目がびっくりするほど大きかった。骨張った片方の手首からゴールドのブレスレットがぶらさがっている。しかし、彼女はアガサを怖がっているようだ。

アガサがジョンを紹介すると、タニヤは少し肩の力を抜いたようだった。

「お会いできて光栄です。そのうちご紹介記事を掲載させてください」

「喜んで。こちらにうかがった理由を説明してもよろしいですか？」

「わたしが説明するわ」アガサがぶっきらぼうに口をはさんだ。殺人事件の概略を説明すると、シャーロット・ベリンジがどこに住んでいるか見つけられないか、とタニヤにたずねた。社交界の階段を上りたがっている無名の人間をコラムで紹介しろと言われるのではないと知って、タニヤの顔に安堵が広がった。コンピューターのスイッチを入れた。「ちょっと待って。ここに住所があったはず。社交欄にしょっちゅう登場しているから。ああ、これだわ。パロット・ストリート二十五番地。チェルシーのキングス・ロードを入ったところよ」

「そのあたりなら知ってるわ。どうもありがとう、タニヤ。じゃあ失礼するわね」

二人がタニヤの部屋から出たとたん、またドアが開いて、社交欄担当の編集者は甘ったるい声で呼びかけた。「ちょっとお話があるの、ミスター・アーミテージ」

ジョンが中に戻ると、タニヤはアガサを外に置き去りにしたままドアを閉めた。

ジョンはすぐに出てきた。「何だったの？」アガサが追及した。

「そのうちランチでも、って言われただけだよ」

「まあ」アガサは気分を害した。「わたしを誘ってくれてもいいのに」

「彼女はあなたには魅力を感じていないんだよ」ジョンはすました顔で自信たっぷりに言ってのけた。

車は地下の駐車場に停めてあった。「そのままにしておこう。駐車場所を探してチェルシーを右往左往したくないからね。地下鉄でスローン・スクエアまで行き、歩いていこう」

アガサはチェルシーのキングス・ロードに来るたびに、若い頃の思い出が甦ってくる。出世の階段を上ろうとして、必死にあがいていたあの頃。当時は高級な住宅街に住んでいることが重要視されたので、ドレイコット・ガーデンズのアパートに法外な家賃を払うと、ほとんどお金が残らなかった。夜、レストランには、楽しそうに談笑しながらお酒を飲んでいるおしゃれな若者たちがあふれていた。アガサは外からそれを眺めて、猛烈な孤独感に苛《さいな》まれたものだ。野心だけが温もりを与えてくれるものだった。

記憶をどうにか振り払って、パロット・ストリートに曲がりこんだ。シャーロット・ベリンジは細長いスタッコ塗りの家に住んでいた。「少なくとも誰かいるわね。一階の窓のひとつが開いているから」

ジョンがベルを鳴らし、二人は待った。ドアが勢いよく開き、若い娘が現れた。青白いニキビだらけの顔で、鼻にスタッドをつけ、両方の耳に五個ずつ小さな銀色のイヤリングをぶらさげている。短いチューブトップを着ているので、ピアスをつけたおへそが丸見えだった。

「何?」彼女は言った。

「レディ・ベリンジはご在宅かしら?」アガサがたずねた。

「あんたたちは?」

「これがわたしの名刺だ」ジョンがアガサの前に出た。女の子は姿を消し、すぐにまた現れた。「入って」

彼女が一階のリビングのドアを開けると、シャーロット・ベリンジが進みでてきて、二人を出迎えた。彼女は繊細だった。小柄できゃしゃで、完璧に装っている。顔は皺がなく、大きな目は深いブルーで、髪の毛は淡い金色に染めていた。ゆったりした白のシルクシャツに、細身の黒いパンツを合わせている。

「まあ、どうして有名な探偵作家さんがわたしを訪ねていらしたのかしら？」

アガサとジョンはすわった。ジョンが訪問の理由を説明しているあいだ、アガサはまたもや主導権を奪われたので仏頂面になった。

「だけど、なんて不思議なんでしょう！」ジョンが話し終えると、シャーロットは舌足らずにしゃべった。「あなたの探偵小説みたいですわね。どうお役に立てるのかわからないけど。トリスタンはゴージャスな青年だったし、たしかにわたしに夢中になってましたわ」

「あなたたち、関係を持っていたんですか？」ジョンがうっとりしたような微笑を浮かべてシャーロットを見つめているのが気に食わなくて、いきなりアガサは露骨な質問をぶつけた。

「いいえ、それはなかったわ。でも彼はわたしを楽しませてくれたし、とても美しかった。ただ、だんだん要求が大きくなってきたの。わたしはお金のなる木じゃないわ」

「お金を要求したんですか？」アガサは身を乗りだした。

「はっきりとは口にしなかったわ。でも、彼をおしゃれなレストランに連れていくときに、自分の服はみすぼらしいと嘆くから、わたしがお金を払って服を仕立ててもらったりとか、そういうことね」彼女はきれいにマニキュアが塗られた小さな手を振った。「だけど、そのうち自分には当然の権利があるみたいに、あれこれほしがるようになったの。だから、わたしはうっとうしくなってきて、あなたは同じ年代の人とつきあった方がいいわ、わたしのことはもうかまわないでほしいと告げたのよ。そうしたら、わたしを脅迫しようとむなしい努力をしたの。副牧師と関係を持っていたと社交欄に書かせるって。そんな真似をしたら、訴えるって言った。どっちみちチェルシーに引っ越したかったので、こっちに移り、彼を追い払えてせいせいしたわ。彼には……ちょっと恐怖を覚えるようになっていたし。あの人は幻想の中で生きていたのね。わたしは彼と結婚する、そうすれば、贅沢な暮らしができる、そう本気で信じていたんだと思うわ。彼はいい生活にあこがれていたの。二人でお店にいたとき、彼はカシミアのセーターを見つめて、恋人みたいに何度も何度もなでながら、ぜひ買ってほしいとねだった。だんだんその声が高くなってきたから、騒ぎを起こされないように買ってあげたこともあるわ」

「彼が殺されたと知って驚きましたか？」アガサは質問した。

「ええ、とてもびっくりしたわ。トリスタンが誰かを殺したというのなら、それほど驚かなかったと思うけど。でも、うんざりよ、過去の話を蒸し返すのは」シャーロットはまばゆい微笑をジョンに向けた。「それより作品のことを話してくださいな」

そしてジョンはそのリクエストに応じ、それも長々と語ったので、アガサはいらいらとすわり直した。ようやく話が終わると、シャーロットは興味深げにアガサを見た。

「あなたたちはおつきあいしているの？」

アガサは婚約していると言いかけたが、ジョンがすばやく口をはさんだ。「婚約しているふりをしているだけなんです。あれこれ調べるためにロンドンにいることを警察に知られたくないんですよ。だから、疑惑をそらすために、婚約という嘘を発明したんです」

シャーロットは鈴の音のような笑い声をあげた。「まあ、おかしい！　あなたってとてもおもしろい方ね、ジョン」彼女はバッグをとると、そこから名刺を一枚とりだした。「携帯電話の番号とメールアドレスよ。いつかぜひ、ディナーをごいっしょしましょう」

「いいですね」とジョン。

「失礼ですけど」アガサが切り口上で言った。「目下の問題に戻れるかしら。あなたの知る限りでは、トリスタンは教区の他の女性にも迫っていましたか？」

「いいえ」美しい瞳はジョンの方に向けられた。「彼はすっかりわたしにのぼせていたみたいだったわ」

「不思議じゃありませんよ」ジョンは意見を述べた。二人は見つめ合い、アガサは二人ともひっぱたきたくなった。

アガサは立ち上がり、がっちりした肩を怒らせた。「そろそろ失礼しましょう、あなた」

「え？　ああ、そうだね、もちろん」

「ソフィーがご案内するわ」

「お嬢さん？」アガサがたずねた。

シャーロットは軽やかに笑った。「いいえ、メイドなの。あなたの時代とはちがって、最近はキャップとエプロンをつけていないのよ、ミセス・レーズン」

アガサは先に歩きはじめた。ジョンはぐずぐずしている。彼の声が聞こえてきた。

「すぐにお電話します」それから、シャーロットのふざけ半分のささやき声。「次はあなたのドラゴンを置いてきてね」

「言っておくけど、彼女が犯人かもしれないわ」アガサはキングス・ロードを大股に歩きながら、けんか腰になって言った。

「何を馬鹿なことを言いだすんだ、アガサ。あの人にはハエ一匹殺せないよ。だけど、ひとつわかったことがある。トリスタンはケンジントンでもニュー・クロスでも、同じような人間だったってことだ」

「そのようね」アガサは同意した。ふいに、嫉妬しているように見られたくないと強く思った。「このあとどこに行く？」

「カースリーに戻ろう。わたしたちはペギー・スリザーの悪意にひるんだままだったよね。もしわたしが彼女と二人だけで会えば……」

「ぜひとも、やってみてちょうだい」ジョンがカースリーにいれば、少なくともロンドンでシャーロットをもてなせないわ、と考え、アガサは勧めた。「だけど、ひとつ忘れていることがあるわ。誰がニュー・クロスでトリスタンを襲ったかよ。警察に通報したのかしら？　訊いてみることができればいいんだけど」

「牧師のランシングに訊けばいいよ、もう一度。最初はビンサーのことを話さなかったから、他にも隠している情報があるんじゃないかな」

「わかったわ。ニュー・クロスに戻りましょう」

「ここに何度も来られるのは、本当に困るんです」一時間後、またもや三人で書斎にすわると、ミスター・ランシングは文句をつけた。「知っていることはすべて話しましたよ」

「不可解なのは」とアガサが口を開いた。「トリスタンが襲われた件です。警察に届けたんですか？」

「いいえ、届けませんでした。トリスタンがひどく動揺していたんで。病院に行くと、激しくころんだと説明しました。彼は何度も何度も、どこかに逃げだしたいと言ってましたよ。ビンサーの件では心から悔いているように見えました」

「彼がお金を返したことは知っていましたか？」アガサが追及した。

「ええ。返すと約束していましたからね」

アガサはいらだたしげな口調になった。「前回はそれを話してくれませんでしたよね。彼が返していないように思わせた」

「トリスタンがここを去ったあとで冷静に考えた結果、結局返さなかったという結論を出したんです。今、たしかにお金を返したことをあなたから伺って、良心の呵責《かしやく》がなくなりました。トリスタンは本当に悔い改めたんですよ」

「それはどうかな」ジョンが言った。「彼は後悔という概念は持ち合わせていないと思いますね。お金を返したことと襲撃されたことは、関連しているんじゃないかと思いはじめています。もう一度ミスター・ビンサーと話をしてみる必要がありますね」

しかし、今回は実業家との謁見はかなわなかった。いかめしい感じのする秘書、ミス・パートルが二人を出迎え、ミスター・ビンサーは海外出張中で、今後も、お二人の質問に答えるつもりは一切ない、と伝えた。「あなたたちには公式な身分がないにもかかわらず、こちらはもう充分に協力しました。ただ好奇心から伺いますが、今回はどういうご用件でいらしたんですか？」

ジョンが殴打事件と金の返却について言葉を選びながら説明しているあいだ、アガサはミス・パートルの顔を観察していた。彼女は典型的な役員秘書だった。不器量な中年女性で、分別のある服装をし、分厚い眼鏡の奥には知的な瞳。ジョンに向けられたその目に、しだいに軽蔑の色が浮かびはじめた。彼が話し終えると、彼女は言った。

「創作は作品の中だけにしておいた方がよろしいですよ、ミスター・アーミテージ。わたしたちはマフィアじゃありません。気に障る人をぶちのめすために人を雇ったりしません。わたしたちは法律を遵守することを心がけています。それに法律と言えば、警察はあなたたちが調べ回っていることを知っているんですか？」

「過去に警察の仕事を手伝ったことがあるんです」アガサは弁解した。

「つまり今回の事件では、警察は知らないってことですね。知らせるべきかもしれません。もう二度とわたしたちをわずらわせないでください」

帰り道で、アガサとジョンはミス・パートルが本当に警察に知らせるだろうかと話し合った。ライラック・レーンに曲がりこんだときには、知らせないだろうという結論を出して、二人はほっとしていた。彼女もビンサーもトリスタンとの友情を表沙汰にしたくないだろう。

そのときアガサのコテージの前にパトカーが停まっているのが見えた。

二人が車を停めると、ウィルクスとビル・ウォンが車から降りてきた。「たぶん、別件だよ」ジョンはアガサを安心させようとした。しかしアガサは、M40号線の事故のせいで三時間もかかったので、ミス・パートルがボスに相談し、警察に電話するには充分な時間があっただろう、と不安がこみあげてきた。

ウィルクスは沈痛な面持ちだった。「中で話し合った方がいいと思います」

アガサはコテージのドアを開けて、足首にじゃれつく猫といっしょにキッチンに入っていった。キッチンのドアを開けて、二匹を庭に出してやる。

「さて、どういうご用件かしら？」本心とは裏腹にアガサは明るくたずねた。「コーヒーはいかが、それとももっと強い飲み物がいいかしら？」

「すわってください」ウィルクスが命じた。「たった今、ミスター・ビンサーの弁護士たちと電話で話をしたところです。ミスター・ビンサーは供述書を作っているところで、それをファックスしてくることになっている。すでにご承知でしょうが、彼はデロンによって一万ポンドをだましとられたが、そのお金は返された。彼はそれをあなたたちに話し、それでおしまいにしてほしいと願っていた。というのも、そんなふうにだまされたことは、ビジネスにおける判断力を疑われかねないからだ。殺人はこちらで起きたのだから、彼とは無関係だし、これまでは警察に連絡をとる義務もないと感じていたそうだ。今になってそうしているのは、彼が人を雇ってデロンを襲わせたのではないかと、あなたたち二人が厚かましくも秘書にほのめかしたせいだ。ようするに、あなたたちは貴重な情報を隠し、警察の捜査を妨害したわけだ。二人ともその罪で逮捕できるだろう。ただし、過去にあなたが多少とも役に立ったことは認めよう、ミセス・レーズン。だから、こう言っておく。この事件に関しては、今後、一切調べ回らないように」

「わたしたちがビンサーについて探りださなかったら、あなたたちは知らないままだったでしょ」アガサは不機嫌になった。

「かもしれない。しかし、わたしが見たところ、ビンサーは事件に何ら関係がないようだ。ビンサーは大きな権力を持つ人間で、高い地位についている権力のある友人がたくさんいる。わたしは定年までこの仕事を続けたいと思っているので、二度と彼に接触しないでほしい、わかったかね？」

「ええ」アガサは小声で答えた。

「では、他に何を発見したんだ？　他に隠していることは？」

アガサは「何も」と言おうとしたが、ジョンがシャーロット・ベリンジについて洗いざらいしゃべってしまった。「彼女は事件にはまったく関係ないと思いますが、トリスタンの正体がもっとつかめれば、どういう人間が彼を殺しそうなのかを推測できると思ったんです」

「ミス・ジェロップの人間関係はすべてストークにありました」ビルが初めて口を開

いた。「彼女はミスター・ビンサーやシャーロット・ベリンジとはまったく関係ないと思いますね。あなたは金持ちで権力のある人々を怒らせただけですよ、アガサ。しかも、ぼくにそのことで嘘をついた」

アガサの顔は真っ赤になった。

「二人とも、これから署に来てください。そして供述をしてもらいます。言っておきますが、洗いざらい話してもらいますよ。そのあとは、それぞれの生活を送って、捜査は警察に任せていただきたい」ウィルクスが命令した。

「これで終わりね」三時間後、ミルセスター警察署から出てくるとアガサは言った。「もう午前一時。おなかがぺこぺこだわ」

「ミルセスター・バイパスに二十四時間営業の店があったよ。そこに行って、わかったことを検討してみよう」

「もう続けても意味がないわ。だから、指輪はあなたに返した方がよさそうね」

「すぐにじゃなくていいよ。婚約したことまで嘘をついていたと知ったら、ビルがショックを受けるんじゃないかな」

終夜営業の店は陰気なところで、古くなった油の臭いが充満していた。二人はソーセージ、卵、フライドポテトの皿を持って、窓辺にすわった。まぶしい蛍光灯が疲れたふたつの顔を照らしだしている。

「これでビンサーは消去できるね」とジョン。

「そうね」アガサは同意した。「わたしたちが刺激したから、彼は警察に駆けこむことになった。でも、隠し事があって、犯罪行為によってそれを隠蔽しようとしていたら、警察にすべて話したりはしなかったでしょう。ああ、くやしい！　自分の直感を信じるべきだったわ。彼はいい人だし正直で、たんにトリスタンにだまされたことでいまいましく感じているんだと思ってたのよ」

「となると、調査はコッツウォルズに絞られるな。ペギー・スリザーが礼儀知らずだったから避けていたけど、明日、彼女を訪ねてみるよ。あなたはミセス・トレンプから何か聞きだせないかやってみて」

「警察に電話されたらどうするの」アガサが悲しげにたずねた。

「そうだな、明日はやめておくか。じゃあ、こうしよう。わたしは執筆を続けるから、あなたはいつもどおりに過ごしながら、警察の怒りが鎮まるのを待とう」

　翌朝アガサは遅く起きたが、それでもまだ疲労感が残っていて、しかもビルに嘘をついたことで良心がとがめていた。今夜いっしょにディナーをとらないかと、ジョンに電話すると、契約を確認してみたら、すぐに執筆にとりかからないと最新作の出版に間に合わないことがわかった、という答えだった。「だから、現実の殺人事件からはしばらく手を引くよ。じゃ、そのうち。実を言うと、明日エージェントや出版社との打ち合わせでロンドンに行かなくちゃならなくて、向こうに数日滞在するかもしれない。鍵を預けておいてもかまわないかな？　ガス漏れが起きるとか、万一の事態に備えて」

「いいわよ」

「明日、郵便受けに入れておくよ」

「もう切らないと。誰か来たみたい」

ミセス・ブロクスビーだった。「ゆうべ警察が来たって聞いたから。何かあったの？」

「入ってちょうだい。驚くわね。何者かがミス・ジェロップを殺したのに、誰も何も見ていない。それなのに、ゆうべ警察がここに来たの」アガサはビンサーの苦情について打ち明けた。

ミセス・ブロクスビーはため息をついてすわると、くたびれたハンドバッグをキッチンのテーブルに置いた。古くてみすぼらしいバッグ、だらんと伸びたカーディガン、ぶかぶかのツイードのスカート。なのに、いつでもレディらしく見えるわ。

「あなたがぞっとする殺人犯を見つけてくれたらいいんだけど。さもないと、村は元どおりにならないわ」

「しばらく身動きがとれないの。わたしが調査を続けていたら警察が激怒するし、今度は逮捕されかねない状況なのよ」

「他にわかったことはあるの？」

アガサはシャーロット・ベリンジについて話した。

「トリスタンはとても腹を立てたにちがいないわね。美女、貴族の称号のある女性、財産、すべてが奪われたんだから」ミセス・ブロクスビーは意見を述べた。

「トリスタンは彼女を利用していると考えていたんでしょうけど、彼女の方が彼を利用していただけだったのよ」

「じゃあ、彼はたぶんゲイじゃなかったのよ、判断するのはとてもむずかしいけれど。誰でも、男性的なところと女性的なところが混じりあっているものだしね」

「ともあれ、ロンドンの線は消えたわ」

「そっちは重視していなかったわ。絶対に、ここにいる誰かが関係しているにちがいないわよ」

「ペギー・スリザーについて教えて。ご主人はいるの？」

「離婚しているの。ご主人のハリーは裕福なビジネスマンだったけど、浮気していたのよ。彼女は私立探偵を雇って充分な証拠を集めると、離婚を申し立てた。すでに自分の財産もあったんだけど、あの家も含めてかなりのものを彼からもらったのよ。以前、ご主人に好みが悪趣味だってからかわれたらしくて、家が自分のものになるやいなや、ご主人が腹を立てるような装飾品で家を飾り立てたんだと思うわ」

「ジョンは一人で彼女を訪ねてみるって言ってたわ。彼女のことはよく知ってるの？」

「慈善事業のときと、アンクーム婦人会とうちの会が同席したときぐらいしか会う機会もないわ。人望があまりない女性なの」

「トリスタンとは親しかったらしいわね」

「彼は女性がお金を持っていれば、どんな人かは気にしなかったんじゃないかと思うわ」

うわ、わたしの魅力もその程度ってこと、とアガサはがっくりした。

「こんな状況だけど、教区の仕事は続けていかなくちゃならない。〈セーブ・ザ・チルドレン〉の基金集めのために何かイベントを企画しなくてはならないの。ただ、これまでにやり尽くしちゃった気がして――がらくたセール、ホイスト大会（ホイストは二人一組でやるカードゲーム）、お祭り、カントリーとウエスタンのダンス。他に何かないかしらね」

「ギャンブルはどう、みんな好きよ」

「釣り大会はどうかしらって考えていたんだけど」ミセス・ブロクスビーはバッグを開いて、小さなプラスチック製の黄色のアヒルをとりだした。頭にフックがついている。「ボーイスカウトではこうしたものを釣り大会で使っているのよ。釣り糸と釣り堀を用意して、いちばんたくさんアヒルを釣った人に賞品を出すの」

「それだとお金が入らないわ」アガサはミセス・ブロクスビーからアヒルを受けとり、しげしげと眺めた。「いいことを思いついた。フックをはずし、アヒルの下に重りを入れてバランスがとれるようにして、フックの代わりに旗をつけたカクテル用楊枝を立てる。そうしたらアヒル・レースができるわよ」

「アヒル・レース？」

「そう、そうすればギャンブルの要素が入れられる。ブレントに農場の敷地を流れている小川を使えるかどうか頼んでみないとね。そうね、六レースおこなって、それぞれのレースのスポンサーを募り、レースにその人の名前をつける。〈レッド・ライオン〉のジョン・フレッチャーがジョン・フレッチャー・レースのスポンサーになるとかね。軽食を出すテントを張って、ゲートで入場料をとるの。小川のスタート地点とゴール地点に丸太を渡す。わたしが賭け屋になって、アヒルに賭けさせるわ。勝利者にはちょっとした賞品を出す。レースが終わるごとに、アヒルをスタート地点に戻して、水をふき、また次のレースに出場させるのよ」

「うまくいきそうね。ただ、かなりお天気に左右されるわね」

「長期予報だと、十月は天候がいいみたいよ。あちこちの村にポスターを貼りましょう」

「さっそくとりかかるわね。気が紛れるわ。あなたが引退して、PR界は大損失だったわね、ミセス・レーズン」

「ブレント農場に相談して、許可をもらってくるわ。ポスターと宣伝はわたしが手配するわね」

「これから何をするつもり？　この二件の殺人犯を見つける方だけど」

「あちこちで探りを入れてみるわ」

翌朝、アガサはジョンの鍵が玄関ドアの内側にころがっているのを発見した。拾い上げて、スラックスのポケットにしまった。もしかしたらミセス・エセックスは何か発見したか、思い出したかもしれない。一人で行って、彼女から話を聞きだしてこようかしら。二本の煙草と二杯のブラックコーヒーで朝食をすませると、アガサは猫たちにえさをやり、ドーヴァー・ライズに出発した。

ジョンのコテージの玄関前を通りかかったとき、郵便受けから荷物がはみだしているのに気づいた。中に押しこんでおいた方がよさそうね。あのままじゃ、泥棒を手招きしているようなものだもの。

アガサはジョンの鍵をとりだして中に入り、包みを引き抜き、手紙を床から拾いあげてすべてデスクに並べた。電話が鳴りはじめた。出るべきかしらと考えながら立っていると、留守番電話に切り替わった。声が言った。「ジョン、シャーロット・ベリンジです。今夜のディナーを楽しみにしているわね。よかったらあなたのサイン入りの本を持ってきていただけないかしら？　じゃあね」

アガサはデスクのそばにすわりこみ、まばゆい婚約指輪をぐるぐる回した。ジョンがさらに調査を続けているのは当然だ、と考えようとした。しかし、あの美しくきゃしゃなシャーロットの姿が目に浮かび、悄然《しょうぜん》と首を振った。ジョンはもう一度シャーロットに会いたくて我慢できなかったにちがいない。しかも、そのことをわたしに言わなかった。

一人になりたくて、アガサは鍵をかけると外に出て、自分のコテージに戻った。元ワトソンたちはどうしちゃったの？　チャールズ・フレイスとロイ・シルバーは？　どちらかに事件を手伝わせ、ジョン・アーミテージなんて必要じゃないことを見せつけてやる。

しかし、ロイのオフィスに電話すると、ニューヨークで仕事をしていると言われ、チャールズはパリにいると叔母に告げられた。

アガサは肩を怒らせて立ち、ぎゅっと唇を引き結んだ。この事件は一人で解決してやるわ。

7

ミセス・エセックスはもう北に帰ってしまっているかもしれないと半ば覚悟して、コテージに着くと、ミセス・エセックス本人がドアを開けた。

「あら、あなたなの。どうぞ入って。これ、どうしたらいいかわかるかしら。地下室にあるんだけど」彼女は階段の下にあるドアにアガサを案内した。

アガサは頭をかがめて低いドアを通り抜け、幅の狭い踏み板を下りながら、ミセス・エセックスはいったいどんな不気味なものを見つけたのかしら、と首を傾げていた。

「ほら、そこよ」

小さな地下室には金属製のワインラックがぎっしり設置され、ほこりまみれのボトルが並んでいた。

「お姉さまがワインコレクターだとは知らなかったわ」

「上等なワインという意味なら、はずれよ。これはすべて自家製なの。ほら！」彼女は手近のラックから一本とった。「ジェロップ醸造」と書かれた色褪《あ》せた白いラベルが、緑がかったボトルに貼り付けられている。

「おいしいんですか？」アガサはたずねた。

「わたしはアルコールは一切口にしないから、わからないわ」

アガサはアヒル・レースのことを思った。賭けを盛り上げるのにアルコールほどいいものはない。それに自家製ワインなら罪深いとは思われないだろう。

「ちゃんとした味なら、教会のお祭りのために引き取ってもいいわ」

「まあ！　これを全部？」

「ええ。いくらお支払いすればいいかしら？」

「教会のためなら、どうぞ持っていって。そうしたら、この地下室を大きなキッチンに改装できるし。でも、まず試しに飲んでみた方がいいわね。上にボトルを持っていきましょう。グラスを見つけるわ」

お酒には少し時間が早すぎる、とアガサは思ったが、おそらくジュースみたいなワインだろう。

アガサが先に階段を上がり、ミセス・エセックスがボトルを持って続いた。リビングは湿っぽく、カビ臭かった。「ルビーはケチだからセントラルヒーティングをつけなかったのよ」アガサの心を読んだかのように、ミセス・エセックスは言った。「どうぞすわって、グラスをとってくるわ」

ミセス・エセックスはコルク抜きとグラスを手に戻ってきた。コルクを抜き、アガサのグラスに金色の液体を注ぐ。アガサは慎重に香りを嗅いだ。それから、口に含んだ。甘いワインだった。甘口ワインは好みではないのだが、このワインは心地よく喉を滑り下りていき、ときめきと温もりが血管を走り抜けていった。

「それで、姉の事件に関して、何かわかったんですか？」ミセス・エセックスがたずねた。

「いえ、何も。わたしに考えつくのは、トリスタンが誰かの知られたくないような秘密をお姉さまに話し、それに気づいた何者かが、お姉さまを黙らせようとしたっていう筋書きぐらい。お姉さまは警察に言わずに、そういう情報を胸にしまっておくタイプかしら？」

アガサはまた大きくひと口ワインを飲んだ。

「姉が何か知っていたとしても、それがとても重要だと気づいていなかったのかもしれない。姉は秘密が好きだし、権力も好きなの。ルビーは善良な人間じゃなかった。

亡くなった人を悪く言うのはいけないことだけど、子ども時代、姉のせいでわたしの人生はつらいものになったのよ。あるときなんか……」

ミセス・エセックスの声はルビーの悪行について延々と語り続けていたが、アガサは自分でお代わりを注ぎ、ワインの酔いを楽しんでいた。まるで夏の黄金色の熱気が体じゅうを巡っているように感じられた。

ふと気づくと、ミセス・エセックスが何か質問していた。「何ておっしゃったの？」アガサはうっとりとたずねた。

「どうやってこの村で余暇を過ごしているのかってたずねたのよ。ここはずいぶん辺《へん》鄙《ぴ》なところだけど」

「ああ、婦人会があるの。頻繁にイベントを企画して慈善事業のためにお金を集めているのよ」

「率直に言わせてもらうけど、あなたはそういうことを楽しむタイプに見えないわ。結婚しているんですか？」

「以前はね」

「彼は今どこにいるの？」

「わからないのよ」惨めさが黒々とした潮流さながら押し寄せてきた。アガサはジェームズについて、彼が修道院で修行をすると偽ったことについて、洗いざらいミセス・エセックスに語りながら、大粒の涙で頬を濡らした。さらに、自分の過去や苦労や人生についても打ち明けた。耳を傾けてくれる女性にそうやって語っているとき、悲しい話の途中でミセス・エセックスがワインのボトルをキッチンに持って行き、代わりに熱々のコーヒーのマグカップを運んできてくれたことに気づいた。

「これを飲んで。失礼だけど、あなた、酔っ払っているわ」

ショックのせいで、アガサは少し理性を取り戻した。「いやだわ。何が起きたのかさっぱりわからない」

「アルコールが回っちゃったんでしょう。どうやらかなり強いワインみたいね。それでもかまわないの？」

「ええ、お願い。パブの店主に引き取りに来てもらって、教会の集会ホールのどこかに積んでおくわ。どこに保管しておけばいいか、ミセス・ブロクスビーに訊いてみるわね」

ミセス・エセックスはよろよろと立ち上がった。「では失礼するわ」

アガサは紙片に何か走り書きすると、差しだした。「これはわたしの電話番号よ。ワインをとりに来るときは、電話してちょうだい」

アガサは情けない顔で彼女を見た。「ごめんなしゃい」

「気にしないで。家に帰って、ぐっすり眠った方がいいわ」

外に出たら新鮮な空気で酔いも醒めるはずだと思っていたが、脚に力が入らず今にもくずおれそうになるので、ゆっくりと慎重に家まで歩いていかなくてはならなかった。

家にたどり着いてほっとしながら玄関を開け、リビングに入っていった。頭がはっきりするまで、ちょっとソファに横になるつもりだった。

目が覚めると、部屋はすでに真っ暗だった。猫たちがおなかの上に乗って、目を光らせながらアガサを見下ろしている。

アガサが体を起こすと、二匹は床に飛び下り、憤慨したようにニャーニャー鳴きながらキッチンに向かった。

何時かしら？　ドアまでよろめきながら歩いていき、明かりのスイッチを入れて腕時計を眺めた。驚いた。夜の八時だ。あわててキッチンに行くと、キャットフードの缶詰を開けた。猫たちが食事をすませてしまうと、自分にはコーヒーを淹れ、キッチンのテーブルについて煙草に火をつけた。ひと口吸ったとたん、記憶が一気に甦ってきた。ミセス・エセックスに自分の人生について微に入り細に入り語ってしまったことを、戦慄とともにはっきりと思い出したのだ。頬がかっと熱くなり、うめき声をもらした。あのワインのアルコール度数はどのぐらいだったのかしら？　アヒル・レースにはうってつけだと思っていたのだけど。彼女はキッチンの電話をとり、牧師館の番号にかけた。ミセス・ブロクスビーが出てくると、ワインについてすべてを話した。

「すごく強かったの。たった二杯のワインで、ミセス・エセックスに自分の人生をすべて語ってしまったのよ。そんなワインを出しても大丈夫かしら？」

「りっぱな理念のためでしょ。それに、彼女が寄付してくれるんですもの。小さなグラスで売って、みんなにとても強いお酒だって注意しておけばいいわ」

「ああ、なんてまぬけだったのかしら」アガサは泣き声を出した。

長い沈黙が続いた。

「もしもし、まだそこにいるの？」アガサは心配してたずねた。

「ええ。考えているの。ふと閃《ひらめ》いたのよ。あなたの口をこれほど軽くしたんだから、トリスタンも同じようにおしゃべりになったかもしれないわ」

「そのとおりね」アガサは考えこんだ。「あんなふうにべらべらしゃべったのは生まれて初めてよ。トリスタンはわたしたちの知らない誰かを恐喝していたのかもしれない。ジョンはまたペギーに会いに行くつもりみたいだけど、ロンドンに行ってしまったの。わたしが一人でペギーのところに行ってもいいわね。ジョン・フレッチャーに電話して、明日、ワインを取りに行ってもらえるか訊いてみないと。どこに保管しておけばいい？」

「教会の集会ホールね。明日の朝、開けておくわ。ちゃんとした集会ホールがあればいいんだけど。今のホールじゃイベントをするのに狭すぎて、いつも学校の講堂を使わなくちゃならないのよ」

「アヒル・レースで、新しいホールの資金集めができるかもしれないわよ」

「そそられるわね。でも〈セーブ・ザ・チルドレン〉が先よ」

「わかったわ。ペギーともう一度話をする口実が何かないかしらね？」

ミセス・ブロクスビーは考えこんだ。それからこう提案した。「アヒル・レースにアンクームの婦人会も仲間に入ってもらえばいいわ。老ミセス・グリーンがアンクーム婦人会の議長なんだけど、今、体調をくずしているの。ペギーは書記だから、わたしの代理ってことで彼女を訪ねて、わたしたちと手を結ぶことを提案すればいいわよ」

「文句なしね。そうするわ」

「ジョン・フレッチャーにはわたしから電話して、ワインを運ぶのにトラックを回してもらうように頼むわ。そのワインがそれほど強いなら、フルーツジュースに混ぜて、パンチとして出した方がいいかもしれないわね」

「その方が安全ね」アガサは賛成した。「何時にトラックが着くかミセス・エセックスに電話するように、ジョン・フレッチャーに伝えてくれる？　明日、ペギーを訪ねるわ。まだ、なんだかぼうっとしているの」

電話を切ると、アガサは冷凍シェパードパイを電子レンジにかけた。猫たちのためには調理の手間をかけるのに、自分の食事は電子レンジ料理で満足していることが妙だとは、考えたこともなかった。

料理に興味を持とうとしたこともあった。新聞の日曜版はレシピや、おいしそうな料理のカラー写真で一杯だ。最近は誰でも彼でも、外国風の料理の作り方を知っているようだ。

しかし、一人分の外国風の料理を作るのはむずかしい。皿の上の電子レンジ料理をつつき、夜中に空腹で目覚めないように、どうにか少し口に運んだ。

ジョンに恋をしていなくてラッキーだった、と寝支度をしながら思った。あの嫌な女、シャーロット・ベリンジとうまくいくように祈ってるわ。だけど、その考えが嘘だと言わんばかりに、猫たちが寝室に入ってきてベッドに飛び乗った。アガサの心が荒れ狂っているときに限って、猫たちはいっしょに寝てくれるのだった。

翌朝、アガサはペギー・スリザーと対決するために憂鬱な気分でアンクームに向かった。今はジョンの帰りを待ち、彼に行ってもらえばよかったと後悔していた。行くと約束していたのは彼なのだから。ペギーが家にいないといいのに、といつのまにか祈っていた。しかし、車を降りてバンガローの庭側の門に近づいていくと、ペギーが花壇にかがみこんでいるのが見えた。

「ハイ!」声をかけた。

ペギーは冬咲きのパンジーを植えていた手元から顔を上げ、不愉快そうにアガサを見た。「英国人のくせに、みんなどうして『ハイ』って言うのかしらね、アメリカ人みたいに。テレビがいけないのよ」

「ええ、そのとおりね。じゃあ、これならいかが? いいお日和ですね、ご機嫌いかがですか?」ペギーに愛想よくふるまって話を引き出そうとしていたのを忘れ、嫌みたっぷりな口調になった。

「で、何か用なの?」

アガサがアヒル・レースの概略を説明すると、ペギーは目に見えて態度を和らげた。

「カースリーと協力するかどうかはわたしが決定するわ。ミセス・グリーンは議長になるような器じゃなかったの。中に入って、日取りと手配について相談しましょう」

例のぞっとするリビングにまた入っていくと、日取りは十月二十三日土曜日がいいだろう、とアガサは言った。

「雨が降ったら？」とペギー。

「軽食用に野原に大テントを建てるわ。雨が降っても、レースはおこなう必要があるわね」

「農場主のブレントは土地を貸してくれるかしら？」

「彼に会いに行って頼むつもりよ。顔見知り程度だけど、パブで紹介されたときは人当たりがよかったわ。ミス・ジェロップの妹のミセス・エセックスが、自家製のワインを寄付してくださるのよ」

「もうお姉さんの家に住んでいるの？」

「ただ片付けているだけみたい。いずれ、ご主人と週末だけ利用するつもりなんじゃないかと思うわ」

「お姉さんが殺されたばっかりなのに、無神経よね。ジェロップっていう女性は、ちょっと変わった人だったと思うわ」

「彼女をよく知っていたの？」

「それほどでも。他のカースリーの女性たちを知っているのと同じ程度よ」

「トリスタンは親しかったみたいね。トリスタンは彼女の話をしていた？」

「教区のおばさんたちのことで冗談を言うから、二人でよく笑い合ったものよ。でも、特に彼女のことを話題にしたかどうかは記憶にないけど。あなた、また、嗅ぎ回っているの？」

アガサはペギーが嘘をついている、とふいに直感した。トリスタンはミス・ジェロップについて何か話したにちがいなかった。

「興味があるのよ。まだ殺人犯がうろついているから」

「前にもこういうことをしたんでしょ、たしか」

「そうよ」

「こうやって調べるの？　あれこれ質問して？　ありとあらゆる質問を？」

「まあ、そんなところね。みんな、警察には言わなかったことを思い出すことがあるから」

「わたしにだってできるわ」

「どうしてそう思うわけ？」アガサは不機嫌にたずねた。

「あなたよりも能力があるからよ」ペギーの目は競争心でぎらついていた。

ああ、この人のこと大嫌いだわ。「わたしはこうした事件でかなり経験を積んでいるのよ」

「ええ、だけどわたしはトリスタンをとてもよく知っていたわ」

「知っていたといっても、彼が殺された件に関連して、証拠を発見できるほどじゃないでしょ」彼女にしゃべらせようとして、アガサは挑発した。

「そう考えてたらいいわ。あなたに探偵ができるなら、わたしにだってできる。たしか、あなたは新聞に写真が載ったのは、たった二度だけよね」

「名声や栄誉のためにやってるんじゃないわ。実際、ほとんどすべての事件で警察に手柄を横取りされてしまったの」

「あら、言い訳ばっかり」ペギーはせせら笑った。

アガサはもう我慢できなかった。立ち上がる。「警察は素人が捜査に首を突っ込むのを嫌がるわよ」

「あら、そう？　じゃあ、あなたはどうなの？　本物の探偵なわけ？」

「わたしは目立たないように行動しているわ」

「アガサ・レーズンが目立たないようにですって！」ペギーは馬鹿笑いをした。その耳障りな笑い声に追い立てられるようにして、アガサはドアから出ていった。通り過ぎざま、釣りをしている妖精の置き物を思い切り蹴ると、妖精は小さな池にポチャンと落ちた。

「思い知らせてやるわ」アガサは車に乗りこみながらつぶやいた。「だけど、どうやって？　もう行き止まりだわ」

家に帰ってくるとコンピューターの前にすわり、わかった事実を片っ端から打ちこんでいく。キーをたたいていると、婚約指輪がきらめき、ウィンクするので、指輪をはずしてデスクの引き出しにしまった。

ドアベルが鳴った。文章を保存すると、玄関に出ていった。

ビル・ウォンだった。「そろそろ話し合う頃合かなと思ったんです、アガサ」

「どうぞ」アガサは仕方なく答えた。「コーヒーを淹れるわ」

「インスタントでいいですよ」

アガサはケトルのスイッチを入れた。猫たちはビルの体によじ登って、大きく喉を鳴らしている。ビルは二匹をなでてから、ホッジを肩から、ボズウェルを膝からひきはがして、そっと床におろした。

アガサはコーヒーを淹れたマグカップを二つテーブルに置き、ミルクと砂糖を添えた。「たしかケーキがあったわ」

「ケーキはけっこう。すわってください。あなたと話をしたいんです。あれ、指輪をつけてないんですね」

「コンピューターのキーを打ってると、光に反射して気が散るのよ。話って、何のこと？」

「あなたが殺人事件から手を引いたことは、これまで一度もないですよね。絶対にまだ嗅ぎ回っているはずだ。まだぼくに話してないことがあるでしょう？」

「ビンサーのことはもう知ってるわね。ええ、いくつか質問して回ったけど、何も得られなかったの。トリスタンの知り合い、たとえばミス・ジェロップは殺人犯について何か知ってしまって殺されたんじゃないかしら」

「それはまちがいないでしょうね」

「もっともまったく見当はずれの可能性もあるわね。もしかしたら妹が姉を殺したのかも」

「ミセス・エセックスには鉄壁のアリバイがあるんです。ねえ、教えてください。誰と話をしたんですか？」

「あなたには話しておいた方がいいわね。今朝、ペギー・スリザーと話したわ」

「なぜ、彼女と？」

「あの不愉快な女性はトリスタンと親しかったから。だけど、わたしには何も話そうとしなかったわ。あの馬鹿な女ったら、自分で探偵をするつもりみたいよ」

「彼女に会った方がよさそうですね。何か隠しているなら、ぼくに話してくれるかもしれない。どこに住んでいるんですか？」

アガサは行き方を教えた。「あとはミセス・トレンプもいるわ」

「彼女とは話しました。トリスタンにお金をあげようとしていたが、彼が殺されたのでだまされなくてすんだとか。それ以外には、何も知りませんでしたよ。考えて、アガサ。トリスタンの関心を引くほど裕福な人が、この村に他にいますか？」

「けっこういると思うけど、思い浮かぶ人はいないわね。コッツウォルズでは、引退して相当な資産がある人でも、つましい家に住んでいるでしょ。最近はかなり長生きするから、老人ホームの高い料金を払うことになったらお金が足りるだろうかって、みんな不安に思っているのよ」

「ミセス・ブロクスビーにたずねてみます。誰か思いつくかもしれない。そういえばジョン・アーミテージはどこですか？」

「ロンドンに行ってるわ」アガサはほんのり頬を染めた。シャーロット・ベリンジのことは話しただろうか？　いくつかの情報は言わないでおいた方がいいだろう。ジョンが魅力的な女性に会いにロンドンに行ったとは、プライドが邪魔してビルに話せなかった。

「ひとつお願いがあるんです」ビルが言いだした。「ガールフレンドのアリスのことは話しましたよね？」

「ああ、そうだったわ。まだ続いてるの？」

「順調そのものです」ビルは笑顔になった。

「ご両親にはもう会わせた？」

「いえまだ」

そうでしょうとも、とアガサは思った。会わせたら続いていないだろう。

「これまでは両親にガールフレンドを会わせるのが早すぎて失敗したんじゃないかと思うんです。重すぎるって思われたんじゃないかって。でも、友人には紹介したいんです。夜に休みをとったので、彼女を連れてきてもいいですか？」

「それは光栄だわ。ディナーに連れていらっしゃい」

「いや、それはやめておきます。彼女はビーガンなんですよ」

「あら、まあ。だけど、どうにかするわよ」

「いえ、ご心配なく。一杯やりに寄るってのはどうでしょうね。七時くらいに。一時間ぐらいで失礼して、どこかにディナーに連れていきます」

「けっこうよ」

ビルが帰ってしまうと、アガサはコンピューターに戻り、すでに書いたものに目を通した。

ミス・ジェロップがトリスタンから何か重大なことを聞いたのなら、カースリーかその周辺に住む誰かのことにちがいない。

そしてミセス・トレンプはどうなのだろう？　やはり、もう一度、あの女性を訪ねてみるのがよさそうだ。歩いていくことにした。どこへでも車で行っていたら、充分な運動ができない。歩きだして村を出ると、ふいに、あきらめてしまったものに対して強烈な渇望がわきあがった。男性を追いかけることも、年齢と闘うことも。若々しくて男前のジョン・アーミテージはロンドンに逃げてしまった。あきらかにシャーロット・ベリンジに夢中になっているのだ。たしかに彼はこの事件に関連して何かを見つけようとしているのかもしれないが、アガサはそのかすかな希望を打ち消した。だいたい、がっちりした中年女性が、陶器のような肌をしたきゃしゃなブロンド女性に太刀打できるはずもない。それに、そんなことも望んでいないわ。だって、ジョンにはまったく関心がないから。だけど、ブロンドにしたらどうかしら？　ブロンドの方が楽しいことが多いの？　試してみてもいいわね。バッグから携帯電話をとりだして美容師に電話した。

「ええ、キャンセルが入ったので、今日の午後三時に予約をおとりできます」

ミセス・トレンプは自宅にいたが、アガサに会ってもまったくうれしそうではなかった。「殺人事件のことで何か訊きに来たんだったら、わたしは何も知りませんからね」

「アヒル・レースで力を貸していただけないかと思って伺ったんです」アガサは嘘をついた。

ミセス・トレンプは興味を引かれたようだ。「アヒル・レースですって？　何なの、それ？」

アガサは説明した。

「それはいい思いつきね。慈善事業ならお手伝いするわ。入ってちょうだい。何をしたらいいのかしら？」

「前回、こちらに伺ったとき、ジャムを作ってましたよね。レース脇にテーブルを出して、手作りジャムを売っていただけないかしら？　お嫌なら、売り上げを慈善事業に寄付する必要はないんです。自家製ジャムとケーキの屋台があれば、田舎の雰囲気がかもしだされて、レースの売り上げも増えるかなと思って」

「あら、とんでもない、喜んで寄付するわ。ケーキは誰が作るの？」

「婦人会のメンバーに頼もうかと思っています」

「その必要はないわ。すわってちょうだい、ミセス・レーズン。わたしがケーキも焼くわ。正直なところ、時間をもてあましているの。主人が生きていたときはとても忙しかったから。実は、ちょうどニンジンケーキを焼いたところなのよ。よかったら召し上がらない？」

「まあ、それはご親切に」

「お茶は？」

「ええ、いただきます」

ミセス・トレンプがキッチンにひっこむと、アガサはトリスタンの話題をどう持ちだそうかと思案した。たんにレースと村の噂についてしゃべりながら、ミセス・トレンプの方からトリスタンについて話すのを待った方がいいかもしれない。

ニンジンケーキはおいしかった。アガサは大きく切ったケーキをふた切れ食べ、家まで歩いて帰ればカロリーを消費できるわ、と自分を慰めた。レースの計画をさらに話し合い、ミセス・エセックスが地下室一杯の自家製ワインを寄付してくれることになっている、と打ち明けた。

「そのミセス・エセックスって、どなた?」

「ミス・ジェロップの妹さんよ」

「まあ、変わってるわね! お姉さんの家に泊まっているの?」

「たんに片付けのためだと思うわ。いずれ、ご主人と週末や休暇のときに過ごすつもりみたい」

「それって悲しいわね。こうして村から暮らしがなくなっていくのは。つまり、地域社会に根づいた暮らしってことよ。そのうちコッツウォルズ全体が、観光客や移住者や週末滞在者だらけのテーマパークになるんでしょう。あなたみたいな人は珍しいわよ、ミセス・レーズン。自分の役目を果たそうとする人は。先日、あんなに腹を立てて悪かったわ。だけど、気の毒なトリスタンのことですっかり動揺してしまって。彼のおかげで、わたしは自分に自信が持てたのよ。他人の評価に頼らずに自分を認めることが大切だと思うけど、それって、とてもむずかしいことなの。もちろん、何度も何度も、どうして彼が死んだのかって考えてるわ。あんなに魅力的だったのに。たぶん痴情のもつれね」

「かもしれないけど、なんとなく、お金がらみじゃないかという気がするの。最後の夜にわたしが帰ったあとで何かが起きて、彼はお金が緊急に必要になった。見知らぬ人を村で見かけたって言っている人はいませんでした？」

「教会で会う人か、お店で会う人としか口をきかないけど、みんな当惑していたわ」

「何か思いついたら、連絡してください」アガサは巧みに会話を村の問題に戻してから、暇《いとま》を告げた。

家に戻ると、お酒のストックを調べて充分な種類が揃っていることを確認すると、急いでランチに電子レンジ調理のラザニアを食べてから車に乗りこみ、イヴシャムの美容院に出かけた。車を運転しながらも、ブロンドにする必要はないんだし、いつでもやめることができる、と考えていた。

その日の夕方、バスルームの情け容赦ない拡大鏡をもう一度のぞきこんだ。豊かな髪は温かみのあるハニーブロンドになっていた。やっぱり……やっぱり……アガサ・レーズンのような気がしない。アガサは寝室に行き、たんすの鏡を見た。見知らぬ女がこちらを見返している。ほっそりと見せるように巧みにカットされた、シンプルな黒いジョーゼットのワンピースを着ていた。アイシャドウをつけようかしら？　バスルームに戻り、慎重にベージュのアイシャドウをつけ、アイライナーを引き、マスカラも塗った。メイクを終えたとき、ドアベルが鳴った。

「ブロンドにしたんですね！」ビルが言って、目を丸くした。「こちらがアリスです」

「どうぞ入って」

先に立ってリビングに案内しながら、アリスがつぶやくのが聞こえた。

「年をとっているって言ったのに」

すると、ビルが低い声で答えている。「ぼくよりも年上だって言ったんだ」

アガサはお酒のワゴンに歩いていった。「何がいいかしら、アリス？」

「ラムコークで」

「あら、どうしましょ。コークはないと思うわ」

「シェリーでけっこうです、もしご用意があるなら」

「ぼくはソフトドリンクにします」

「トニックウォーターでいい？」

「けっこうです」

アガサはせっせと飲み物を作り、二人にグラスを渡すと、ソファに並んでいるアリスとビルの向かいにすわった。二人がやって来てから、初めてアガサはじっくりとアリスを見た。ブラウンのカールした髪、大きな目、気の強そうな顎。胸が豊かで、ウエストが太く、足もぽっちゃりしていた。

「ビルと知り合ってから長いんですか？」アリスがたずねた。ビルの手をとって、きつく握りしめている。

「こっちに来てからよ。ビルはわたしの最初の友だちだったの」

「ヘンなの」アリスはそう言ってからシェリーをひと口飲んで、鼻に皺を寄せた。

「あたし、甘いシェリーが好みなんだけど」

「甘いのはないのよ。他のものをお出ししましょうか？」

「大丈夫です。これをもっと大きなグラスに入れて、トニックウォーターで薄めていただけますか？」

あらまあ、とアガサは思ったが、リクエストどおりにした。「ヘンってどういうこと？」

「だって、ビルは若いし、あなたは年をとってるから」

「わたしたちは恋愛関係じゃないのよ」アガサは語気を荒らげた。

「事件について何かわかりましたか?」ビルがあわてて口をはさんだ。ああ、まったくもう、どうしてアガサはブロンドにしてセクシーなドレスを着ているんだ? とビルは心の中でぼやいた。

アガサは首を振り、アヒル・レースについて話した。アリスは小馬鹿にしたような冷たい笑い声をあげた。「お子さま向けね」

ビルのために、この子が何を言おうと意地悪はしないわ、とアガサは固く誓った。

「あら、おもしろいわよ、絶対に」と軽く受け流す。「銀行の仕事は楽しい、アリス?」

「まあまあ」

「おもしろいお客さんはいる?」

「いますよ。銀行には無尽蔵のお金があるって信じている人もいます。そういう連中は、外のATMからお金が出てこない、って中に入ってきて文句を言うんですよ。だから、あたしはこう言ってやるの。『あたしの時間も、あなたご自身の時間もむだにしてますよ。機械がこれ以上払えないって言うんだったら、お金は金輪際支払われません』」彼女は笑った。「そのときのお客の顔、見せてあげたいわ」

ビルはどうしてこんな子が好きなの? だが、ビルは愛情をこめてアリスに微笑みかけていた。

アリスが立ち上がった。「お化粧室を使わせていただいていいかしら？」

「階段を上がったところよ」

アリスが席を立つと、ビルがにやっとした。「ぼくはものすごく楽しんでますよ」

「どうして？」

「アリスが嫉妬するところは、これまで見たことがなかったんです。わざわざ今夜に限って、ブロンドのセクシー女性に変身するとはねえ」

「ほめ言葉だと受け取りたいけど、すごく気まずいわ。あなた、本気で彼女が好きなの？」

「本気だと思ってますよ、アガサ。あなたは彼女の最悪の部分を目にしているんです。喜ぶべきですよ」

アガサがちっともうれしくない、と言いかけたとき、アリスが戻ってきた。アリスを会話に入れないために、アガサはビルと事件について話し合い、そのあいだじゅう、こんな女の子に縛られるべきじゃないと考えていた。しかし、彼の人生にちょっかいを出すつもりはなかった。

二人が帰るときに、アガサは礼儀正しく言った。「ご両親によろしくね、ビル」

ビルよりも早く玄関先に来ていたアリスはさっと振り返った。「あたしはまだご両親に会ってないのよ。ぜひお会いしたいわ」

「ああ、じきに会わせるよ。飲み物をごちそうさま、アガサ。また連絡します」

アガサはドアを閉めた。ビルのぞっとする母親に会ったら、アリスはすぐさま逃げだすだろう。でも、なんてひどい女の子かしら。あの子じゃ、うまくいきっこないわ。アガサは鏡の中の自分を眺めた。ため息がもれた。あの子がアガサを見たら、シャーロットと張り合っていると思うかもしれない、と気づいた。できるだけ早く元の色に戻そうと決心した。

ビルの訪問のあいだは電話が鳴らないようにしておいたので、受話器をとりあげて鳴る設定に戻そうとしたとき、伝言が入っていることに気づいた。1571にダイヤルして待った。「一件の伝言があります」ブリティッシュ・テレコムの声が慎重なしゃべり方で言った。「伝言を聞くなら1を押してください」アガサがそうすると、ペギー・スリザーの声が聞こえてきた。「わたしはあなたのはるか先を行ってるわ。何をつかんでいるのか、あなたには想像もできないでしょうね。あといくつか事実を確認したら、警察に行くつもりよ」

アガサは伝言を保存した。彼女に何か見つけられるわけないわ、と思った。唇を嚙んだ。受話器をとり、呼び出し音が鳴るように設定すると、また受話器を置いた。背中を向けたとたんに電話が鳴った。ミセス・ブロクスビーからだった。「調子はいかが、ミセス・レーズン？」

「あまりはかばかしい進展はないの。ああ、ビルがいちばん新しい恋人を連れてやって来たけど、最悪の子だったわ。意地悪で気の強い女の子」

「あら、あなたも以前言っていたけど、ご両親に会ったら続かないんでしょ」

「まだ会わせていないんだけど、会わせるつもりらしいから、それでおしまいね」

「あなたの話からして、ビルはいつも感じのいいおとなしい女の子を選んでいる気がしていたわ。もしかしたら、その子ならお母さんと互角にやり合えるかもしれないわよ」

「ビルのお母さんと互角に戦える子なんて誰もいないわよ」アガサは力をこめた。「そうだ、話したいことがあるの」彼女はペギーを訪ねたことと、たった今聞いた伝言について牧師の妻に話した。

しばらく黙りこんでから、ミセス・ブロクスビーは言った。「嫌な予感がするわ。ミス・ジェロップが電話してきたときのことを思い出すの。彼女の身に危険が迫っている可能性はないでしょうね？」

「わからない。彼女はたしかにトリスタンをよく知っていたようだけど。じゃあ、彼女に電話して、何をつかんだのかたずねてみるわ。たぶん、ただのほらよ。あとで連絡するわね」

アガサは電話を切ると、ペギーの番号を電話帳で見つけてダイヤルした。通話中のシグナルが聞こえてきた。キッチンに行き、電子レンジにかけるために冷凍庫をのぞいた。猫たちが足首に体をこすりつけてくる。「もうご飯は食べたでしょ、二度も」アガサは小言を言った。冷凍ステーキ&キドニー・プディングを選び、解凍するために電子レンジに入れた。もう一度ペギーの番号にかけてみる。やはりまだ通話中だった。キッチンに戻り、ステーキ&キドニー・プディングを温め、くずれかけた中身を皿に移した。猫たちは鼻をクンクンさせてから、さっと逃げていった。アガサはフォークで食べ物を突いた。どうにかほぼ食べ終えると、またペギーの番号にダイヤルした。相変わらず通話中だ。

ちょっと車で行って見てこよう、とアガサは思った。二階に行き、セーターとパンツとぺたんこ靴に着替え、スカーフで頭を包む。見れば見るほど、やけに派手な色に思えてきたからだ。

夜になって風が出てきた。門のところのしなだれたライラックの木がざわざわ揺れ、落ち葉が小道を音を立ててころがっていく。小さな月が雲間を出たり入ったりしている。

アガサはジョンの暗いコテージを残念そうに眺めた。彼にいっしょに行ってほしかった。アンクームまでの道はひっそりしていた。途中ですれちがったのは、車が二台と、風を防ぐために顔の下半分をマフラーで覆った夜間の散歩者だけだった。

ペギーのコテージの外に駐車すると、すべての明かりがつき音楽が大音量で流れていたので、ほっと胸をなでおろした。ペギーはどうやらお客をもてなしているようだ。それでも、ここまでわざわざやって来たのだから、彼女が何をつかんだのかヒントでもくれるかもしれないし寄ってみよう。うまくおだてれば、自慢話をべらべらしゃべるかもしれない。

庭の小道を進んでいくと、漆喰の妖精たちが藪からこちらをにらんでいた。ヴィレッジ・ピープルが「YMCA」と叫んでいる。ドアはわずかに開いていた。アガサは狭い玄関ホールに入った。鼓膜をつんざかんばかりの音楽が襲いかかってきたが、人声は聞こえなかった。

ふいにわきあがった恐怖を抑えつけながらリビングのドアを押し開くと、さらに威力を増した大音響にひるみそうになった。ステレオに歩み寄り、スイッチを切る。静寂が広がると、いまや聞こえるのは小便小僧の放尿と外の風の音だけで、騒々しい音楽以上に恐怖が募ってきた。

「ペギー！」かすれた声しか出なかった。咳払いして、怒鳴った。「ペギー！」

靴の形をした電話機を眺めた。これ以上家の中を見る前に警察に電話しなさい、と自分に命じた。しかし、何かに衝き動かされるかのように、アガサはホールを突っ切り、キッチンのドアを開けた……ドアの内側を手探りして明かりのスイッチを入れる。まばゆい蛍光灯がキッチンを照らしだした……白い壁に飛び散った血も、床の血も、それに裏口近くに倒れているペギー・スリザーの無残に切られた体も。

アガサはうめき声をもらすと、両手を口にあてがった。おそるおそる、ぞっとする体のわきにひざまずいて、脈を探る。だめだ。脈はまったく感じられなかった。

アガサは立ち上がると、ふらつく足でリビングに戻り、受話器をつかんで警察に電話した。それから外に出て、コテージの冷たい壁に頭を押し当てた。

8

それから二週間、カースリーの村は騒然となった。マスコミと観光客がどっと押し寄せてきたのだ。悪天候のせいでついに観光客は逃げだしたが、あとには飲み物の缶やサンドウィッチの包み紙が大量に残された。やがて、またもバルカン半島で戦争が起きて、マスコミはあわててロンドンに引き返していった。ようやく記者につきまとわれずに村の通りを歩けるようになり、村人たちはほっと胸をなでおろした。婦人会のメンバーたちは残されたゴミを拾い、ゴミ袋に詰めた。商売繁盛が続いていた〈レッド・ライオン〉の店主ジョン・フレッチャーですら、マスコミと野次馬たちがついに消えたときにはうれしく感じた。

ジョン・アーミテージは最新の殺人事件のニュースを聞くなり、ロンドンから帰ってきた。アガサは殺人事件の翌日、ミルセスターの警察で供述書にサインすると、ただちに美容院に行き、またブルネットに戻した。残されたのは粘り強い警察だけで、

相変わらずカースリーや近隣の村々の一軒一軒を訪ね、すべての人に繰り返し質問をしていた。ペギーが残虐に殺された凶器はまだ見つかっていなかった。

アガサは事件について話し合うためにジョンが頻繁に訪ねてくるかと予想していたが、彼は口数も少なく、家にひきこもり、執筆が遅れているので仕事に精を出さなくてはならないと言うだけだった。アガサの方は、認めたくなかったが、何もしないことを恐れていた。だいたいアガサ・レーズンのような人間は、恐れていることをまず認めようとしないものだ。三件の殺人でもうたくさん、とアガサは自分を納得させた。頭のおかしい犯人は警察に任せよう。しかし、精神的に不安定になって体重が減った。夜中にちょっとした物音がすると目が覚めてしまうし、昼間は食欲がなかった。

ミセス・ブロクスビーはアガサに犯人を見つけてもらうことをあきらめた。「あなたの身が危ないわ、ミセス・レーズン。この恐ろしい殺人犯が、あなたも何か知っていると誤解したらどうするの？」

マスコミが引き揚げた翌日、ジョン・アーミテージが訪ねてきた。「ちゃんと食べているのかい？」彼は心配そうにたずねた。ロンドンから帰ってきて、今ようやくアガサの様子に気づいたかのようだった。「やつれたみたいだよ」

アガサは彼をにらみつけた。恐怖に苛まれているにもかかわらず、ほっそりした自分のスタイルは気に入っていたのだ。「死体を見つけたのは、このわたしなのよ」

キッチンでジョンはテーブルの前にすわった。

「それで、あなたの方はどうなの？　ずっと何をしていたの？」アガサはたずねた。

「話しただろう。執筆、また執筆だよ」

「だけど、ロンドンの首尾がどうだったのか、何も話してくれなかったじゃない」

「話すことはあまりないんだ。出版社の人間に会い、エージェントに会って、友人たちに会って……」

「で、シャーロット・ベリンジと少なくとも一度はディナーをとったでしょ」

「どうして知ってるんだ？」

「郵便受けから小包が飛びだしていたから、ドアを開けてテーブルに置いてるときに、留守番電話にしゃべっている甘ったるい声が聞こえてきたのよ」

ジョンはかすかに頬を赤らめた。「手がかりが見つかるかもしれないと思ったんだが、あれ以上は何もなかった。ニュー・クロスの牧師にもまた会いに行ったが、忙しいと言って鼻先でドアを閉められたよ」

「それ、怪しいと思わなかったの？」

「いや、別に。最初にわたしたちに嘘をついたことで、気がとがめているんじゃないかと思うよ。ともかく、ペギー・スリザーのことに戻ろう。彼女は自分が何かをつかんだと思ったんだ。そして、あなたは死体を発見する前に、家の周囲では何も見なかったんだね？　怪しい人間とかは？」

「何も」

「走っていた車は？」

アガサは眉をひそめて考えこんだ。「アンクームから出ていく車が二台いたけど、色や型式は訊かないで。暗かったし、特に注目していたわけじゃないから」

その晩、アンクームめざして車を運転している自分の姿がまざまざと浮かんだ。

「ウォーキングしていた人」アガサは叫んだ。「あの散歩していた人のことを忘れていた」

「どういう人だ？　警察に話したのかい？」

「いいえ、彼のことは忘れていたわ。血まみれで倒れていたペギーを見つけたショックで、すっかり記憶から抜け落ちちゃったみたい」

「どういう外見だった？」ジョンが身を乗りだした。

「ちらっと見ただけ。ウールの帽子をかぶってマフラーで顔の下半分を覆っていたわ。アノラック、バックパック、黒いズボン」

「顔半分をマフラーで覆っていて、怪しいと思わなかったのか？」

「その晩は凍えるような風が吹いていたの。ああ、大変、警察に話した方がいいわね。忘れるなんて、とんだまぬけだと思われるわ」

ドアベルが鳴った。「あなたが出て、ジョン。たぶん、ぐずぐず残っていた地元記者よ。自分からマスコミとお近づきになっていた日々が嘘みたい！」

ジョンは玄関に出ていき、すぐにビル・ウォンといっしょに戻ってきた。

「ほら、アガサ、警察に用があると言っていたら、ビルが来たよ」

「どうして警察が必要なんですか？」ビルがレインコートを脱ぎ、椅子にかけながらたずねた。

「ちょっと思い出したことがあるの」アガサは散歩をしていた人のことを話した。

「アガサ！」彼はいらついた声で叫んだ。「どうしてもっと早く思い出さなかったんですか？　ぼくは非番だけど、メモ用紙をください。書き留めておかなくちゃ」

アガサはデスクを探してメモ用紙をとってくると、散歩していた人の外見を説明した。

「ぼくの考えていることがわかりますか？」ビルはため息をつきながらペンを置いた。

「犯人はとてもついていたということです。この話をしたら、ウィルクスは激怒するだろうな。殺人事件の夜にすぐ話してくれていたら、道路を封鎖して田舎道を捜索できたんですよ。もう帰った方がよさそうだ。警察公報で、散歩者に名乗り出るように呼びかけてみます」ビルは立ち上がってコートを着た。

「殺人事件の夜、アルフ・ブロクスビーはどこにいたんだい？」ジョンがたずねた。

「奥さんの話だと、ひと晩じゅう巡回で出かけていたとか。彼が会いに行ったという全員に話を聞きましたが、一時間ぐらい説明がつかない時間があるんです」

「ミセス・ブロクスビーは、そのことを何も言ってなかったわ」アガサは不安で胸がチクッとした。「その時間、牧師は何をしていたと説明しているの？」

「ただ歩き回っていたと。トリスタンの事件のことでひどく気持ちが高ぶっていたので、寝る前にたっぷり歩いて頭をすっきりさせようとしたと言っています」

「筋は通っているわね」アガサはビルといっしょに玄関まで行った。「どうして訪ねてきたの？」

「社交上の訪問ですよ」

「アリスはどうしてるの？」

「ええ、元気です」

「ご両親に会わせた？」

「ええ、両親はアリスを気に入ってくれました」

まあ、驚いた。

彼女はビルを見送ってから、キッチンに引き返した。「どうしてアルフ・ブロクスビーのことをたずねたの？」

「ずっと考えていたんだ。わたしたちはミセス・ブロクスビーのことを愛しているとはいっても、アルフについては何も知らないからね。そうだろう？」

「ええ、あまり知らないけど、ひとつだけ確かなことがあるわ。ミセス・ブロクスビーみたいな人は殺人を犯すような男とは、絶対に絶対に結婚しないってこと」

「夫が殺人を犯せるとは知らなかったのかもしれない」

「冗談でしょ」

「じゃあ、アルフに行動を説明できない一時間があったことを、彼女はあなたに話したかい？」

「牧師はちゃんと説明したじゃないの！」

「だが、彼の言葉しかなくて、証人はいない。彼女に会いに行こうよ」

「いいわよ。それであなたの気が済むなら」

「指輪をはめていないんだね」

「ああ、あれね。すっかり忘れていたわ。はめてほしいの？」

「婚約しているふりは続けた方がいいんじゃないかな」

「ミセス・ブロクスビーの前ではふりをする必要なんてないわ」

「だけど、他の人の目もあるよ」

アガサはデスクを探して指輪をとりだしてはめた。ゆるくなっていた。あら驚いた、指のお肉まで落ちちゃったのね。

二人が牧師館に歩いていくとき、木の葉が足元でくるくる舞い踊っていた。アガサにとって、もはや牧師館は安全な楽園ではなかった。そこかしこに脅威が潜んでいるような気がした。

ミセス・ブロクスビーがドアを開けた。

「静かに入ってきて。アルフが休んでいるの」

二人は彼女のあとから牧師館のリビングに入っていった。アガサとミセス・ブロクスビーはお互いを観察した。ミセス・ブロクスビーはアガサがげっそりやせていることに気づき、アガサはミセス・ブロクスビーのふだんは穏やかな目が険しくなっていることに気づいた。ペギーの事件以後、話はしていたものの、ひとこと、ふたことだけだった。

アガサは散歩をしていた人のことを話し、ミセス・ブロクスビーは祈るように両手を組み合わせた。「もっと早く思い出してくれたらよかったのに、ミセス・レーズン」

「警察では公報に載せて、散歩者に名乗り出るように呼びかけるそうです」ジョンがとりなした。「無実なら出てくるでしょう」

「たくさんのよそ者がそこらを歩いているでしょ」アガサは言った。「誰が歩いていても、みんな、まったく気にしないわ」

「グループで歩いていたらね」ミセス・ブロクスビーの声には棘《とげ》があった。「だけど、一人きりで、しかも、夜に歩いていたのよ！」

「わかってる、わかってるわ」アガサは悲しげに言った。「だけど、ペギーが殺されたことの恐怖で、今日まですっかり記憶から抜け落ちていたのよ」

「ビルが今朝、やって来たんです。ご主人には行動を説明できない一時間があるそうですね」

「たいていの人には、何をしていたのか説明できない時間なんてどっさりあるわよ。ペギーが殺された夜にそういう一時間があったことは、アルフにとって不運だった。そのせいで、主人はすっかり参ってるわ。あなたの疑問で、さらにわたしたちの不安を煽《あお》っていただかなくてもけっこうよ、ミスター・アーミテージ」

「そんなつもりじゃ――」

「いえ、そうよ」ミセス・ブロクスビーはさえぎった。それからアガサの方を向いた。

「あなたは調査から手を引いたのかと思っていたわ」

「やめたわよ」心の中でジョンを呪った。

「この事件の犯人が誰にしても、きわめて危険な人間よ。二人とも警察に任せることをお勧めするわ。では、よろしければ、これで。いろいろ忙しいの」

二人は牧師館を出た。アガサは猛烈にジョンに腹を立てていた。「あなたといっしょに行くべきじゃなかったわ。ミセス・ブロクスビーはわたしの親友なのよ」

「気にすることないよ。そろそろランチの時間だし、今のあなたは元のあなたの幽霊みたいに見える。パブに行って、何か食べよう」

アガサはいっしょに行きたくないと不愛想に言い返そうとしたが、一人きりになるのは気が進まなかった。「そうね」ぶっきらぼうに応じた。「でも、あまり重いものはいらないわ」

二人はシェパードパイを注文した。パブには常連客がたくさんいたが、あまり会話ははずんでいないようだった。連続殺人のせいで、村の雰囲気が毒されていた。

アガサは自分でも意外だったが、お皿の料理をぺろりとたいらげてしまった。そろそろ電子レンジ料理は卒業して、ちゃんと家で料理を作ろうと決心した。

食べ終えると、アガサは興味深げにジョンを見た。「シャーロット・ベリンジの件では妙に寡黙なのね」

「事件に関連して話すべきことがあれば報告しているよ、アガサ」

「彼女が情報を持っていそうだから会いに行ったんじゃないと思うわ。彼女にのぼせていたんでしょ」

「シャーロットはとても魅力的な女性だ。でも、ちがうよ、わたしはのぼせてなんかいない」

「じゃあ、迫ったけど、ふられたのね？」

「立ち入らないでくれよ、アガサ。婚約しているふりをしているだけなんだから、わたしの私生活について詮索する権利はないだろ」

たしかにそのとおりだったが、なぜかアガサはそれを持ちだされたことが気に入らなかった。

「ところで、ミセス・エセックスとミセス・トレンプに会いに行った件はざっと話してくれたけど、何もつかめなかったんだね？」

「ええ、ワイン以外はね」

「ワインって？」

アガサは自家製のワインと、それを飲んだときの奇妙な酔い方について説明した。

「それはおもしろいな。ミス・ジェロップはトリスタンにワインを飲ませ、酔ったトリスタンが言うべきではないことを口にした、そう推測しているのかい？」

「ありえる話でしょ」

ジョンはため息をついた。「でも、彼女は亡くなってしまった。永遠に真実はわからないだろう。ミセス・トレンプはどうだった？　夫の死について話すのを聞いて、冷酷なところのある人だと思ったんだが。夫が脳卒中を起こしたのに、すぐに救急車も呼ばず、ただ眺めていられる女性はかなり図太い神経の持ち主だよ」

「わからないわ。ただアヒル・レースの話をしていただけだから。とても気さくで、真っ当に見えたわ」

「彼女はペギー・スリザーを知っていたのかな？」

「さあ」

「行って、たずねてみよう」

「まだ調べ回っていることを、誰にも知られないようにしたいんだけど」

「大きなイベントのためにケーキを焼くって言ってたよね。作業が進んでいるのかどうか訊きに行けばいいよ」

「それなら口実になりそうね」


ライラック・レーンに戻ってジョンの車で出発したとき、アガサは憂鬱の黒い片鱗が周囲に漂っている気がした。長年にわたってアガサはジェームズ・レイシーに対する執着に支配され、とうとう彼を手に入れて結婚した。そして、離婚された。その後は、いつか彼が自分のところに戻ってくるという夢の中で生きてきた。しかし冷たい現実は、二度と彼は戻ってこないと告げていた。カースリーは不気味な土地になってしまった。婚約しているふりをしている男性といっしょに、おそらく事件に関連したことなど何も知らないだろう女性に話を聞きに行くとは。いつも愛する人にふられてばかりのビル・ウォンは、ある意味でアガサのソウルメイトだったのに、ついに彼は両親にもめげない女性を見つけた。

「何かあったのかい？」ジョンがたずねた。

「別に。どうして？」

「車内には憂鬱がたちこめているが、それがあなたから発散されているからだよ」

「ちょっと頭痛がするの、それだけよ」

「家に戻ってアスピリンを飲んでくる?」

「いいえ、大丈夫。ほらここよ。たぶん家にいるでしょう。あまり外出しないようだから」

駐車して車から降りた。ドアは少し開いていた。アガサはドアのかたわらのベルを鳴らした。屋内のどこかでベルが甲高く鳴った。

「妙だな」とジョン。「中にいるはずだ。もう一度鳴らしてみて」

アガサはベルを鳴らして待った。

「ちょっと中をのぞいてみた方がいいかもしれない」ジョンは不安そうだった。

アガサが先に入っていった。「ミセス・トレンプ!」呼びかけた。返事はない。外ではミヤマガラスが木のてっぺんでカアカア鳴き、改造した納屋の周囲を風が吹き抜けていく。

ジョンを従えて、アガサはキッチンに入っていくと悲鳴をあげた。ミセス・トレンプが床に大の字になり、目を閉じて両手を胸の上で組んでいた。

「息をしているか確認して」ジョンが言いながら携帯電話をポケットからとりだした。

「警察に電話する」

そのときミセス・トレンプがぱっちり目を開け、立ち上がろうとした。

「瞑想の時間なのよ」不機嫌に言った。「邪魔されたくなかったの。そのまま帰ると思ってたのに」彼女はツイードのスカートをなでつけた。「何か用なの？」

アガサはキッチンの椅子にへたりこんだ。「アヒル・レースのケーキをすべて一人で焼けるのかどうか確認したかっただけよ」

「もちろんよ。無理ならあなたにそう言ったわ。手配は進んでいるの？」

「これからブレント農場に行くところなの」

「つまり、まだ彼から許可をもらってないってこと？　急いだ方がいいわ。レースまで三週間しかないのよ」

「ペギー・スリザーの件は気の毒でしたね」ジョンが口を開いた。

「ああ、あの人ね」ミセス・トレンプは軽蔑したように鼻を鳴らした。「たぶん元夫の仕業よ。離婚訴訟のあとで大金を払うことになって怒っていたから」

「彼女と知り合いだったの？」アガサはたずねた。

「トリスタンが一度会いに連れていってくれたのよ。不愉快で下品な女だったわ」

「トリスタンは彼女と親しかったようね」

「彼女がわたしにとても失礼な態度をとったので、トリスタンはもう二度と関わらないと約束してくれたわ」

「それっきり、彼女とは連絡をとっていないの？」

「とるわけないでしょ？　ミセス・スリザーのような人間とわたしとでは、まったく共通点がないもの。ねえ、やることがあるの。ミスター・ブレントの許可をできるだけ早くとってきた方がいいわよ」


「これ以上長居しても、彼女から何も聞きだせなかっただろうね」ジョンは丘のてっぺんのブレント農場に車を走らせながら言った。

「でも廊下のはずれに書斎があったの。デスクの上には手紙や書類が散らばっていた。あれを見てみたかったわ。彼女は何か隠しているんだと思うの。トリスタンは彼女に手紙を書いたと思う？」

「どうして書くんだ？　同じ村で暮らしているのに」

「だけど、ちょっと調べてみたいのよ。あるいは彼女がトリスタンのことで誰かに手紙を書いたかもしれない」

「それだったら、その誰かが手紙を持っているだろう。ミセス・トレンプじゃなくて」

「デスクにコンピューターがあったから、手紙をそこに保存しているかもしれないわ。

昔は友人にタイプ打ちの手紙を出すのは失礼だと考えられていたけど、今はちがうのよ」

「あれを見る機会があるとはとうてい思えないな」

「あるかもよ。夜はドアに鍵をかけるのかしら」

「夜にこっそり忍び込んで調べるつもりかい？　馬鹿なことをしないでくれ。つかまったら、大変な代償を支払うことになるよ。左がブレント農場への入り口かな？」

「ええ、ブレントがいるといいけど。ぬかるんだ畑を歩き回って彼を探したくないわ」


マーク・ブレントがドアを開けたので、アガサはほっとした。

「ちょうどお茶を淹れようとしていたところなんだ」ブレントは長身でやせていて腕が長く、猫背だった。ふさふさした髪は灰色で、面長の顔は戸外の作業で赤く日に焼けていた。「女房は妹を訪ねていてな」彼はポットでお茶を淹れると、マグとミルクと砂糖をテーブルに並べた。「さあ、すわって。最近の殺人事件にはぞっとするよ。それで、ここに来たのかい、ミセス・レーズン？」

「いいえ、アヒル・レースの件なんです。以前、きれいな小川が流れている地所のひとつで、ボーイスカウトのイベントを開きましたよね」アガサはアヒル・レースについて説明した。

「好きに使っていいよ。その野原には牛がいるんだが、当日は移動させておこう。いつ開催する予定だね？」

「十月二十三日です」

「わかった。準備しておくよ。自由に使ってくれ。村の外で暮らしていてよかったよ。あのいまいましい副牧師はなよなよした風体だったから、村に災厄を持ちこんだんだろうな」

「トリスタンをご存じだったんですか？」アガサはたずねた。

「女房のグラディスがあいつと親しかったんだ。畑から帰ってきたら、二人が笑ったり冗談を言い合ったりしていた。グラディスときたら、日曜でもないのに一張羅の晴れ着で着飾っていて、トリスタンのために小切手が必要だと言いだしてね。おれたちに代わって投資をして、大儲けをしてくれるんだと。彼にはどことなくうさんくさいところがあったから、ある日、村で呼び止めて、女房にまた近づいたら、犬をけしかけると言ってやった。そのことを話すと、グラディスはさんざん泣いて、おれを怪物と罵《ののし》ったよ。おまえから金を搾りとろうとしなかったら、我慢したんだけどな、と答えたが。実のところ、女房は彼に好かれていると思いこんでいたんだ。気を悪くしないでほしい。グラディスはきれいな女だが、五十代だからね」彼はアガサを見た。

「あんたも彼にだまされなかったかい、ミセス・レーズン？　彼が殺される前の晩にディナーをいっしょにとったそうだが」

「いいえ。たしかにお金を投資してあげると言われましたけど、断りました」

「ところで、あんたたちは婚約してるそうだね」

「ええ。どこで聞いたんですか？」

「村じゅうでね。よかったな。二人とも幸せになることを祈ってるよ。教会で結婚するんだろう。村の昔ながらの結婚式ほどいいもんはないからな」

「殺してやるとは脅さなかったんですか？」ジョンがたずねた。

「つまり、彼にナイフを突き立てたかって？　いや、それはおれのやり方じゃない。叱責だけで充分だ」

「そんな意味じゃ……」

「あんたの言わんとするところぐらいわかるさ」農場主はユーモアたっぷりに言った。

「こちらのミセス・レーズンは探偵として有名だ。どうやら、あんたたちはお似合いのようだな」

「ペギー・スリザーが刺し殺されているのを見つけたのは、わたしだったんです。アンクームに行く途中で、歩いている人を見かけました。つい最近思い出して、警察に話したんですけど、見知らぬ人を村の周辺で見かけたことがありますか？」

「殺人のあった日にはないな。ここはブロードウェイみたいな観光地じゃないからね。一軒一軒回って、台所用品を売りに来るやつはよく見かけるよ。それに赤十字やライフボートから来た女性が寄付金を集めているし、ハイキングをしている連中も、もちろんいる。B&Bではめったによそ者は見ないが、警察がすべて調べ済みだろう。全員が三、四回は警察に質問されているんじゃないかな。ただし、これだけは言っておくよ、ミセス・レーズン」農場主の声は厳しくなった。「三人も殺した犯人が誰にしろ、危険なやつだ。おとなしくして、警察に任せた方がいい。けがをしたくないだろ」

「なんだか脅しに聞こえるわ」アガサが言った。

「たんなる分別のあるアドバイスだよ。さて、そろそろ仕事に戻らないと。フェンスを修理しなくちゃならないんだ」

「あれはまちがいなく脅しだったと思うわ」車が出発すると、アガサは言った。

「どうかな。たんに率直な人だという気がしたけど」

アガサは嘆息した。「ともかく、アヒル・レースの宣伝に集中した方がよさそうね。ミセス・ブロクスビーのところにいるわ、いちおう言っておくけど」

「わかった。わたしはもう少し原稿を書くよ」

午後じゅう大テントを借りる件などをミセス・ブロクスビーと相談し、地元新聞に電話してアヒル・レースの広告を手配し、同時に無料宣伝を頼んだ。しかし、かつて腕のいいPR担当者だったアガサは、やはりPRをしないわけにいかなかった。殺人のあった村が日常を取り戻しかけている、という趣旨で、マスコミ用資料を全国紙とテレビ局に送りつけたのだ。ロンドンから新聞社やテレビ局がいくつかやって来るかもしれなかった。

夜になってようやく、アガサはミセス・トレンプのデスクにあった書類のことを思い出した。三件の殺人が起きたあと、まさか夜にドアを開けたままにする人はいないだろう。しかし、田舎の人間はスペアキーを雨樋《あまどい》とかドアマットの下とか植木鉢の中に隠している。黒い憂鬱がじりじりとぶり返してきていると感じなかったら、ミセス・トレンプの家に忍び込もうなどとは思わなかっただろう。しかし、行動力と行動計画があれば、憂鬱を寄せつけないでおけた。午前二時に目覚まし時計をセットしたが、あれこれ考えると寝つかれず、やっと眠りに落ちたのは十二時半だったので、目覚ましが甲高く鳴ったときは朦朧《もうろう》としていた。

黒っぽい服を着て、歩いていくことにした。ミセス・トレンプが犬を飼っていなくてよかった、と思いながら、やっと改造した納屋に着いた。雨樋は高すぎて誰にも手が届きそうになく、ドアマットも植木鉢もなかった。ここまで来たのだから引き返すのも癪で、家の横手に回っていった。そこが書斎の窓にちがいない。ガラス窓を破って掛けがねをはずすのは簡単そうだが、ミセス・トレンプに物音を聞かれるおそれがある。つまずかないように地面をペンシルライトで照らしながら、家の裏に回りこんだ。裏には石炭の煤がついた跳ね上げ戸が地面に作られていた。かんぬきをはずして跳ね上げ戸を持ち上げると、中をのぞいた。最近、石炭が配達されたばかりのようで、かすかなペンシルライトの光の中で不気味に黒々と光っている。石炭の山のてっぺんに足を下ろしたとたん、足元で石炭が次々にくずれだした。あわてて手を伸ばして跳ね上げ戸のてっぺんをつかもうとしたが、くずれていく石炭のなだれにもみくちゃにされながら、猛烈な勢いで滑り落ちていき、地下室の床に放りだされた。心臓の鼓動を聞きながら、しばらくその場に横たわっていた。ペンシルライトはなくしてしまったが、開いた跳ね上げ戸からかすかな光が入ってくる。よろけながら立ち上がると、全身あちこちに打ち身ができて痛かった。かすかに石の階段が見分けられる。

階段の方に足音を忍ばせて進んでいこうとしたとき、誰かが階段を下りてきて、地下室のドアの鍵がかけられる音がした。それから家の玄関が開き、あわただしい足音が家の裏に回っていった。アガサは石炭の山から離れ、古いスーツケースや箱が積まれている隅に隠れた。ミセス・トレンプの勝ち誇った声がした。「つかまえた。警察が来るまでそこで待ってなさい」跳ね上げ戸がバタンと閉められ、かんぬきが挿しこまれた。

アガサは床を這っていくと石炭の山を上り、無理やり跳ね上げ戸をこじ開けようとした。なくしたペンライトに手が触れたので、きつくつかんだ。だめだ、跳ね上げ戸は開けられない。どこかに隠れなくては。警察に見つからないような場所に。石炭の煤まみれになった錆びついた鎧《よろい》がペンライトで照らしだされた。藁《わら》にもすがる思いで、アガサは鎧を持ち上げた。とても軽かった。おそらくレプリカだろう。ヘルメットをはずした。古いスーツケースの上に立つと、鎧の脚を斜めに傾けてはく。胸当てをつけて革紐を背中で結ぶ。それから手甲をつけヘルメットをかぶり、震える手で錆びたバイザーをおろし、隅に歩いていって立った。

そのときはっと気づいた。殺人事件のせいで、モートン・イン・マーシュの地元の

巡査が一人だけ駆けつけて来るのではなく、おそらくミルセスターから警官の一隊が

やって来るだろう。

寒さと恐怖で震えながら立っていると、ついにパトカーのサイレンが近づいてくる

のが聞こえた。すると、興奮したミセス・トレンプの声が聞こえた。

「犯人は地下室に閉じこめてあります。逃げられませんよ」

地下室のドアが開き、明かりがついた。明かりのスイッチは階段の上にあったのね、

とアガサは思った。ビル・ウォンがウィルクスといっしょにいた。四人の警官が地下

室を徹底的に探しはじめ、箱をひっくり返し、石炭をひっかき回している。宙に石炭

の煤がもうもうと舞い上がった。アガサはくしゃみが出ませんように、と祈った。

そのとき、震えているアガサが中に入っている甲冑《かっちゅう》にビル・ウォンが近づいてきた。

ビルはバイザーを上げた。怯えたクマみたいな目が彼を見返した。彼はぴしゃりとバ

イザーを閉じた。「ここには誰もいないな」ビルは言った。

捜索が終わると、近頃じゃ、みんなヒステリックになっている、ミセス・トレンプ

は跳ね上げ戸を自分で開けたままにしたか、石炭屋が閉め忘れたのだろう、とウィル

クスが文句を言っているのが聞こえた。石炭はその日に配達されたばかりだという話

だから、夜のあいだに動いてくずれたのにちがいない、という結論になった。とうとうアガサ一人になった。バイザーを持ち上げ、手甲とヘルメットをはずし、箱の山に寄りかかって、甲冑の脚を脱いだ。家はまた静まり返っていた。足音を忍ばせて地下室の階段を上がっていき、ドアノブを回してみる。鍵はかかっていなかった。洗濯室を抜け、玄関ホールに出た。今はただ逃げだしたかった。玄関ドアに行き、そっと鍵を開け、かんぬきを滑らせる。ミセス・トレンプは、大騒ぎのせいでドアに鍵をかけるのを忘れたと思うだろう。

木陰を選んで歩きながら、アガサは急いで丘を下った。ライラック・レーンに着いたときは安堵のあまり嗚咽がもれた。コテージのドアの錠に鍵を挿しこんだ。

「いったい何の真似なんですか？」

アガサは押し殺した悲鳴をあげ、振り向いた。ビルの目が暗闇でこちらをにらんでいた。

「ああ、ビル。本当にごめんなさい。ごめんなさい」

「中に入りましょう。説明してもらいますよ」

キッチンの蛍光灯に照らされたアガサは、哀れな有様だった。石炭の煤で真っ黒だ。

「まず、汚れを落としていいですよ。でも、急いでください」

アガサはキッチンペーパーを何枚かつかむと蛇口の水で濡らし、それで顔と手をふいた。

彼女はキッチンのテーブルについた。「ビル、突きださないでいてくれてありがとう」

「そうすべきでした」ビルはむっつりと言った。「もしばれたら仕事を失いかねない。石炭屋がドアを閉め忘れ、ネズミか何かが夜のあいだに山を崩したと、ミセス・トレンプが考えてくれたから幸運でしたよ。彼女はとても恐縮していた。それで、何をやっていたんですか?」

つかえつかえ、アガサはミセス・トレンプのデスクの書類とコンピューターの中身を見るという計画を話した。

「いいですか、よく聞いてください。今度またそういう真似をしているところを見つけたら、逮捕するだけじゃなくて、ぼくたちの友情はもうおしまいです。ぼくはあなたのために仕事を失う危険まで冒したんですよ、アガサ。なんて馬鹿な真似をしたんだろう! 今後は一切、首を突っ込まないでください。事件に関係のあることを聞いたら、ただちにぼくに知らせること。じゃあ、夜が明けるまで少しでも睡眠をとりに帰ります」

「散歩者については何かわかったの？」

「あなたにとっては幸運でしたよ。今夜七時ぐらいに出頭してきた人がいました。というか、もう、きのうの夜ですね。真っ当なコンピューター関係の人でした。ハイキングクラブのメンバーだが、夜に一人でウォーキングをするのが好きなんだと説明しました。前科はありません」

「どうしてわたしにとっては幸運だったの？」

「誰も現れなかったら、あなたが忘れていたせいで殺人犯をつかまえるチャンスを逃したと思われるかもしれない。帰る前に――どうしてミセス・トレンプを探ろうとしたんですか？　ぼくに話していないことを何か彼女が口にしたんですか？」

「今日、昼間にジョンと彼女を訪ねたの。トリスタンは彼女をペギーに紹介したんですって。ミセス・トレンプの話はどこかおかしい気がしたの。ご主人が脳卒中を起こしたとき、しばらく眺めていてから救急車を呼んだのよ。なんというか、あの人は……ええ、ご主人が亡くなって大喜びしているみたいだった」

「調べてみようと思った理由はそれだけですか？」

「馬鹿げて聞こえるだろうけど、わたしは勘がいいのよ」

「アガサ、もう一度言います、もう絶対に関わらないでください」

「わかったわ」アガサの声には力がなかった。ビルを玄関に見送った。「アリスによろしくね」

彼の疲れた顔がぱっと明るくなった。「ありがとう。伝えます」

アガサはドアを閉めて鍵をかけると、警報器のスイッチを入れた。それから這うようにして階段を上がると、汚れた服を脱ぎ、洗濯かごに放り込み、シャワーで石炭の煤をこすり落とした。

眠りに落ちる前に考えていたのは、この混沌とした、おぞましい事件から手を引けてほっとした、ということだった。

翌日印刷店に行き、コンピューターで作ったチラシを拡大印刷してもらった。二百枚こしらえると、午後じゅうかけてカースリーと周囲の村々の店のウィンドウや木に貼り付けた。

家に戻ってくると、ジョンが数分後に行くと電話してきた。

「ずっと考えていたんだけど、ロンドンの手がかりを無視してきたんじゃないかな。ニュー・クロスで誰がトリスタンを殴打したのか、とうとう探りだせなかったし」入ってくるなり言った。

「忘れましょう。事件に関係するすべてのことから手を引くように、はっきりと命じられたの。それから、わたしが見かけた散歩者はちゃんとした人だった。りっぱな市民だったのよ」

「どうしてそんなことを命じられたんだ？　何かあったのかい？」

「あなたには話しておくわね」アガサはゆうべのできごとを説明した。ジョンは話を最後まで聞かずに、げらげら笑いだした。「なんて馬鹿なんだ。引っ張り込まれなくてよかったよ。もっとも、あなたといっしょに行ったとは思えないけどね。でも、わたしは手を引けとは言われてないよ」

「その警告はあなたにも適用されるんだと思うけど」

「じゃあ、このままあきらめる気かい？　これまであきらめたことなんてないだろう？」

「ええ。でも、これほど行き詰まったことはなかったから。言っておくけどね、ジョン、このアヒル・レースに集中して、ミセス・ブロクスビーのために成功させたいの。そのあとは安全で楽しいことを見つけて時間つぶしをするわ」

「たとえば、どんな？」

「何か考えつくわよ」

「わたしはロンドンに戻って、また調べてみるよ。いっしょに来るかい？」

アガサは首を振った。「もう降りたのよ」

9

アヒル・レースの日は晴れて、穏やかな光が田園を金色に染めあげていた。手抜かりがないように監督するため、アガサは早くから会場入りした。ジョンはあとで合流する予定だった。

野原のゲートでプログラムを売るのはミス・シムズの担当だった。入場料は一ポンドだったが、幹線道路に「飲み物無料」という看板を立てたので、入場料のせいで客足が鈍ることはないはずだ、とアガサは確信していた。ミス・ジェロップのワインを使ったフルーツパンチを無料でふるまうし、ワインを一本三ポンドで買うこともできる。レースに参加したい人間は、一枚二ポンドでアヒル券を買うことができる。ミス・シムズの元愛人で胴元の男が、レースの賭けを仕切ろうと申し出てくれた。アヒル・レースは六レースおこなう予定だ。各レースの優勝者にあげるために、アガサは刻印入りの銀製の小さなカップを寄付していた。暖かくなったので、アガサはほっと胸をなでおろした。というのも、アヒル・レースのスタート係を買ってでてくれた三人の男性は、アヒルをスタートラインにとどめておくために小川に渡された丸太を持ち上げるとき、裸足で流れに入らなくてはならなかったからだ。

天気予報を信じて大テントをキャンセルしてよかった、とアガサは思った。風はまったくなく、快晴だった。光が流れていく水の上で反射し、木々の赤や黄色の紅葉を輝かせている。

ブレントの他にも地元の農場主たちがテーブルをしつらえ、肉や地産の野菜を売っている。ミセス・トレンプはテーブルふたつに手作りのジャムとケーキを並べていた。アガサは巨大なパンチボウルにフルーツジュースとワインをボトル二本分入れてかき混ぜ、小さなプラスチックのカップに注ぐ用意をした。イベント開始は十時だ。人が少しずつ野原に入ってきた。老ミセス・フェザーズの姿もあった。トリスタンのことで、どうして彼女にも質問しなかったのかしら？　だが、心の底ではその理由がわかっていた。あんなに年をとって弱々しいのに、豪勢なディナーを自分のためにわざわざ作ってくれたことが心苦しく、合わせる顔がないと思っていたからだ。来場者が増えてきた。アガサはパンチを注ぎ、ワインのボトルを売るのでてんてこまいになった。やって来たジョンにも手伝いを頼んだ。大勢の人がパンチをほしがって列を作っていた。

もう事件からは手を引こう、と決意したにもかかわらず、わかった事実について、ああでもない、こうでもないとつい考えてしまう。レースがおこなわれている川の方から、にぎやかな歓声があがった。胴元は巧みにたくさんの人々に賭けさせているようだ。一時間後には、ミセス・トレンプはほぼすべての品を売り尽くした。飲み物無料に惹かれて、さらに多くの人がやって来た。アガサは自分が過小評価されているという不満がしだいにふくらみはじめた。彼女があのカップを寄付したのだから、せめて進呈する役ぐらいさせてもらってもいいはずだ。しかし、贈呈役はミセス・ブロクスビーだった。今日が大成功だったんだからいいじゃない、と自分を慰めようとした。しかし、マスコミが大挙して押し寄せてきたにもかかわらず、アガサはまったく脚光を浴びなかった。

ジョンが携帯電話をとりだした。「すぐに戻る。自宅の電話に伝言が入っていないか、ちょっと留守電を確認してくるよ」

「わかった。だけど急いでね」アガサは無愛想に応じた。それから携帯電話について考えた。携帯電話がなかったら、みんなどうするかしら？　少し離れたところで、やせた女性が携帯電話に向かって怒鳴っている。電話なんて必要ないわ。その女性の声は四方八方に響き渡るほど大きかった。

そのとき、彼女はお玉を手にしたまま、口を少し開けて棒立ちになった。お客はいらいらとアガサを見つめている。

トリスタンは携帯電話を持っていたの？　持っていたとしたら、亡くなった夜に誰かが携帯電話に電話してきて脅したのでは？　でも、警察は携帯電話を発見して、番号を照会したはずよ。

「そのパンチ、さっさと注いでくれよ」目の前の男がせかした。

「どうぞ」彼女はカップに注いだ。そのとき、その男に注ぐのは五杯目だということに気づいた。入場者たちは騒々しく、やけに陽気になっていた。アガサはパンチボウルがほぼ空になっているのに気づき、ワイン一本とフルーツジュースを足した。もしかしたらワインを二本も入れたので強かったのかもしれない。花模様の帽子をかぶり、ベルをじゃらじゃらつけたモリスダンスのチームがやって来て、ワインをボトルで買いはじめた。「余分なコークスクリューがないんです」アガサは困ってしまった。こんな強いお酒をこの場で飲む人がいるとは思っていなかったのだ。「ここにひとつあるぞ」赤い顔をしたモリスダンスのダンサーが言うと、友人たちは拍手喝采した。

スピーカーから、これから昼休みに入るという放送が流れた。アガサは足元からていた。

「昼休みにつき閉店中」と書いたプラカードをとり、テーブルにのせた。「何かくすねていく人がいると思う？」ジョンに相談した。

「ボトルは箱に戻してテープで梱包しておこう」

婦人会のメンバーたちが野原の隅にブッフェを設営し、テーブルと椅子が並べられていた。

ミセス・ブロクスビーが目を輝かせてアガサに近づいてきた。「すばらしい成功よ。六レースだけで終えるつもりだったけど、午後にもう少しレースをやって、最後はモリスダンスで締めくくるつもりなの」

「賞品は？　カップは全部なくなっちゃったでしょ？」

「勝った人にはワインを二本ずつあげたらどうかしら？」

「いいアイディアね」アガサの声には感情がこもっていなかった。賞品を渡すのはやはり自分であるべきだ、と考えていたからだ。

「それでね、運営はほぼあなたがやったんだし、最後にみなさんに挨拶していただければうれしいんだけど、ミセス・レーズン」

アガサはあっという間に機嫌を直した。

ミセス・ブロクスビーが行ってしまうと、ジョンが言った。「さて、どうする？

あそこに行って押し合いへし合いしながら、何か食べる物を手に入れてくる？」

「何かひと皿とってきてもらえないかしら、ジョン。わたしはミセス・フェザーズと話がしたいの」

「何について？」ジョンの声が鋭くなった。「あきらめたんだと思っていたが」

「ひとつだけたずねたいことがあるの。あとで話すわ」

アガサはミセス・フェザーズを探しはじめたが、ランチの人混みの中にも、まだ混雑している農場の屋台の周辺にもいなかった。店じまいをしたのはアガサだけだったようだ。そのとき、ゲートの方に歩いて行く白髪交じりの頭が見えた。アガサは追いかけながら叫んだ。「ミセス・フェザーズ！」

老婦人は日差しに目をしばたたきながら、のろのろと振り返った。

「ああ、あなただったの、ミセス・レーズン。気持ちのいい日ね」

「ええ、そうですね。晴れて幸運でした。ミセス・フェザーズ、トリスタンは携帯電話を持っていましたか？」

「持っていたはずよ。でも、勘違いかもしれない。いつもうちの電話を使っていたから」

「じゃあ、どうして持っていたと思ったんですか？」

「ある日彼が出かけていると思って、ベッドのリネンを交換するために部屋に入っていったの。でも、彼は部屋にいて、携帯電話でしゃべっていた。わたしを見て、あわてたようだけど。その後も下に来て電話を使うから、どうして自分の携帯を使わないのかってたずねたら、あれは友人のもので、もう返してしまったと言っていたわ。本当にぞっとする殺人だったわね。身の毛がよだつわ」

「それで、トリスタンは殺人事件の手がかりになるようなことを何も言ってなかったんですか？」

「ええ、何も。警察にも何度も何度も訊かれたけど。かわいそうなトリスタン。わたしのことは母親みたいに思ってたみたいよ」

「きっとそうだったんでしょうね。お葬式はいつですか？」

「少し前に終わったわ。いとこさんが手配したの」

しまった、葬儀のことをすっかり忘れていた。だけど、列席したからって何も得るものはなさそうね。

「そのいとこさんの名前と住所をご存じですか？」

「警察に訊いてみないと。彼の所持品はすべて警察が持っていって、いとこさんに送ってしまったと思うの」

お礼を言ってきびすを返そうとしたとき、ビルとアリスがゲートで入場料を払っているのに気づいた。

「ビル」彼に近づいていった。「ちょっと話せるかしら？」

「何のことで？」アリスが口を出した。

アガサは訴えるようにビルを見た。「警察の仕事のことなの」

「わかった。アリス、屋台に行って、母さんが好きそうなものがないか見てきてくれる？」

アリスは険悪な視線をアガサに向けてから、立ち去った。

アガサは携帯電話の件をビルに報告した。「でかしましたね。調べさせますよ。すべての電話会社にあたって、彼がどこの会社と契約していたか調べます。だけど、調べ回るのはもうやめるように言いましたよね」

「ミセス・フェザーズと話していて、ふと思いついただけよ。あら、あなたの彼女が戻ってきたわ」

「一杯飲みたいのに、屋台が閉まってたわ」

神よ、これからやろうとしていることをどうぞお許しください、とアガサは心の中で詫びた。「飲み物を用意するわ」アガサは自分の屋台に戻り、自家製ワインのコルクを抜いた。そのあいだビルは携帯電話をとりだして、本署に連絡をとっていた。フルーツジュース用にとっておいた大きなグラスをとりだすと、なみなみとワインを注いだ。「ビルにはパンチだって言っておくわ。でも、すごく強いワインなの」

「あたしはどんな男だって飲み負かせるのよ」アリスは馬鹿にしたように言うと、ビルのところに戻っていった。

ジョンがハムサラダを手に戻ってきて、アガサに皿を渡した。「ありがとう」

「何があったんだい？ 列に並んでいたら、ビルと話しているのが見えた。彼はやけに深刻な顔をしてたけど」

アガサは携帯電話について説明した。「手がかりになるかもしれないな」とジョンはうなずいた。「ベッドわきに携帯電話が置いてあって、あなたが帰ったあとで何者かが電話してきて脅す。彼は逃げだそうとするが、まず、教会の献金箱からお金をいただいていくことにする。彼を脅迫した人間は家を見張っていて、彼を牧師の書斎まで尾行し、刺し殺す」

「ありうるわね。あら、また列ができている。食べる暇もないわ」

「先に食事をすませて。わたしが今並んでいる連中をさばくから。しばらくして交替してくれれば、わたしも何か食べられる」

アガサは皿を手にアヒル・レースの方に歩いていった。賭けをした人々は自分のアヒルを応援していた。黄色のプラスチック製アヒルは川に沈んだり、ときどき渦に巻き込まれてぐるぐる回ったりしている。プラスチックのフォークだけで食べるのはむずかしかったので、ランチテーブルに行き、椅子にすわった。彼女から少し離れた場所で、モリスダンスの人々がミス・ジエロップのワインをグラスに注いで飲んでいた。彼らの顔は真っ赤で、声が高くなっているようだ。

「ミセス・レーズン？　アガサ・レーズンですよね？」

アガサは顔を上げた。子どもの手をひいたかわいらしい若い女性がのぞきこんでいた。記憶をたどって、アガサは叫んだ。「バンティ！　元気だった？」

アガサの隣の女性が移動してくれたので、バンティはすわって子どもを膝に乗せた。バンティはアガサが引退する前、最後の秘書として働いてくれた女性だった。「あなたのお嬢さん？」アガサはバンティが抱っこしている女の子をフォークで指し示した。

「ええ、フィリッパです」

「誰と結婚したの？」

「フィリップ・ジャーヴジーです」

「ジャーヴジー広告の？」

「そうなんです。あなたが引退したあと、あたし、彼の秘書として雇われたんです」

アガサは眉をひそめた。「彼は結婚していたと思ったけど」

「ええ、してました……当時は」

「あなたと結婚するために離婚したの？」アガサは好奇心をそそられた。

「ええ。そのことはうしろめたく思っています。でも、あたし、彼に夢中だったから。今でもそうです。ただ、プロポーズにはじっくり考えてからイエスって答えました。ねえ、秘書とボスの関係はご存じでしょう、アガサ。まるで結婚生活みたいなんですよ。秘書はボスのことを奥さんよりもずっとよく知っています」

「離婚ではかなりもめた？」

「それほどでも。莫大なお金は払いましたけど、お子さんがいなかったし。週末用にサイレンセスターに家を買ったんです。フィリッパに田舎の空気を吸わせてあげたくて。あなたはどうしていらっしゃるんですか？　ときどきお名前を新聞で拝見します。あなたの行く先々に死が追いかけていくみたいですね」バンティはアガサの指で輝く指輪を見た。「結婚していらっしゃるんですか？」

「してたの。離婚したのよ。でも、まだ指輪をはめているの」アガサはジョンのことは話したくなかった。

バンティはあたりを見回した。「ここは本当に平和ですね。こんな静かな田舎で殺人事件が起きるなんて、思いもしませんよね。警察は犯人の目星がついたんですか？」

アガサは首を振った。フィリッパが母親の膝の上でむずかりはじめた。

「アヒルちゃん、見たいよお」

「連れていかないと大騒ぎになるわ」バンティは立ち上がった。「またお会いできてうれしかったです」

少し離れたところでアリスが一人ですわって、ワインを飲んでいた。ジョンからボトルを一本買ったにちがいない。ビルの姿はなかった。携帯電話について何かわかったか、電話をかけに行ったのだろう。アガサは食事を終えると、ジョンがパンチを注いでいる屋台に戻った。「あのワインはもう売らない方がいいよ」アガサを見るなりジョンが注意した。「モリスダンスの連中は、これ以上飲んだら踊れなくなる」

「売れ行きはいいの？」

「ああ、かなり売れた。だが、大半の人は家に持ち帰るようだね」

「テーブルのボトルは箱にしまって、モリスダンスの人たちが来たら売り切れだって断り、いなくなってからまた売ればいいわ」

午後が過ぎていくにつれ、ひんやりした空気が流れこんできた。ミセス・ブロクスビーが現れた。「モリスダンスの人たちは演技の準備をしているから、そろそろあなたのスピーチよ、アガサ。ここはもう閉めた方がいいわ。すばらしい活躍だったわね」

アガサはほっとしながら「閉店」の表示をテーブルに起き、ジョンといっしょにプラスチックのカップを箱にしまった。

モリスダンスを見物しようと人だかりができている方へ、二人は歩いていった。ビルとアリスは人の輪のすぐ外に立っていて、アリスが真っ赤な顔で何か彼にわめいていた。「あんたなんか、ただのマザコンよ」

「向こう側に回りましょう。けんかを聞きたくないわ」アガサはうしろめたかった。あのワインは妙な酔い方をすることについて、アリスに警告しておくべきだった。

二人はモリスダンスを見物できる空きスペースを見つけた。アルフ・ブロクスビーの声が会場に響いた。「これからミルセスター・モリスダンサーたちにスティック・ダンスを披露していただきます。モリスダンスはイングランド独特のフォークダンスです。起源ははっきりわかりませんが、豊作祈願の儀式や種まきと刈り取りの祝いなど、農業の伝統を引いていると思われます」

一人のモリスンダンサーが草地にばたんと倒れた。「シェイクスピアの時代にはよく知られていましたが」と声は続いている。「産業革命の時代に、モリスダンスはほぼ消えてしまいました。しかし、ありがたいことに、現代になって復活したのです。ベルをつけたカラフルな衣装のダンサーたちが、音楽に合わせてハンカチを振りながら踊る光景をお楽しみいただきましょう。音楽はバイオリン、バグパイプ、小太鼓、鍵盤ハーモニカによって演奏されます。では、みなさんどうぞ」

伸びてしまったモリスダンサーは助け起こされ、陰りはじめた日差しにまばたきしながら立ち上がった。テープがプレイヤーに入れられ、ベルがジャラジャラ鳴るモリスダンスの陽気な音楽が流れはじめた。帽子に花をつけ、膝に銀色のベルをつけたダンサーたちはスティックをつかんで、向かい合わせに立った。踊りながらスティックを交差させて打ち合わせることになっていたが、二人が失敗して、相手を殴ってしまった。「わざとやったな、フレッド」一人が叫び、不運なフレッドの頭にスティックを打ちおろす。たちまち、ダンスは乱闘と化した。

アルフ・ブロクスビーはもみあっているダンサーたちを必死になって引き離そうとしたが、「向こうに行け、人殺し」と怒鳴られて押しのけられた。

顔を真っ赤にした牧師は助けを求めて周囲を見回し、野次馬に笑うのをやめろ、手を貸してくれと叫んだ。

「警察だ！」ビル・ウォンが叫んだ。アルフは音楽を止めた。ダンサーたちは殴り合うのをやめ、その場におずおずと並んだ。

ビルは観客たちに叫んだ。「全員、家に帰ってください。これでお開きです」

人々はゲートの方にぞろぞろ歩きはじめた。「わたしのスピーチが」アガサは無念そうにうめいた。

「もう手遅れだよ。戻って、残りのワインやカップを荷造りした方がよさそうだ」ジョンが言った。彼はトレイラーを借りて自分の車につなぎ、野原の端に駐車してあった。

ジョンはテーブルの後ろの地面をまじまじと見た。「アガサ、ワインがなくなっている。誰かが残りのワインをくすねたんだ」

「もうどうでもいいわ。毒でも入れておけばよかった」

「でも、ビルに報告した方がいいよ」

「ビルは手一杯よ。お金は置いておかなかったのよね？」

「ああ、このバッグに入れておいた。家に戻って勘定してから牧師館に持っていこう。

なくなったワインのことを警察に通報しなくて本当にいいのかい？」

「もちろんよ。結婚したカップルが盗んだんじゃないことを祈りましょう。あのワインを数杯飲んだら、じきに離婚訴訟になることは目に見えてるわ。アリスのことは好きじゃないけど、あのワインを飲ませるべきじゃなかった」

「あとからわかるより、今どういう女の子かわかった方がビルのためになるよ。さあ急いで手を貸して、アガサ。寒くなってきた」

太陽が真っ赤になり、地平線に沈みかけていた。二人は残っていたプラスチックのカップ、グラス、パンチボウル、それにテーブルをトレイラーに積みこんだ。野原から走りだしたとき、アガサは言った。「農場主のブレントと奥さんのことをビルに話すべきだったわ」

「ブレント夫妻は関係ないと思うよ、アガサ」

「誰かが関係しているのよ。どこかにいる何者かが。その何者かは今日、このイベントに来ていたかもしれない」

二人はまず教会のホールに寄り、テーブルを運びこんだ。箱に入れられたワインがまだたくさん残っていた。「ワインを全部会場に運んでいかなくてよかったよ。パンチボウルはどこから借りたんだ？」

「自分で買ったの」

「あなたは絶対にケチじゃないね、アガサ。銀のカップやら何やらで、ずいぶん自腹を切っただろう」

「わたしも多少お役に立ちたかっただけよ」疲れた声を出した。

「ビルはモリス・ダンサーを逮捕するかな？」

「いいえ、お説経をして、酔いが醒めるまで運転させないようにするだけだと思うわ」

「それは大丈夫だ。連中はマイクロバスを雇ってきたんだ。運転手がワインを飲んでいない限り、安心だろう」

「カップとグラスはここに置いていきましょう。次回のイベントで使えるし。そうだわ、呆然としていたので気がつかなかったけど、ダンサーが乱闘を始めたときにマスコミはもう引き揚げていたのかしら」

「残念だけど、少なくとも一台のテレビカメラが撮影していたし、新聞社のカメラマンを二人見かけたよ」

「どうしましょう」

「わたしのところで一杯やろう」

「いえ、うちで。猫たちを外に出してやりたいの」

一杯やってから、二人はキッチンのテーブルでお金を数えた。「百五十ポンド近いな。それもワインだけでだ。悪くないよ。盗んでいったボトルもさほどたくさんなかったにちがいない」

「ミス・ジェロップはこっちに引っ越してきたときに、ワインを全部運んできたにちがいないわ。地下室一杯のワインを醸造するには、何年もかかるはずだから。このお金をミセス・ブロクスビーに持っていきましょう。残ったワインがあれば、教会のためにたくさんのお金を集められるわ。それにしても、自家製ワインについて詳しい村の誰かに薄める方法を教えてもらってから、売った方がいいかもしれないわね。少なくとも、これでアリスはおしまいよ。そもそもビルは彼女のどこがよかったのか、さっぱりわからなかったけど」

「たぶんベッドでは最高だったんだよ」

アガサは身震いした。なぜかビルが女性とベッドにいるところを想像したくなかったのだ。もちろんアリスとは。

ミセス・ブロクスビーは二人を牧師館で出迎え、ジョンからお金を受けとった。

「アルフに渡してくるわね。書斎で集まったお金を数えているところだから。ざっと見たところ、大成功だったみたいね。すべてあなたのおかげよ、アガサ。今度の日曜のお説教で、アルフはそう言うつもりでいるみたい。そうそう、ミセス・フェザーズと話しているのを見かけたんだけど、何かこれといったことを聞きだせた？」

「もっと前に話をすればよかったわ。彼女はトリスタンが携帯電話を持っていたにちがいないと言ってた」

「それが何かの役に立つの？」

「わたしが帰ったあとで電話はかかってこなかった、とミセス・フェザーズは言っていたの。だけど、自分の部屋に携帯電話があれば、誰かが電話してきて脅した可能性も出てくる。彼は逃げることを決意し、同時に教会の献金箱のお金もくすねていくことにした。トリスタンはすごくケチだったから、ミセス・フェザーズに携帯電話があることを知らせずに、ずっと彼女の電話を使っていたのよ」

「それをビルに話した？」

「ええ、今度こそ話したわ。警察で調べてみるって言ってた」

「ああ、この殺人事件が解決されたらいいんだけど」

「もし解決されたら、わたしは二度と退屈だってぼやかないわ。だけど、ビルにもう二度と首を突っ込むなときつく言われたの。だから、あとは警察に任せるしかないわ」

「わたしにはそういう警告はしなかったよ」ジョンが言った。

だが、アガサは自分が許されないのに、ジョン一人が探偵をするというのはおもしろくなかった。

「でもね、村でいろいろ訊いて回るのはかまわないと思うの。ほら、ミセス・フェザーズからだって情報を仕入れることができたでしょ。だから、トリスタンがよくチェスをしていたっていう、ミスター・クリンステッドに話を聞きに行くのは問題ないんじゃないかしら」

「わたしもいっしょに行くよ。朝いちばんに訪ねてみよう」

「マーク・ブレントのことは知っている？」アガサはミセス・ブロクスビーにたずねた。

「悪い噂はないわ。いい人よ。いつも喜んで協力してくれるし。どうして？」

「トリスタンのことで腹を立てていたみたいなの。奥さんのグラディスがトリスタンにのぼせたんで、近づくなって、トリスタンを脅しつけたらしいわ」

「ミスター・ブレントにしろ奥さんにしろ、暴力に訴えるような真似は絶対にしないと思うわ」

「そうね、じゃあ、ミスター・クリンステッドの話を聞きましょう。そうだ、移動図書館は月曜に巡回してくるんだったわね。ミセス・ブラウンとも話してみるわ」

「そういうことが役に立つと思う？」牧師の妻は不安そうだった。

アガサはこのところ消えてしまったと感じていた探偵仕事へのエネルギーがむくむくと湧いてくるのを感じた。「これまでも質問して回っているうちに、突破口が開けたのよ。今回も何かつかめるかもしれない」

月曜の朝、アガサとジョンは公営住宅に車を走らせた。「彼は家にいるかな？」

「かなりの高齢なんでしょ。いるはずよ」

ミスター・クリンステッドが玄関に出てきて二人を出迎えた。彼は猫背でやせていて、皺だらけで弱々しかったが、分厚い眼鏡の奥の目は温和だった。

「さあ、入っておくれ。いやはや、お客さんが来てくれてうれしいよ。いつもはテレビだけが相手だからね」

リビングはきちんと片付いていた。アガサはマントルピースに飾られた子どもたちと夫婦の写真を眺めた。

「お子さんは何人いらっしゃるんですか？」

「息子と娘が一人ずつ、それに孫が六人だ」

「みなさんが訪ねてくると、にぎやかでしょうね」

「クリスマスのときしか会わないんだよ。わしと会っても退屈だと思っておるんじゃないかな。孫たちはおそろしく甘やかされてるよ」

ここにひきこもって誰にも会わないなんて、ぞっとするわ。彼女は頭をめまぐるしく回転させた。そうだ、ミセス・ブロクスビーに老人クラブを作ることを提案してみよう。株はうまく投資されていてたっぷり配当も入ってくる。教会ホールの改修に資金を提供して、あそこを老人クラブにしてもいいかもしれない。

「お訪ねしたのは、トリスタン・デロンについて、あなたのご意見をうかがいたいと思ったからなんです」ジョンが切りだした。

「ああ、そうかい。すわっておくれ。お茶を淹れてくるよ」

アガサは腕時計をのぞいた。「ご心配なく。そろそろお昼です。どうでしょう。ちょっとお話をうかがってから、モートンまでランチをとりに行くっていうのは。わたしがごちそうさせていただきます」

ジョンは驚いてアガサを見たが、ミスター・クリンステッドは見るからに喜んでいるようだった。「それはいいねえ、村を出るのは本当にひさしぶりな気がするよ。さて、亡くなった副牧師について何を話せばいいのか。ある日巡回にやって来て、わしがチェスの手を研究しておったら、対戦しようと言ってくれたんだ。対戦相手ができて、そりゃもううれしかったんで、二度は勝たせてやった。トリスタンはとてもいい話し相手になってくれてね。てっきりわしに好意を持ってくれてるんだと思ったし、それは老人にとってはありがたいことだ。そして最後のときに、すっかりゲームに夢中になったもんだから、彼を勝たせることを忘れてしまった。あんなにがらっと豹変《ひょうへん》する人間は見たことがなかったよ。ずるをしたとわしを責めたんだ。わしがていねいに自分の手を説明しようとすると、『嘘つきめ、この馬鹿なじじい』と罵って、チェスボードをひっくり返して家から出ていった。残念でならなかったよ。わしらは友人だと思っておったからな」

「感情を爆発させる前に、自分の私生活についてあなたに何か打ち明けましたか?」ジョンがたずねた。

「いや、あまり。チェスは無言でやるゲームだからな。あるとき、人はチェスの駒みたいなものだ、自由自在に動かせるとは言っておったがね。いや、チェスとちがって人は予測がつかんぞ、とわしはいさめたんだが」

「この件については、またランチをとりながら話しましょう」アガサは言った。

三人はモートンのパブに行き、ステーキ&キドニー・パイをたっぷり食べた。アガサはワインまで注文したので、ジョンはびっくりした。さらにミスター・クリンステッドを楽しませようとして、PRの仕事をしていたときの逸話を披露した。ワインと食べ物で気持ちがほぐれたのか、今度はミスター・クリンステッドが自分自身の人生について語った。原子物理学者としてロスアラモスで、さらにウィーンで仕事をしてきた。オーストリア人の妻ゲルダと結婚したが、二人目の子どもが生まれたあと、妻は乳がんで亡くなった。「最高のハイスクールや大学に行かせるために息子と娘に多額のお金をつぎ込んだ。おかげで娘のフリーダは看護師になり、医者と結婚したし、息子のジェラルドは会計士になって秘書と結婚した」ミスター・クリンステッドはため息をついた。「貯金がなくなってしまったから、公営住宅に入れて幸運だったよ。年金もそこそこ出るし、今は出費も少ないしな。子どもたちが二人とも、とても羽振りがよくてうれしいよ」

「援助してくれないんですか?」ジョンがたずねた。

「頼んだことはないよ。わしは贅沢したいとも思っとらんからね。あまりにも多くのものを与えすぎたせいで、利己的な人間に育ててしまったのかもしれない」

「教会のホールはご存じですか？」アガサが訊いた。

「場所は知ってるが、それだけだ」

「あそこを改修しようかと思ってるんです。屋根は修理が必要ですし。老人クラブにしようかと思って――映画会とかビンゴ大会とか。あなたはチェス教室を開けますよ。ストラットフォードの商店とか劇場にみなさんを連れていくのに、マイクロバスも必要ですね」

「それはすばらしいな。ぜひともチェスを教えてみたい」

またもやジョンは意外の念に打たれてアガサを見た。彼女のことは威張っていて、ときどき不機嫌になる女性だとずっと思っていたが、今、彼女は熱意で目を輝かせていたし、ミスター・クリンステッドはあきらかに元気が出てきたようだ。

二時間も話しているので、急がないと移動図書館がいなくなってしまうと、しまいにはジョンが注意しなくてはならなかった。

ミスター・クリンステッドと別れてから、ジョンはたずねた。「その老人クラブを本気で企画するつもりなのかい？」

「ええ、何かやることがあるのは楽しいわ」

「意外だな」

「でしょうね。あなたはわたしのことを押しつけがましくて自己中心的な女だと思ってるんでしょ」

「そんなことないよ」ジョンは顔を赤らめながら弁解した。

「移動図書館だわ。ミセス・ブラウンに話を聞いてみましょう」

さまざまな村人たちが本を返しにきて、さらに借りていき、本について語り合っているあいだ、辛抱強く待たねばならなかった。やっとミセス・ブラウンだけになった。

「ミスター・デロンのこと?」ミセス・ブラウンは半月形の眼鏡越しに二人をじっくりと眺めた。「いずれ殺されるような青年だったわね」

「どうしてそうおっしゃるんですか?」とジョン。

ぽっちゃりした小柄な司書はデスクから一冊の本をとり、棚に戻した。「彼がわたしの本の選択をけなし、わたしに屈辱を与えたやり口をずっと考えていたの。理由なんてなかった。たんに意地悪なことを言葉にしただけ。彼が殺されたと聞いたあと、わざわざ田舎の司書に嫌がらせをするぐらいだから、本気で仕返ししてやろうとする相手には、おそらくぞっとするほど悪意のこもったことをしただろうなと思ったわ」

「じゃあ、彼が急に嫌みなことを言った理由は思いつかないんですね?」アガサが確認した。

「些細なことはあったわ。ミセス・フェザーズはロマンス小説が好きなので、いつも比較的どぎつくないものを選んで彼女のためにとっておくの。彼女は露骨なセックス描写は好きじゃないから。ある日彼女とおしゃべりしていたら、ミスター・デロンに貯金を投資してあげると言われたと相談されたの。だから、自分のお金は手元に置いておいた方がいい、ミスター・デロンは株式仲介人じゃないから、ってアドバイスした。たぶん、そのせいで彼は腹を立てたのかもしれない。ただ、ミセス・フェザーズにアドバイスのお礼を言われたときに、ミスター・デロンにはわたしの口から出たことは言わないで、と頼んだら、言わないでおくと約束してくれたのよ。だから、彼が悪意をむきだしにしたのには、これといった理由があるわけじゃないと思ってたんだけど」

「いえ、彼女はたぶんしゃべったんだと思うわ。三件の殺人事件についてはどういう噂を耳にしてます？」

「残念だけど、いまだに多くの人が牧師を疑っているわ。ミスター・デロンは牧師館で殺されたし、ミス・ジェロップとミセス・スリザーは犯罪の証拠を握ったので、ミセス・ブロクスビーに口を封じられたのかもしれない。馬鹿げた話だけど、怯えた人たちはそういう根も葉もないことを口にするし、実際、みんな怖がっている。ところでアヒル・レースは〈デイリー・ビューグル〉の一面を飾ったようね」

「まだ今日の新聞を見ていないの。新聞を持っている？」

「ええ、デスクにしまってあるわ」ミセス・ブラウンは引き出しを開けた。「どうぞ」

モリスダンサーたちが乱闘しているカラー写真が掲載されていた。見出しはこうだ。

「イギリスの田舎の平和」

「ああ、まいったわ。しょうがないわね。お金はかなり集めたから」

トリスタンについてはこれ以上、情報を得られそうもなかった。

「ふたつとも行き止まりか」ジョンは、アガサをコテージで降ろした。「さて、どうする？」

「ミセス・ブロクスビーに会いに行くわ。老人クラブのアイディアを相談したいの」

「じゃあ、一人で行ってきて。では、また明日にでも」

「ええ、そうね」アガサはあいまいに答えた。老人クラブの計画で頭が一杯だったのだ。

「本当に気前がいい申し出だわ、ミセス・レーズン。だけど、あのワインはどうする？　どこかに落ち着き先を見つけないと」

「それについてもいいことを思いついたの。あのワインはとても濃くて甘い。ラベルを貼り替えて、コッツウォルズ・リキュールっていう名前をつけるの。ワインを買ってくれるかどうかジョン・フレッチャーに訊いてみるわ。リキュールとしてグラス売りすればいいでしょ。地元新聞に紹介記事を書いてもらえば、ちょっとした宣伝にもなる。利益の一部は老人クラブのために提供してくれるように、フレッチャーに頼むわ」

「すばらしいアイディアね。ただ、ホールの修理のためにあなたが全額出す必要はないわ。今回、〈セーブ・ザ・チルドレン〉のためにかなりお金を集めたから、次回は修理のために資金集めをすればいいわよ」

「何かいい企画を考えるわ」アガサは自信たっぷりだった。

「以前のあなたに戻ったようで、とてもうれしいわ」

「ようやく、ジェームズのことで悩むなんて馬鹿馬鹿しいっていう気持ちになったんだと思うの。これから楽しいことをするつもりよ」

家に帰ったとき、アガサは空腹だった。またもや冷凍庫をひっかき回し、ラベルから霜をこそぎ落としながら食べる物を探した。くたくたに疲れていたので、電子レンジに入れた豚レバーの肉団子のトレイがホイルだと気づかなかった。調理法をちゃんと読まなかったし、そもそも、ホイルは電子レンジにかけてはいけないことも知らなかった。目を近づけて時間だけを読みとった。電子レンジで四十五分の調理は長すぎると気づくべきだった。アガサはターンテーブルが回転しているあいだ、庭に出ていき冷たい夜気を大きく吸いこんだ。

殺人犯は村のどこかに潜んでいるの？　三件の殺人があったあとで、安心して眠れるものかしら？　庭で物思いにふけっていたアガサは、猫たちが動揺したようにニャーニャー鳴くので、ようやく家を振り返った。黒い煙が開いたキッチンのドアからもくもく噴きだしている。

キッチンに飛びこんでいった。電子レンジの内部で炎が上がりそうになっている。スイッチを切り、プラグを引き抜き、扉を開け、煙に咳こみながら、腕を振り回して煙をあおいだ。黒く固まった食べ物の下で、ホイルトレイが溶けてしまっていた。アガサは電子レンジを抱えて、キッチンドアの外に出した。

少し硬くなったパンを見つけ、二切れスライスするとチーズをのせてグリルでトーストした。キッチンじゅうに黒い煤が膜になってこびりついている。食べ終わると、キッチンの掃除にとりかかった。掃除を終えたのは真夜中近くだった。

アガサは二階に行き、熱いお風呂に浸かり、コットンの寝間着に着替えた。ベッドにもぐりこむと、疲れたため息をついた。なんて一日だったのかしら！　せめてもの救いはアヒル・レースで大金が集まったことぐらいね。みっともない写真が出たのは残念だったけど。そうか、バンティは結婚したのね。ボスと結婚するという多くの秘書の夢をかなえたわけだわ。自分自身が秘書だった時代のことをぼんやりと思い返した。ボスは宣伝担当重役で、長身でブロンドの魅力的な男性だった。ボスを喜ばせようとして、アガサは少ない給料をはたいて、特別なブランドのコーヒーを買ってきて淹れてあげた。しかし、ボスはアガサをオフィスの備品のように扱い、関心をまったく示さなかった。そういえば、ミスター・クリンステッドの息子は秘書と結婚したと言っていた。

彼女はがばっと起き上がった。頭が猛烈な速さで回転している。ミス・パートル、ビンサーの秘書。彼女がボスに恋をしていて、あらゆる手を使って彼を守ろうとしたんだったら？

10

ガウンもはおらずにアガサは階段を駆け下り、夜の中に飛びだすと、まっすぐジョンのコテージに行きベルを鳴らし、ドンドンとドアをたたいた。

「今行くよ」ジョンが不機嫌に叫んでいる。彼はドアを開け、寝間着姿のアガサに目をみはった。

「おい、アガサ、ずいぶんと性急だな」

「勘違いしないで、話があるのよ」

彼が一歩さがると、アガサはリビングにずかずか入っていった。ジョンは上半身裸で、シルクらしきブルーのパジャマのズボンしかはいていなかった。なめらかな胸は筋骨隆々としている。たるみもせずに、こんなにひきしまった体をどうやって保っているのだろう、とアガサはちらっと考えた。「秘書よ」アガサは意気揚々と伝えた。

「ねえ、すわって。ちょっと落ち着いて、最初から話してくれ」

「元秘書のパンティにアヒル・レースで会ったの。彼女はボスと結婚していた。彼に夢中だったんですって」

「それはよかった」ジョンは落ち着かせようとして相槌《あいづち》を打った。「だけど、真夜中にここまで走ってくるようなことかい？」

「秘書ってものがボスにどんなに執着するかを思い出したのよ。ミス・パートルはどう？」

「ビンサーの秘書かい？」

「そう、彼女よ。そもそもビンサーがトリスタンと会ったのは彼女のせいだったこと、覚えてる？」

「ああ、そうだったね」

「ねえ、こう考えてみて。紹介をするぐらいだから、彼女はトリスタンに魅了されていたのかもしれないわ。だけど、本当の情熱の対象はボスだった。トリスタンがビンサーから一万ポンドをだましとると、彼女はそれをとり返そうと決意した。誰かを雇ってトリスタンを襲わせたのかもしれない。それで一万ポンドは返却された。それでも、トリスタンは恐喝を試みた。お金が大好きだったし、もっともっとお金を欲するようになっていたのよ。ミス・パートルは決着がついたと思っていたけど、トリスタンはビンサーを恐喝できる本物の材料をつかんだ。彼はミス・パートルに電話する。ビンサーがいないから、彼女と相談したいと言う。彼女はトリスタンを黙らせる決心をする。電話してカースリーまで行くと伝える。もしかしたらニュー・クロスでぶちのめしたことをトリスタンにちらつかせたかも。だからトリスタンは逃げることにする。家を出て牧師館に行く。彼女はそっとあとをつける。通りでは襲いたくないからよ。彼は鍵を使わずに両開きドアから入っていく。彼女はトリスタンが献金箱を開けて、お金をとりだしているところを見る。とたんに彼を亡き者にするには、絶好の機会だと気づく。そこでペーパーナイフをつかみ、グサッ」

「じゃあ、ペギー・スリザーとミス・ジェロップの件は？」

「トリスタンは二人に知っていることをしゃべったにちがいないわ。あるいはほのめかしたか。ミス・ジェロップは彼が死んだことに動揺して、ミス・パートルに電話した。たぶんミス・パートルはミス・ジェロップにすべてを知られたと考えたのよ。実際はちがったんだけど。ペギーも同じ。ミス・パートルはパニックになり、結局二件の殺人を犯す」

「アガサ、アガサ、冷静に考えてごらんよ。あまりにもありえない話だ。まさに溺れる者は藁をもつかむ、だよ」

「それでも、明日、ロンドンに行って彼女と話をして、反応を見てみるわ。人が大勢いるオフィスなら、手出しできないはずよ」

ジョンはビンサーのオフィスは隔離された重役用の部屋だと指摘しようとしたが、言葉を呑みこんだ。

「もうベッドに戻ったら。明日、それについて相談しようよ」となだめた。

「すぐに対決しない方がいいかもしれないわ。仕事のあとで尾行して、どこに住んでいるかを調べ、どういう人間かを探る方がよさそうね」

「うん、そうだね。さあ、もう家に帰ろう」ジョンは子どもの機嫌をとるような口調になっている。

「じゃあ、いっしょにロンドンに行く気はないのね」

アガサは知らなかったが、明日の晩、ジョンはシャーロット・ベリンジとディナーの約束をしていたのだった。しかし、それをアガサに言うつもりはなかった。「本を書き終えないといけないからね」

「けっこうよ」アガサはむっとした。「一人で調べるわ」

アガサはビンサーのオフィスが閉まる夜に、ロンドンに行くことにした。退社後にミス・パートルの跡をつければ住まいがわかるし、本性を知ることができるかもしれない。以前にもやったように、ブロンドのウィッグと素通しの眼鏡で変装をした。出かける前にビルに電話しようかと迷ったが、彼女の推理をジョンがまったく信じなかったことを思い出し、ビルも同じだろうと考えた。

ビンサーのオフィスに着くと、広い受付エリアの椅子にすわる。そこで何をしているのかと誰にも訊かれないことには自信があった。次々に人が来ては帰っていき、周囲の椅子が空いてくる。スタッフがビルから出ていきはじめた。受付嬢たちは帰り支度をして、代わりに二人の警備員がデスクについた。アガサはそろそろ疑いの目を向けられると悟り、ビルを出て外に隠れた。

時間がどんどんたっていった。チープサイド通りを冷たい風が吹き抜けていく。いきなりミス・パートルが現れた。アガサはほっとして息を吐いた。ミス・パートルが帽子をかぶるか何かして、一見して誰だかわからないのではないかと心配していたのだ。充分に距離をとってセント・ポールの地下鉄の駅までつけていき、長いエスカレーターでセントラル・ラインのホームに下りた。さて、どうしよう？　同じ車両に乗る？　ま、大丈夫ね。変装しているし、わたしだとわからないだろう。

地下鉄は西に向かった。車両は混雑していて、アガサはつり革につかまり、押しつけられる体の隙間から、ミス・パートルが立っている方へちらちらと視線を向けた。

秘書がノッティング・ヒル・ゲートで降りたので、アガサはあとを追った。ミス・パートルはペンブリッジ・ロードを足早に進んでいきトルコ料理店に入っていく。アガサはがっかりした。でも、変装しているし、こっちも何か食べてもいいわね。レストランは静かだった。アガサはミス・パートルから三つ離れたテーブルに席をとった。

秘書はブリーフケースから〈イブニング・スタンダード〉をとりだし、読みはじめた。アガサはケバブとライスとハウスワインを一杯注文した。レストランは混んできた。とうとうミス・パートルは食事を終え、お勘定を頼んだ。アガサもそれにならった。ミス・パートルが支払いをしているあいだに、アガサはどうしてもトイレを我慢できなくなり、心の中で舌打ちしながらトイレへの階段を駆け下りた。上階に戻ってくると、ミス・パートルはいなくなっていた。アガサは支払いをすませると、あわてて外に飛び出し、左右を見た。ミス・パートルの姿が左に折れてチェプストウ・ヴィラズ通りに入っていくのが見えたので、追跡を開始した。通りの入口で足を止めて前方を見た。ミス・パートルのがっちりした姿が街灯の光の輪を次々に移動していく。犬の散歩をしている女性を除けば、通りには人影がなかった。そのとき、ミス・パートルが初期ヴィクトリア朝様式の家の門に入っていくのが見えた。門のところに、もみの木が立っている。アガサはしばらく時間を置いてからゆっくりと歩いていき、家の外に立つと、さて、これからどうしようと思案した。まだ何もつかんでいない。ミス・パートルは誰にも会わなかったし、誰ともしゃべらなかった。相変わらず彼女のことはほとんどわからないままだ。

ジョンがいてくれれば、と残念だった。話し相手がほしかった。バッグからノートをとりだして住所をメモする。今夜はホテルに泊まって、明日また出直してきた方がいいかもしれない。出直してきて、何をするの？　揶揄《やゆ》する声が頭の中で聞こえた。そこに立っていると、ミス・パートルが犯人かもしれないという思いつきが、ますます馬鹿げているように思えてきた。

やっぱり家に帰ることにした。考えたら、ドリス・シンプソンに猫の世話を頼んでこなかった。ドライフードは置いてきたが、甘やかされた猫たちは憤慨しているだろう。そうね、もう家に帰って、すべて警察に任せましょう。

ジョン・アーミテージは屈辱的な夜に耐えていた。キングス・ロードのこじゃれたレストランでシャーロットと会う予定だった。だがシャーロットはハンサムな青年を連れて三十分遅れて現れた。「こちらはジャイルズ。ジャイルズ、ジョン・アーミテージよ。ジャイルズも同席させていただいてもかまわないわよね、ダーリン？」

というわけで、ロマンチックな夜を期待していたジョンは、シャーロットばかりかジャイルズをもてなす羽目になった。ジャイルズは寡黙な青年で、読書は時間のむだだという意見を口にすると、あとはひたすら飲んでばかりいた。しかし食事が終わったら、シャーロットはこの退屈な青年を追い払って自宅に招いてくれるのではないかと、ジョンは期待していた。食事代には目玉が飛びでそうになったが、さらに期待を募らせながら、ジョンは支払いをした。いまいましいことに、レストランから出ると、シャーロットはディナーのお礼こそ甘い声できちんと述べたものの、ジャイルズと腕を組んでキングス・ロードを自宅の方向に歩み去っていった。

ジョンはなんて愚かなんだと自分を罵った。ふいにアガサが恋しくなった。途方もない思いつきだとしても、彼女といっしょに事件の調査に行った方がましだった。アガサは癪に障ることがあるし自己主張が強いが、絶対に退屈な女性ではない。事件についてシャーロットと話し合おうとしても、ふと気づくと、その美しい瞳には退屈そうな表情が浮かんでいた。シャーロットは自分自身についてしゃべっていないときは、関心のある事柄だけを聞きたがった。たとえばどのレストランやデザイナーがイケていて、どれがダサいか。

家に帰ってきたとき、アガサのコテージの明かりは消えていた。明日はミルセスターのいい肉屋まで車を飛ばし、ステーキ肉を買ってきてアガサを招待しよう、と心に決めた。

翌朝、アガサは鼻をグスグスいわせながら目を覚ました。寒い風の中、チープサイドをうろついていたので風邪をひいたのかもしれない。しかし、なぜかしら犯人はミス・パートルだという確信がまた甦っていた。キッチンを行ったり来たりした。もしかしたらあの女と対決して、尻尾を出すのを期待するという作戦がいちばんいいかもしれない。

決意が湧きあがってきた。朝の郵便物をマットから拾い上げたとき、その中にはジョンからのディナーの招待状もあったが、どれも目を通さずに玄関ホールのテーブルに置いた。猫たちには細切れにしたラムのレバーをあげると、暖かいコートをはおり車に乗りこんだ。

ロンドンではハイド・パークの地下駐車場に車を停め、地下鉄でノッティング・ヒル・ゲートまで行った。その界隈はポルトベロ・ロードの骨董市に行く人々で混み合っていた。

アガサはまっすぐチェプストウ・ヴィラズの家に行き、ベルを鳴らして待った。誰も出てこない。あきらめきれずにしばらく立っていたが、ポルトベロ市場の露店をひやかしてみることにした。再びロンドンの匂いや人混みの中に身を置くのは、妙な気分だった。露店から露店へと歩いていき、アクセサリーや軍のバッジや古着など眺めた。美しい銀製のペーパーナイフを見つけたので、アルフ・ブロクスビーのために買うことにした。新しいナイフが必要なはずだ。露店の主人は薄紙で包んでくれ、アガサはそれをコートのポケットにしまった。

人混みにもまれながら、手回しオルガンを持ちオウムを肩にのせた男の前を通り過ぎたとき、耳元で声がした。「ミセス・レーズン?」

アガサはさっと振り向いた。ミス・パートルがこちらを見ていた。

「まあ、驚いた! この骨董市、充実しているわね?」

「ええ、偽物と本物が見分けられればね。だけど、眺めているだけで楽しいわ。コーヒーでもいかが?」

「喜んで。どこに行きましょうか? このあたりにはひさしぶりに来たの」

「わたしはすぐ近くに住んでいるの。ちょうど家に帰るところだったのよ」

ロンドンがすっかり変わったことについてなごやかにおしゃべりしながら、この感じのいい女性を疑うなんて、わたしは頭がどうかしてたんだわ、とアガサは思った。

チェプストウ・ヴィラズで、ミス・パートルはドアの鍵を開けた。アガサは彼女のあとから狭い廊下の先にあるリビングに入っていった。上等なアンティーク家具がいくつも置かれ、すばらしい絵も何枚かあった。元々は表と裏にひとつずつあったリビングを両側に高窓のある広い一部屋に改装してあった。

ミス・パートルは壁のサーモスタットのスイッチを入れた。「コートは着たままでいてください。ちょっと寒いけど、じきに暖かくなります。下のキッチンにいらして。コーヒーを淹れるわ」

「すてきな家ね」階下に行くと、アガサはピカピカのモダンなキッチンを見回した。「かなり手を加えたんでしょう」

「ノッティング・ヒルがまだ垢抜けない地区だったときに、伯母から相続したお金で買ったんです。それから余裕ができるたびに、少しずつ改装していったのよ。どうぞすわって。きのうおかしな変装をして、わたしを尾行していた理由を教えてちょうだい。コーヒーはすぐに沸くわ」

アガサは笑いだした。「信じられないかもしれないけど、頭に血が上っていたのね。ゆうべ、気づかれたとは思わなかったわ」

「目立つ指輪をはめていたせいよ。それははずしておくべきだったわね。それに風でウィッグがずれたにちがいないわ。レストランで、茶色の髪がのぞいていたのよ。気づかれないようにこっそり観察して、ようやく、あなただと気づいた。それに家の外に立っているのも見たわ。それで、何をしていたの？」

「お話しした方がよさそうね。腹を立てないでほしいんだけど。アヒル・レースのときに閃いたことなの」

「なんだか薄気味悪い話ね。アヒル・レースですって？　それとわたしがどういう関係があるの？　あら、コーヒーができたわ。お砂糖とミルクは？」

「ブラックで。煙草を吸ってもかまわない？」

「悪いけど」

「大丈夫、我慢できるわ」

「はい、コーヒー。さあ、どうしてわたしをつけていたのか話してちょうだい」

「ええとね、村のアヒル・レースで、元秘書にばったり会ったの。バンティといって、ボスと結婚していたわ。それでボスに恋をしている秘書について考えていたら、ふと閃いたの。もしミスター・ビンサーがトリスタンに恐喝されていたら、あなたはビンサーを守るための行動に出るだろうって。こうしてあなたと話していると、今じゃ、荒唐無稽に思えるけど」

「怒るべきなんでしょうけど、村やその界隈で三件も殺人が起きたから、せっぱつまっていたんでしょうね。じゃあ、警察はまだ手がかりをつかんでいないのね？」

「わたしが提供した手がかりから、何も出てこなければね」

「どんな手がかり？」

「ミセス・フェザーズっていうトリスタンが暮らしていた家の年配女性が、彼が携帯電話を使っているのを見たことがあるって話してくれたの。警察に話したわ。つまり、亡くなった夜に、恐怖を感じるような電話がかかってきたかもしれないってこと。逃亡するつもりだったから、現金が必要になって、教会の献金箱のお金を盗むために牧師館に押し入ったんだと思うの。もし電話がかかってきたのなら、警察は発信者をたどれるでしょ」

雲が太陽をよぎっていき、外の庭は暗くなった。狭い芝生では二羽のムクドリが虫を探している。

「最近はあまり見かけないわよね」アガサは言った。

「え？　携帯電話？」

「ううん、ムクドリよ。かつてロンドンにはそこらじゅうにムクドリがいたんだけど。

今、お宅の芝生にいるムクドリを見てたところ」

「そのアヒル・レースについて話して。とても原始的な催しに聞こえるけど。動物の権利を主張する連中とか、王立鳥類虐待防止協会とかに乗りこまれなかったのは意外だわ」

「プラスチックのアヒルなのよ、小さな黄色いアヒル」アガサはレースと酔っ払ったモリスダンサーについて残らず語って聞かせた。

「村でそんなにおもしろいことがあるとは知らなかったわ。いったいどうして、殺人事件について嗅ぎ回ろうと考えたの？」

「たぶん、飽くことのない好奇心のせいね。だけど、犯人を見つけるまであきらめるつもりはないわ」

「でも、ことわざを知ってるでしょ。好奇心は猫を殺すって。ところで家の他の部分もお見せしましょうか？」

「いいえ、けっこうよ。そろそろ帰らないと」

「亡くなった女性の妹さんがレースにワインを寄付してくれたって言ってたでしょ。わたしにもちょっとしたセラーがあるの。自家製じゃなくて、いいワインを集めたのよ」

「セラーがあるの？」

「ええ、ここに」ミス・パートルはキッチンのドアを開けた。「どうぞ。よかったら一本選んで」

アガサはセラーのドアに歩いていき、石階段を見下ろした。「先に下りていて。わたしはパーコレーターのスイッチを切ってから行くわ」

「明かりのスイッチはあるの？」ミセス・トレンプの石炭庫に閉じこめられたことを思い出し、アガサはちょっと不安になった。

「ドアを入ってすぐ右側よ」スイッチを手探りしていると、後頭部を思い切り殴りつけられた。アガサは階段を真っ逆さまに転げ落ち、床にどさっと投げだされた。

アガサはまだ意識があって強烈な痛みを感じていたが、ミス・パートルが階段を下りてくる足音が聞こえたので、わずかに残っていた理性で、気を失っているふりをしていた方がよさそうだと判断した。

やがて足首と手首を縛られるのが感じられた。口には強力な粘着テープが貼られた。

「お節介な女だ」ミス・パートルはぶつぶつつぶやいていた。「携帯は処分したから大丈夫だと思っていたのに。角の電話ボックスからかけたのよね。電話ボックスがうちの近くにあるってばれないといいんだけど。さて、これからどうしよう？　あとで片付けよう。まったくもう、どうして首を突っ込むような真似をしたのよ？」

足音が階段を上がっていき、セラーのドアがバタンと閉まるのが聞こえた。最初のうち、あまりの痛みと恐怖で、頭がまったく働かないように感じられた。それから、ビルには疑惑を話しておくべきだったと悔やんだ。行方不明になったら、ジョンがビルに話すだろう。ビルはミス・パートルを尋問し、自分は死体で発見されることになるだろう。


ジョン・アーミテージはミルセスター警察署の前の公共駐車場に停めた車に食料品を運んでいった。ビル・ウォンが声をかけてきた。「一人ですか？　フィアンセはどこですか？」

一瞬、何のことを言っているのかと思ったが、はっと気づいた。「ああ、アガサね。まだロンドンにいるにちがいない。トリスタンの携帯電話から何かわかったかい？」

「殺された夜に一件の電話がかかってきています。ノッティング・ヒルの公衆電話からです」

「残念。そうだ、ビル、アガサがトラブルに巻きこまれないといいがと心配していたところなんだ」

「説明してください」

「犯人はミス・パートルじゃないかと、彼女、とんでもない考えにとりつかれてね。ビンサーの秘書のことは知ってるだろう?」

「どうして、そう考えたんですか?」

「元秘書とアヒル・レースで会ったせいなんだ。元秘書はボスと結婚していた。ボスに恋をしている秘書について考えているうちに、尊敬すべきミス・パートルがビンサーを守るために人を殺して歩いている、という結論に飛びついてしまったんだよ。アガサがやっかいなことにならないように祈ってるところだ。ミス・パートルについて探るために出かけたんだが、ビンサーには有力な友人たちがたくさんいるしね」

ビルは凍りついたように立っていた。「しばしば考えるんです。アガサはときどき馬鹿なことをするかもしれないけど、正しい結論に飛びつくという超能力みたいなものを備えているって」

ジョンは信じようとしなかった。「ミス・パートルがノッティング・ヒルと関係があるなら別だが、何もかも荒唐無稽だよ」

「殺人事件の関係者全員の住所が署にあります。調べてみてもいいですね」

「いっしょに行こう」

「いいですとも」ビルは先に立って警察署に入っていくと、ジョンにすわって待っていてくれと指示した。

しばらくしてビルが現れた。「ミス・パートルはノッティング・ヒルに住んでいます。ケンジントン署に電話して、万一のことを考え、彼女を尋問してくれと頼みました。ビンサーに訴えられないといいんですが」

「住所を教えてくれ」

「いや、素人探偵にはこりごりです。警察に任せてください」

ジョンは郵便局に大急ぎで行き、ロンドンの電話帳を見せてもらった。ミス・パートルの住所を調べると、車に戻り、猛スピードでロンドンに向かった。

アガサは恐怖に突き落とされていた。長いあいだ何も考えることができなかった。それからコートのポケットに入れたペーパーナイフのことを思い出した。縛られた腕をねじり、指をコートのポケットに入れようとした。

そのときセラーのドアがまた開いた。もうおしまいだわ。ミス・パートルがハンマーを手に階段を下りてくる。「とどめを刺しに来たわよ。死体の始末はあとから考えることにするわ」

彼女はハンマーを振りかぶり、アガサは目を閉じた。そのとき、頭上でドアベルが甲高く鳴った。

ミス・パートルはハンマーを下ろした。玄関に出るべきか、帰ってしまうのを待つべきか？　だが、ミスター・ビンサーは彼女にチェックさせるために自宅に重要書類を届けさせることがある。ハンマーをアガサのわきの床に放りだすと、階段を上がっていった。

ミス・パートルはドアを開けた。二人の警官が立っていた。「ミス・パートルですか？」

「何か？」

「いっしょに警察署に来ていただきたいんです。トリスタン・デロン殺害事件に関して、あと二、三質問したいことがあるので」

「だけど、質問にはすべて答えました。ミスター・ビンサーが不愉快に思うわよ」

「お時間はとらせません」

家から追い払いたい一心で、ミス・パートルは言った。「バッグをとってきます」

人声が聞こえたが、アガサのところからは何を言っているのかまではわからなかった。ミス・パートルがキッチンに戻っていき、また玄関に出ていくのがわかった。アガサは足を床に打ちつけたが、ドアは閉まり、家はしんと静まり返った。

ビルとウィルクス警部はサイレンを鳴らしてロンドンに急行していた。

「向こうに着くまで、ミス・パートルを引き留めておけと命じておいた」ウィルクスが言った。

「考えていたんですが、アガサが彼女の家に行ったとしたら？」

「一人きりだったらしいが」

「まず家に行き、近所にアガサらしき人を見かけなかったか訊いてみたらどうでしょう。一分もかからない」

ウィルクスは嘆息した。「ああ、いいだろう。しかし、一日が終わる頃にはビンサーの弁護士に悩まされている気がするな。やれやれ！　どうして彼女はよけいなことをするんだ？」

「これまでも何かしら探りだしてますよ」

「これが空振りに終わったら、あのいまいましい女を公務執行妨害で訴えるぞ。今度こそ、そうしてやる！」

セラーの中で、アガサはうめき声をあげながら、また仰向けになった。どうして現実は映画のようにいかないの？　映画なら、ヒロインはナイフで両手を自由にでき、拘束を解けるのに。

しばらくじっとしていてから、また試した。ポケットは深かった。包み紙に指先が触れ、そっと引っ張る。ちょっとずつナイフがポケットから現れてくる。最後にぐいっと引っ張ると、包み紙にくるまれたナイフが飛びだしてきて床にころがった。横向きになって、手を伸ばす。だが、ナイフを包んだ薄紙はセロハンテープで留められていて、自由がきかない指では、とうてい破れそうになかった。涙が頬を伝わってきた。

ジョン・アーミテージは交通渋滞にひっかかっていた。パトカーのサイレンの音が聞こえ、前の車が次々に路肩に寄るのが見えた。パトカーが疾走していった。ちらっとビル・ウォンの顔が見えた。ふいに、アガサはとんでもない過ちを犯し、警察は絶対に彼女を許さないだろう、と感じた。

「ここがめあての家です」ビルが言った。「隣に行って、アガサを見かけたかどうか確かめてきましょう」

スカートに二人の子どもがしがみついている若い女性がドアを開けた。ビルはアガサの人相を説明した。彼女は首を振った。「子どもの世話に追われていてわからないわ。通りの向かいのミセス・ワートルにたずねてみてください。何ひとつ見逃しませんから」

ミセス・ワートルはドアに出てくるのに異常に時間がかかった。歩行器に寄りかかり、鳥の巣みたいなくしゃくしゃの灰色の髪で二人を見上げた。改めて、ビルはアガサの人相を説明した。

「ああ、その人ならミス・パートルと入っていくのを見ましたよ。それから、ミス・パートルは警察に連れていかれた。何が起きてるの？」

「で、もう一人の女性が出てくるのは見てないんですね？」ビルが大声でたずねた。

「怒鳴る必要はないわ。耳は遠くないんだから。ええ、見てませんよ」

二人は礼を言って、ミス・パートルの家の前に立った。「捜索令状をとっていたら間に合わないかもしれない」ウィルクスが言った。

「ドアを試してみましょう」ビルが提案した。

ウィルクスが把手《とって》を回した。「開いているぞ」

「じゃあ、中に入れますよ。責任ある警察官が鍵のかかっていない住居を点検するってことで」

アガサは男性の声を聞きつけた。ミス・パートルの仲間？　でも、アガサは必死だった。粘着テープに負けじとうめき声をあげ、足を床にドンドンたたきつけた。

「何か聞こえませんか？」狭い玄関前の廊下に立ち、ビルがたずねた。

二人は耳をすませた。またもやかすかなドンドンという音とうめき声。

二人はキッチンに下りていった。「アガサ！」ビルが力をこめて叫んだ。

くぐもったうなり声。

「そこのドアが開いてます」

ビルはドアの内側を手探りして、明かりのスイッチを入れた。

セラーの床にはアガサ・レーズンが涙で顔を腫らして倒れていた。

二人は急いで下りていった。ビルは口からテープをはがし、折りたたみナイフをとりだすと、手足を縛っていたロープを切った。

「わたしを殺そうとしたの」アガサは息を大きく吸った。「戻ってきて殺すつもりよ」

ビルはアガサに手を貸して立たせた。アガサはよろめき、手足の痛みに顔をしかめた。ロープのせいで血流が悪くなっていたせいだ。

「上に連れていって、お茶を淹れてあげなさい」ウィルクスが言った。「わたしはケンジントンに電話する。あっちでミス・パートルを足止めしているからな」

ケンジントン警察はしだいに心配でたまらなくなってきた。このミス・パートルは手強《てごわ》く、ビジネスライクだ。ボスは大富豪で、有力な友人がいるらしい。

ミス・パートルは相手の不安を察し、じょじょに自信を持ちはじめた。あとはじっとすわって、いずれ釈放されるのを待つだけだ。逮捕されたわけではなかった。ミルセスター警察から来るまぬけどもの質問に答え、家に帰り、アガサ・レーズンの死体をどう処分するか決めればいいだけだ。市場でアガサといっしょのところを目撃されていたら、さらに質問に答えることになるかもしれないが、死体が見つからなければ警察も手の打ちようがないだろう。死体を車のトランクに入れて、カースリーのどこかに捨ててくるのがいいかもしれない。

女性警官がずっといっしょにすわっていた。しかし、取調室のドアが開き、二人の刑事が入ってきた。二人は険しい目で彼女を見た。一人が言った。「ミルセスター警察のウィルクス警部が到着したら、尋問を始める」

そのとき、ミス・パートルは玄関のドアに鍵をかけてこなかったことを思い出した。

ビルとウィルクスがアガサをパトカーに乗せようとしているときに、ジョン・アーミテージは到着した。

「いっしょに来てください」ビルが声をかけた。「あなたのフィアンセの面倒を見てください。あわや殺されるところだったんです」

警察署に行く途中で、アガサは起きたことを話した。

「どうして彼女はあなたを襲ったのかな」アガサが話し終えるとジョンは疑問を投げかけた。「証拠を握っていると思わせるようなことは、何も言わなかったんだろう？」

アガサは首を振った。「ただ、携帯電話のことを話し、犯人を見つけるまではあきらめないとは言ったわ」

アガサは少しずつ回復してきた。昔のアガサ・レーズンが復活してきたのだ。そして、昔のアガサ・レーズンは、ジョンをろくでなしだと考えた。無事でよかった、とハグするでもキスするでもない。「ダーリン、無事だったのか？」と叫ぶでもない。こんな男、くそくらえよ。

警察署でアガサが供述をとられているあいだ、ジョンは待つように指示された。

ビルとウィルクスはミス・パートルがすわっている取調室に入っていった。

ウィルクスが口を開いた。「ミセス・アガサ・レーズンに対する殺人未遂容疑で逮捕しますぅ……」

すると、ミス・パートルは悲鳴をあげはじめた。

11

ミス・パートルは精神状態が不安定で、理路整然とした自白はいつまでたっても引きだせないかもしれない、とビルは思いはじめた。しかし、彼女はついに落ち着きをとり戻し、洗いざらい白状した。

「わたしはボスに夢中でした」感情のこもらない淡々とした声で語った。「彼のためなら何でもしました。奥さんよりもずっと多くのことを。最高のコーヒーを淹れ、シャツをクリーニングに出し、子どもたちにクリスマスと誕生日のプレゼントを買い、もちろん仕事も処理していました。そんなある日、ミスター・トリスタン・デロンが受付に来ているという連絡があったんです。少年クラブのために寄付を募っているので、ミスター・ビンサーに会いたいという説明でした。要求を書類にまとめてくるように、とメッセージを返しました」

ウィルクスはときどき話をさえぎって、日時をたずねた。

「彼はどうにかして、わたしの人相を受付嬢から聞きだしたらしく、その日、帰ろうとすると会社の外で待っていたんです。ディナーに誘ってくれました。とても魅力的でした。ミスター・ビンサーはわたしが望むようには絶対に愛してくれないとわかっていたし、そのことでずっと胸が張り裂けそうだった。でもトリスタンのおかげで、自分が魅力的だと感じることができた。気がつくと、ボスと会わせてあげると約束していました。そのうち、急にミスター・ビンサーとトリスタンはどこへでもいっしょに行くようになりました。でも、トリスタンは気を遣って、ときどきわたしを誘ってくれていました。

やがてミスター・ビンサーがわたしのところにやって来て、トリスタンに一万ポンドをだましとられたと言ったのです。わたしはトリスタンを自宅に呼ぶと、クリケットバットで彼を殴り、お金を返さなければ、こんなものじゃすまないから覚悟しろと伝えた。それで決着したと思いました。牧師に確認すると、田舎の教会に移ったと言われました。

やがて、彼のことなどもうすっかり忘れていた頃、電話がかかってきた。彼とミスター・ビンサーはいっしょにゲイバーに行き、そこで働いている友人が二人の写真を撮ったというんです。二十五万ポンド払わなければ、写真は奥さんに送るとミスター・ビンサーに伝えるつもりだ、とトリスタンは言った。奥さんはミスター・ビンサーにふさわしくないとは思ってたけど、彼が打ちのめされることはまちがいなかった。トリスタン・デロンを憎みました。彼はわたしをだましていた、わたしに好意があると思わせた。そこでハイカーみたいな格好をしてカースリーに行き、ハイカーのグループのあとにくっついて歩き回りながら、村の地理を頭に入れた。それでもどうしたらいいか、まだ迷っていました。自分の貯金があるから、それでお金を支払う、とトリスタンには言ってあった。家を見張っていると、真夜中頃にレーズンという女が帰っていくのが見えた。そのときは、脅してカースリーから去らせようと考えていたんです。だから電話して、明日訪ねていく、あんたを撃ち殺してやる、と伝えたんです。というのも、写真なんて実は存在しないんじゃないかと思いはじめていたからです。ボスにゲイバーに行ったことがあるかと訊いてみると、行ったことがないと答えたんです。ミスター・ビンサーは決して嘘をつきません」その声にはゆがんだプライドがありありとにじんでいた。

「トリスタンはたしかに怯えていた。だけど、わたしはまだ様子をうかがっていた。彼が出てきて牧師館に歩いていくのが見え、両開きドアから入っていったので、わたしもあとからこっそり滑りこんだ。献金箱を開けて、お金をとりだしているのが見えた。そのとき月光にぎらついているペーパーナイフが目に入ったので、それをつかんで、彼に突き立てると逃げた。丘の頂上の森に車を停めておいたので、野原を突っ切って車に戻りました」

彼女は黙りこんだ。

「ミス・ジェロップは？」ウィルクスがうながした。「なぜ彼女を？」

「トリスタンが彼女にしゃべったから。トリスタンは写真をミセス・スリザーに預けたらしいけど、自分は何もかも知っている、とミス・ジェロップが言ってきたんです。ある日酔っ払って、口を滑らせたんだとか。警察に行くつもりだと言いました。彼女はロンドンにいて、電話ボックスからかけてきたんです。警察に行かせるわけにはいかなかった。訪ねていくから、何もかも説明させてほしいと頼んだ。警察より先に彼女のところに行くことができてツイてたわ。だけど、まだ終わらなかった。今度はスリザーっていう女が、ミスター・ビンサーを破滅させるのに充分な証拠があるとトリスタンから聞いた、と連絡してきたんです。もう終わりにしたかったけど、スリザーのことが不安になってきた。彼女を排除すれば、ようやく確実におしまいにできそうだった。彼女を殺したあと、証拠を残さないように気をつけながら家じゅう探したけど、写真なんて見つからなかった。その後祈ってたけど、警察も写真を見つけなかったようね。ミスター・ビンサーには黙っていてくれますよね？　わたし、彼の信頼を失いたくないんです」

「残念ながら、言わないわけにはいきません」ウィルクスが言うと、ミス・パートルは泣きくずれた。

アガサはそれから数週間、家事に励んだ。掃除婦のドリス・シンプソンが休暇でスペインに行ってしまったので、アガサは彼女の猫、スクラブルの面倒を見ることになった。アガサはある事件でスクラブルの命を救ったのだが、恩知らずな猫はドリスを恋しがり、アガサのことなどまったく覚えていないようだった。アガサは家じゅう磨いたりこすったりし、さらには農場主のブレントがくれた、風で落ちたバスケット一杯のりんごでゼリーを作るという果敢な挑戦をしたが、どうしても固まらなかった。そこで、どろっとした液体の入ったジャーをミセス・ブロクスビーのところに持っていくと、ミセス・ブロクスビーは何やら手を加え、奇跡のように金色のゼリーに変えてくれた。

牧師のアルフ・ブロクスビーは力を貸してくれたお礼を言うために、一人でアガサを訪ねてきた。牧師があまりにも礼儀正しい、よそよそしい口上を述べたので、妻にせりふを教えこまれたにちがいない、とアガサは苦々しく考えた。

ジョン・アーミテージはしょっちゅうロンドンに出かけていたので、アガサとはほとんど顔を合わせなかった。

それからビル・ウォンがやって来て、ミス・パートルは正気を失ってしまい、裁判にかけられるかどうか微妙だと報告した。

「ビンサーが訪ねてきたことで、おかしくなったみたいなんです。彼は最高の弁護士をつけてくれたが、ミス・パートルはずっとボスと会いたがっていた。どういう話をしたのかわかりませんけど、彼が帰ったあと拘束着を着せなくてはならなかった。ロマンチックな人間はいつまでも消えない情熱に苦しむらしいけど、不器量な中年の秘書もそうですよ」

「ウィルクスが話してくれた例のゲイバーでの写真だけど、ビンサーはそれについて何か知っていた？」

「いいえ、彼が覚えているのは、ゲイバーに行ったことがあるかとミス・パートルにたずねられたので、なぜそんなことを訊くのか？　と答えたことだけでした。そのとき彼女は当たり障りのない答えを返したようです。ジェロップとスリザーの死については、あなたの過失でもあるんですよ、アガサ」

「どうして？」

「二人ともあなたに嫉妬し、自分でも探偵ができることを見せつけたかったんだと思います。警察に知っていることを隠しているのはとても危険だ。疑惑についてぼくに打ち明けるべきだったし、ミス・パートルに一人で会いに行くべきじゃなかった。だいたい、彼女の家をまた訪ねるなんて、何を考えていたんですか？」

「偶然、ポルトベロ市場で会ったのよ。ミス・パートルはきわめて真っ当に見えたし、犯人っていうのは妄想にちがいないと思ったの」

「そもそも彼女を疑うのは飛躍しすぎですよ」

「秘書の仕事のせいよ。昔、わたしも秘書だったの。ウーマンリブのせいで、秘書はもうコーヒーを淹れたりしないと考えられている。だけど、一流の秘書は妻以上にボスに尽くしているの。ボスの子どもたちのために学校を選ぶ秘書までいるわ。親密な関係も当然生じるでしょう。ボスと秘書はいっしょに遅くまで働いているしね。男性は仕事について語るのが好きだし、秘書は聞き上手。かたや自宅の妻はそういう話に飽き飽きしている。おそらくビンサーはミス・パートルを母親兼ヘルパーみたいに見ていたんじゃないかしら。そして、彼女はボスに対してロマンチックな夢をずっと抱いていた。トリスタンはその執着に短い休暇をくれたけど、それも利用されていると彼女が気づくまでのことだった。そしてミス・パートルのビンサーに対する情熱が再燃して、彼女を燃やし尽くしてしまったのよ」

ビルはしたり顔でアガサを観察した。「まるで個人的経験を語っているみたいですね」

「いいえ、ただの推測よ。アリスはどうしてるの？」

「元気です」

「アヒル・レースであんな騒ぎが起きたから、おつきあいはもう終わったのかと思ってたわ」

「彼女は酔っ払っていたんです。さんざん泣いて、心から謝ったので、ぼくは心を動かされました」

「心じゃなくて、頭がやられたんじゃない？」毒を含んだ口調だった。

「どういう意味ですか？」

「ビル、言っとくけど、アリスはとことん根性の曲がった女よ。彼女は結婚したがっているけど、あんな毒舌じゃ、他の男性は誰も結婚したがらないでしょうね」

ビルは立ち上がり、さっとコートをつかんだ。「あなたはいつも報われない恋愛ばかりしてるから、他人の恋に対して偏屈な見方しかできないんですよ。自分を恥じるべきです。ぼくが誰と会おうと、何をしようと、あなたには関係ない」

「でも、ビル……」アガサは弁解しようとした。

「帰ります」

彼が帰ってしまうと、アガサはみじめな気分ですわりこんだ。ビルの友情を取り戻したかったら、謝らなくてはならない。でも、ビルはあのぞっとするアリスのどこがいいの？

そわそわと磨きたてられたコテージを見回した。老人クラブを発足させて、雑事から気をそらした方がよさそうだ。

牧師館まで歩いていった。ミセス・ブロクスビーは庭に出て、冬咲きのパンジーを植えているところだった。

「動揺しているようね、ミセス・レーズン」ミセス・ブロクスビーは花壇から顔を上げた。「今日はそんなに寒くないわね。庭にコーヒーを運んでくるから、煙草を吸えるし、よかったら何があったのか話してちょうだい」

庭のテーブルに腰をおろし、コーヒーのマグカップを手にとると、ミセス・ブロクスビーはたずねた。「何があったの？」

「ビルのせいなの。信じられないでしょうね。彼はまだアリスに夢中なのよ」

「それがあなたとどういう関係があるの？」

「彼は友人だし、ひどい過ちを犯そうとしているから、あの子はとことん根性が曲がった女だって忠告したの」

「まあ、ミセス・レーズン、他人の恋愛に口をはさむべきじゃないわ」

「そうなの？　あなただってジェームズは最悪の相手だって言ったわ」

牧師の妻は申し訳なさそうだった。「そうだったわね。でも、とてもあなたのことが心配だったのよ」

「わたしもビルが心配なのよ」

「たしかに。だけど、謝った方がいいわ。彼は失うには惜しい友人だもの」

アガサはため息をついた。「他人の人生に口をはさむのには疲れちゃったわ。まず、教会ホールの屋根を修理する件について、建築業者に相談してみようかと思っているの」

「その件を進めてくれるなら、とてもうれしいわ。ジョン・フレッチャーはワインを引き取って、リキュールのラベルを貼り、お酒の売り上げの半分を新しいクラブに寄付するって言ってくれたの」

「気前がいいわね。急がせて、クリスマスまでに完成させるようにするわ。新しいホールでパーティーをしましょう」

「裁判はいつなの？」

「起訴できそうもないのよ。ミス・パートルは正気を失って、裁判は無理だとみなされそう。ねえ、あのセラーに倒れていたときに、ひとつ閃いたことがあるの。わたし、まだ遺言書を書いていないのよ。すべてを教会に遺して天国に行く方がいいわよね」

「ご主人に遺したいんじゃない？」

「ご主人って？」

「あなたが一生、独身だなんて想像できないわ」

アガサはにやっとした。「結局、ジョン・アーミテージと結婚するかもね」

「二人のあいだには情熱がないでしょう」

「この年で情熱なんて必要？」

「何歳だって必要よ」

「考えてみるわ。家に帰って、建築業者に電話しなくちゃ」

アガサは猫たちのボウルが空だったし、えさをやった覚えがなかったので、えさをやることにした。なんだか猫にえさをやることにとりつかれているわ、と魚をゆで、冷ましながら思った。キッチンカウンターにのっているジョンの鍵が目に入ったので、隣に行って郵便物をマットから拾い、デスクにのせてくることにした。

コテージで郵便物をひと山拾いあげてから、留守番電話をじっと見つめた。どうして何度もロンドンに行くの？　良心がとがめたが、郵便物をデスクに置くと、留守番電話に近づいた。何件かのメッセージが残されていたが、すべてシャーロットからだった。保存しておいたにちがいないわ、とアガサは暗い気持ちで考えた。最初のメッセージでは、ジャイルズとかいう男をディナーに連れていったことで詫びていた。「どうか許してね、ジョン」甘ったるい声で訴えている。「お詫びにディナーに招待させてちょうだい」二番目のものは、「なんて楽しい時間だったのかしら。ピッパが明日の夜、パーティーを開くの。どうか来るって言ってちょうだい」さらに三番目。「ちょっと遅れそうなの。八時じゃなくて九時に迎えに来てくださる？　会いたくて死にそうよ」

これでおしまいね。ジョン・アーミテージといっしょに中年の黄昏《たそがれ》に向かって歩んでいくという案はなくなったわ。

自宅に戻ると、猫たちのために冷ました魚をボウルに入れてやった。コテージのわびしさに押しつぶされそうな気がする。

受話器をとって、ミスター・クリンステッドの番号にかけた。「よかったらディナーに出てきませんか?」アガサはたずねた。

「喜んで」と老人は答えた。

「三十分後にお迎えに行きます」

アガサはミスター・クリンステッドと過ごす時間をおおいに楽しんでいた。二人は老人クラブの計画についてあれこれ話し合い、ミスター・クリンステッドはアガサにチェスを教えてあげようと約束した。

「もっと早く電話しようと思ってたんです」アガサは嘘をついた。ついさっきまで、ミスター・クリンステッドのことをほぼ忘れていたのだ。「ショックがおさまるまで、その気になれなくて」

「事件について話しておくれ、ミセス・レーズン」

「アガサと呼んでください」

「そうだな、わしはラルフだ」

そこで、アガサは事件の顚末を語り、ラルフ・クリンステッドは熱心に耳を傾けた。話し終えると、彼は首をかしげた。「やはり妙だよ」

「何がですか？」

「このミス・パートルは、あらゆることをボスと話し合う習慣があったはずだ。すべてを自分一人でやろうと決めたことに違和感を覚えるな」

「ビンサーに会ったことがあるんです。正直な人に見えました。たぶん彼女にさほど関心がなかったんですよ。彼女のことはオフィスの備品のひとつぐらいに思ってたんじゃないかしら」

「秘書が自分にべた惚れしていたら、どんな男でも何かしら気づいたと思うよ」

「もしかしたら気づいていて、当然だと思っていたのかも。男ってそういうものでしょ」

「そういう男もいるってことだな」

「すべてに決着がつき、アルフ・ブロクスビーの疑いが晴れてうれしいわ。彼に不利な証拠は何もなかったけど、あれこれ噂が流れていたし、小さな村の噂話はとても厄介なものだから」

「たしかに。これまでにチェスをやったことがあるかね？」

「いいえ、一度も」

「学んでみたい？」

「いいですね」

「じゃあ、教えてあげるとしよう」

ミスター・クリンステッドを自宅に送り届けてから、ひさしぶりにこんなにくつろいだ夜を過ごした、とアガサは思った。

二日後に、またラルフ・クリンステッドを訪ねて、チェスを教えてもらう約束だった。明日は屋根の修理に建築業者が出してきた見積もりを検討する。指輪がきらめいた。「仮装はおしまい」アガサは猫たちに残念そうに告げた。指輪をはずして、キッチンの引き出しにしまう。ジョンはシャーロットとうまくいっているのだろうかと考え、二人の関係にまったく心が波立たないことに気づいてほっとした。いや、もしかしたらそう信じたがっているのかもしれないが。ジョンが誰かを情熱的に愛していることは想像しにくかった。ミス・パートルみたいに。かわいそうなミス・パートル。でも、どうしてそう考えるの？　冷血な殺人犯で、おそらく正気を失ったふりをしているような女なのに。

ジョン・アーミテージは、またもや暑くて騒々しいチェルシーのパーティー会場にいた。シャーロットは部屋の反対側で、何人もの男たちに囲まれてちやほやされている。しかし、そんなことは我慢できた。今夜こそ特別な夜になるはずだったから。彼女は一時間だけ顔を出して、自宅にいっしょに帰ると言っていなかったか？　その言葉を口にしたときの誘惑的なまなざしと愛情のこもった声をうっとりと思い返す。

もっとも、シャーロットが殺人事件に相変わらずまったく関心を示さず、ただ笑って、アガサ・レーズンって手強い女性ね、と言っただけなのには失望させられた。

ジョンは隣でしゃべっている女性の話にはまるで上の空で、腕時計をのぞいた。相手は時間さえあれば、本の一冊ぐらいわたしにも書けるわ、と言っているようだ。ここに来てからすでに二時間もたつのに、シャーロットはまったく帰るそぶりを見せない。そろそろ主導権を握る頃合いだ。ジョンは部屋を突っ切り、彼女の腕をなれなれしくつかんだ。「そろそろ帰る時間だ」

「まあ、ダーリン」シャーロットはかわいらしく唇をとがらせた。「これからみんなでジリーのパーティーに行くのよ」

ジョンはジリーが誰なのか知らなかったし、知りたいとも思わなかった。

険しい声で答えた。「今すぐいっしょに帰ろう。でなければ、わたしは家に帰る」

「じゃあ、帰ってちょうだい。でも、いっしょに来たら？　楽しいわよ」

「おやすみ」ジョンはぴしゃりと言った。

ドアに向かうとき、シャーロットといっしょにいた男の一人が笑った。「シャーロットのお抱え運転手がまた一人去る、だな」

ジョンは頬がカッと熱くなった。シャーロットが自分に求めていたのは、実はそれだけだったのだ。大好きな無数の社交イベントにエスコートしてくれる相手。

帰り道でアガサのことを考えた。仕事ばかりか彼女のこともずっとうっちゃっていた。二日間は執筆に専念し、それからアガサをディナーに誘おう。それにしても、いまいましいシャーロット・ベリンジめ。彼女のせいで、きりきり舞いさせられた。


翌日、アガサは建築業者との打ち合わせや教会ホールの検分で忙しかった。年配の人々は快適さと格式を求めるだろう。床は絨毯《じゅうたん》敷きにする必要があるし、すわり心地のいい椅子とテーブルを買わなくてはならない。一方の壁には本、ゲーム、ジグソーパズルをしまう棚。他には？　もちろん壁は塗るが、慈善家ぶった連中が好む、二度目の子ども時代向けと言わんばかりのぞっとするピンクや淡いブルーのパステルカラーにするつもりはない。シンプルな白にして、絵をかけよう。アガサが注ぎこむお金と労力を考えれば、アガサ・レーズン・クラブと呼んでもいいぐらいだ。でも、そんな真似をしたら、ミセス・ブロクスビーに尊大だと思われてしまう。そうそう、すべての費用を負担しなくてすむように、基金集めの企画を考えると約束してあった。アガサは頭を搾った。オークションはいい考えだ。前にも荘園屋敷を回って品物を寄付してもらい、多額のお金を集めたことがあった。そうだ、有名なポップグループにコンサートをしてもらうというのは？　いや、だめだ。混乱が起きるだろうし、おそらくドラッグも持ちこまれるだろう。何か考えなくてはならない。

降りだした雨の中、落ち葉のあいだにできた水たまりをよけながら自分のコテージに戻っていった。

コテージでは、ドリス・シンプソンからのメモがキッチンテーブルに置かれていた。ドリスは、アガサのことをファーストネームで呼ぶカースリーではめったにいない女性だった。「アガサへ、かわいそうなスクラブルを連れ帰って、えさをあげます。あの子はひどくおなかをすかせているようでした。来週はいつもどおり掃除にうかがいます。ドリス」

「あの猫、馬みたいに食べるのに」アガサはつぶやいた。

ドアベルが鳴った。ドアを開けるとジョンが立っていた。急にアガサに会いたくなったのだった。

「何か？」アガサの口調はよそよそしかった。

「入ってもいいかな？　雨がひどいから」

彼はアガサのあとからキッチンに入ってきた。

「ロンドンで何をしていたの？」

「あれやこれや。書店、エージェント、出版社、いつものとおりだよ。今夜、ディナーの予定は空いてるかな？」

「たしか約束があったわ」アガサは嘘をついた。「確認してみるわね」

彼女はミスター・クリンステッドの番号にかけた。「デートは今夜だったわよね、ラルフ？」アガサはハスキーな声でたずねた。

「チェスをする予定は明日だったと思ったが」驚いた声が返ってきた。「でも、今夜でもいつでもかまわんよ」

「楽しみにしてるわ。じゃあ、今夜」アガサは受話器を置き、ジョンの方を向いた。

「ごめんなさい。約束があるの」

「じゃあ、明日はどう？」

「悪いけど、しばらく忙しくなりそうなのよ」シャーロット・ベリンジの残り物には興味がないわ。ジョンは彼女に見限られたにちがいない。

「じゃあ、そっとしておくよ」ジョンはまたも拒絶されたと感じながら、大股で出ていった。雨が降りしきっていた。自分はこんな村にひきこもって何をしているんだろう？　ジョンは腹立たしくなった。執筆にもまったく役に立たない。ロンドンの方が楽しく暮らせるだろう。

ジョンが帰ってしまうと、アガサは彼がくれた指輪を引き出しからとりだし、封筒に入れた。その晩、外出するときに、彼の郵便受けに放りこんだ。シャーロット・ベリンジに嫉妬しているからそうするのではなかった。

ラルフ・クリンステッドのために、アガサはチェスのルールに集中しようとしたが、心の中では、どうしてこんな退屈なゲームがおもしろいのだろうと考えていた。暗記することが山のようにあった。「あんたはチェスのプレイヤーにはなれそうもないね」ついにラルフがさじを投げた。「このゲームをまったく楽しんでおらんだろう」

「そのうち楽しめるようになるわ、本当に」そして、珍しく本音を打ち明けた。「わたし、人間以外のものに集中することに慣れていないんです。人の動機は何か、なぜ罪を犯すのか、そうしたことね。別の夜にまた挑戦させて。『チェス入門』とか、その手の本を買って、次回は勉強しておくわ」

「じゃ、そうしよう。カードはするかい？」

「あまりゲームを知らないけど、そう、ポーカー。ポーカーなら一度やったことがあるわ」

「やってみるかい？」

「もちろん」

アガサは最初のゲームに勝つと、じょじょに楽しくなってきた。真夜中近くになって、ようやくカードを置くと「遅くまでつきあわせちゃったわね」と申し訳なさそうに言った。

「かまわんよ。わしはあまり眠らないから。老人は長く眠らないんだよ」

アガサは家まで車を走らせながら、迫りくる老年と孤独について考えているうちに背筋が寒くなった。夜は眠れず、長い昼間を耐えなくてはならないの？　関節炎で膝が痛むの？

明日、遺言書を書こう、と陰気に考えた。人生には限りがあるんだから。

晴れていたら、アガサは遺言書を作るという考えを延期していただろうが、またも雨はコテージの窓を曇らせ、すで水浸しになった庭にざあざあ降りしきっていた。

煙草とコーヒーのマグカップを持ってリビングに行き、デスクの前にすわった。小型テープレコーダーを引き出しからとりだし、「これはミセス・アガサ・レーズンの最後の遺言書である」と録音したときに、ドアベルが鳴らされた。

「もう」アガサはぶつくさ言いながら玄関に出ていった。

ミスター・ビンサーが立っていた。「あらまあ。ひどい雨だから、どうぞ入ってください。どうしてまたここに?」

「あなたに会って、残虐な殺人事件を解決してくれたことで、お礼を言おうと思ってね。興味があるんだ。どうやって真実にたどり着いたのか」

アガサはコートを受けとり、リビングに案内した。「コーヒーでも?」

「いやけっこう」彼はソファにすわった。「あまり時間がないので。それで、どうやってわたしの秘書のミス・パートルが犯人だと推測したんだね?」

アガサは自慢できる機会が与えられたことで舞いあがり、犯人がミス・パートルだという結論がいきなり閃いた経緯をとうとうと語った。

「おもしろいね」アガサが話し終えると、ミスター・ビンサーは言った。「あなたは自信にあふれた女性のようだ。これまでにまちがったことはないのかい?」

「それを誇りにしているわ」

「ミス・パートルがわたしに惚れこんでいたという部分は正しかったよ」

アガサは胃がひきつれるのを感じた。「つまり、他の部分はまちがっていたと？」

「わたしには嫌いなものがある。他人のことに干渉するお節介女だ」

雨が窓をたたき、外の茅葺き屋根から滴がボタボタ落ちてくる。外はどんどん暗くなっていた。アガサはかたわらにあるスタンドのスイッチをひねった。「この方がいいですね。とはいえ、あなたが彼らを殺して回ったんじゃないですよね」心とは裏腹に軽い口調だった。

長い沈黙が続いた。ビンサーはじっとアガサを見つめている。アガサは沈黙を破ろうとして、質問をぶつけた。「何かを言いたくていらしたんでしょ」

「そうだ。あんたは我慢できないほどうぬぼれてるな。いいかい、ミス・パートルがこうした殺人を犯したんじゃないんだ。わたしがやったんだ」

アガサは目を丸くして彼を凝視した。「なぜ？　どうやって？」

「これまでの人生で、わたしは一度もだまされたことはなかった。トリスタン・デロンを除いては。おそらく、わたしなりに、あの若者に夢中になっていたんだろう。ミス・パートルがわたしにのぼせているようにね。わたしは裕福な会社社長の娘と金のために結婚した。本物の友人は一人もいなかった。トリスタンには正直でいられると感じたし、彼といるとリラックスできた。ところが、あいつはわたしをだましたんだ。あいつがわたしに求めたのは金だけだった。わたしは彼を憎んだ。ときどき利用している裏社会の人間に彼をぶちのめすように依頼し、ミス・パートルには、誰がやったのか彼に伝えるように命じた。トリスタンは金を返したので、これで一件落着だと考えていた。しかし、あのヒルはあきらめようとしなかったんだ。ミス・パートルに電話してきて、金を支払わないと妻に言うと脅した。彼は田舎に引っ越していることがわかり、カースリーまで行った。すでにこの一帯の地図は念入りに調べてあったので、ハイカーの服装をし、車は村から離れたところに隠し、畑を突っ切って、姿を見られずに彼が住んでいる場所にたどり着いた。もう一度チャンスをやるつもりだった。トリスタンの携帯番号は知っていたから、ミス・パートルにいちばん近い公衆電話に行き、彼の携帯に電話して、わたしが彼を殺しに向かっていると警告するように指示した。逃げるチャンスを与えたつもりだった。

彼のコテージを見張れる教会墓地の墓石の陰で見張っていた。ドアは街灯でこうこうと照らされていたので、彼がドアを出て牧師館に向かうのがはっきりと見えた。両開きドアから入っていったので、あとをついていった。月光に照らされた彼は堕天使さながらで、献金箱の中身を漁っていた。そのときペーパーナイフが目に入ったんだ。

わたしは目もくらむような怒りを感じていた。ナイフがあれほど鋭いとは思わず、彼の首に突き立てた。

それから逃げた。ミス・パートルにやったことを話すと、誰もわたしを疑わないだろうと言われた。そうしたら、あんたが会いにやって来た。わたしが警察に供述したので、あんたはあきらめたと思ったが、今度はジェロップという村の独身女が恐喝してきた。トリスタンからわたしのことを聞いた、警察に知っていることを通報するべきだと思っている、と言うんだ。トリスタンがゲイバーでわたしといっしょの写真を撮ったんだそうだ。たしかにトリスタンは一度だけゲイバーに連れていってくれたことがあった。わたしはそちらに訪ねていって説明するから、それまで警察には行かないでくれ、とジェロップに頼んだ。というわけで、彼女の息の根を止めた。次にペギー・スリザーが写真を持っていると連絡してきたときは、悪夢は永遠に終わらないのではないかと思ったよ。写真に二十万ポンド払うと言うと、スリザーは承知した。あの女は信用できなかった。自分が偉大な探偵だと自慢していたし、わたしの金を受けとったあとで、やはり警察にしゃべるにちがいないという気がした。写真を渡してもらったあとで金をあげると、案の定、スリザーはいきなり写真をひったくった。『これは正しいことじゃない。警察に行くってある人に話したから、やっぱりそうするわ』わたしの名前はまだ誰にも言っていないことを確認してから、穏やかに頼んだ。『わかった。ただし、お茶を一杯いただけないかな』彼女は勝ち誇り、有頂天になっていた。そっとキッチンまでついていき、引き出しから肉切り包丁を取り出した。わたしがナイフを振りあげたとたんに、彼女は振り向き、悲鳴をあげた」彼は肩をすくめた。「でも、遅すぎたよ」

アガサは首筋を冷たい汗が流れ落ちるのを感じた。

「ミス・パートルと、真実は一切もらさない、彼女がすべての罪をかぶるという約束をしたんだ」

「だけど、どうして彼女はそんな約束をしたの？」怯えた目で武器になりそうなものはないかと部屋を見回しながら、かすれた声でアガサはたずねた。

「有罪になっても模範囚でいたら十年で出られる、そうしたら彼女と結婚すると言ったんだ。わたしと結婚できるなら、彼女は地獄にさえ行くとわかっていたからね」

「わたしを殺すつもりなの？」

「いや、馬鹿な女だ、そんな真似はしないよ。あんたには証拠がひとつもないからな。それにかわいそうなミス・パートルは今じゃすっかり正気を失っている。彼女からは何も聞きだせないよ。あんたがいなかったら、彼女は刑務所に入らずにすんだんだ。

自分は偉大な探偵だと考えてあんたがコテージでふんぞり返っているのが、わたしにはどうしても我慢できなかったんだよ」

「警察に話すわ！」アガサは言葉を絞りだした。

「で、どんな証拠が発見されるかな？　ゼロだ。ミス・パートルが自白したあとで、また事件を再調査することになったら、警察はうれしくないだろうね。それに、わたしには有力な友人たちがいる。さよなら、ミセス・レーズン」

アガサは身じろぎもせずにすわっていた。ドアがバタンと閉まるのが聞こえた。車が走り去っていく。立ち上がろうとしたが脚がぶるぶる震えて、椅子にへたりこんだ。

そのとき、デスクにテープレコーダーがあるのに気づいた。

スイッチを切るのを忘れていたのだった。

とたんに怒りとエネルギーが全身にあふれた。デスクに近づき、テープを巻き戻して再生した。一言一句にいたるまで録音されていた。

アガサは受話器をとってミルセスター警察に電話すると、真犯人がわかったと伝え、ウィルクスに電話を回してもらった。彼は呆然として無言で耳を傾けてから、矢継ぎ早に質問を繰り出した。いつ出ていったのか？　どんな車を運転していたか？

受話器を置いたときジョンに電話しようかと思ったが、思い直した。認めたくはなかったが、彼がシャーロット・ベリンジを追いかけたことは、自分を拒絶したことに他ならないと思っていた。そこで代わりに牧師館に電話したが、ミセス・ブロクスビーは出かけていた。ドアベルが鳴った。もう警察が来たはずがない。アガサはキッチンに行き、引き出しからナイフを取り出すと、ドアに近づいていった。ドアののぞき穴から見たとたん、安堵が広がった。雨が滴る帽子の下にはラルフ・クリンステッドの年をとった顔があった。

「とうてい想像もつかないことが起きたの！」アガサは叫び、興奮してナイフを振り回した。

「そのナイフに気をつけて、アガサ」彼は不安そうだった。

「え、何ですって？　ああ、怖かったわ。今、警察がこっちに向かっているところなの」

「入ってもいいかね？　ひどい雨なんだ」

「ええ、どうぞ」

「お邪魔したんじゃないといいんだが。老人クラブのことでいくつか思いついてね。あなたはまるでドラマの中にいるみたいだ」

アガサは彼をリビングに案内した。「とにかく、ブランデーがたっぷり必要だわ。

よかったらあなたもいかが？」

「いいね」

お酒を注ぎ、アガサが半分まで話したときに、ビル・ウォンがもう一人の刑事といっしょに到着した。

彼はテープを訊きたいと言った。アガサはスイッチを入れ、最初の方では顔をしかめた。遺言で始まり、自慢話が延々と続いていたからだ。しかし、やがて殺人を正確に描写するビンサーの感情のこもらない声が部屋に響いた。

「やつをつかまえますよ」ビルが言った。「ナンバープレートはわかってます。ロンドンに着く前に拘束できるでしょう。さっそく彼の背景を調べはじめた方がよさそうだ。なんと、彼はナイト爵位の候補になっていたんですよ。それからいっしょにミルセスター署に来てください、アガサ。何もかも供述をしてもらいたいので」

アガサは何度も何度も供述を繰り返すように言われ、ようやくサインをするように言われたときはほっとした。それからビルと長いこと話し合ったが、失望する結果になった。テープだけではビンサーを有罪にするには弱い、とビルは考えていたのだ。かわいそうなミス・パートル。ビンサーが刑務所に面会に来たときに言われたことのせいで、とうとう正気を失ってしまったの？　彼はミス・パートルに対してずっと紳士的にふるまっていたのかしら？

その晩、ジョン・アーミテージはアガサがパトカーから降りてくるのを見た。あわてて彼女のコテージまで行き、アガサがすでにうんざりするほど繰り返した話を聞かされて、愕然《がくぜん》とした。

「ビンサーはつかまったのか？」彼女が話し終えると、彼はたずねた。

「ロンドンに向かう道で停止させられた。すべてを否定しているんですって。弁護士の一団を雇ったの。ビルは彼の過去を洗っているって言ってたわ。ビンサーは前々からかなり冷酷な人間だったようなの」

「だのに、あなたは彼をまっすぐで、きちんとした人間だと思ったんだ」

「最終的にはわたしが真実を暴きだしたのよ」アガサは不機嫌になった。「指輪は受け取った？」

「ありがとう。実を言うと、またロンドンに引っ越そうかと思っているんだ」

「売却にはいい時期じゃないわよ。今は市場が冷えこんでるわ」

「あまり欲張らずに手を打つよ」そして、ちょっぴり意地悪くつけ加えた。「あなたの方は老人クラブの仕事で忙しくなりそうだね。ところで、ミス・パートルは無罪放免されたのかい？」

「正気を取り戻したら、たぶん殺人幇助《ほうじょ》と教唆とわたしに対する殺人未遂の罪で起訴されるでしょうね。すべて終わってうれしいわ。ビンサーが犯人だと証明するのは、警察の仕事よ」

「録音された自白があるだろう」

「わたしが供述したあとで、証拠がそれだけじゃ無罪になるかもしれない、とビルは言ってた。ビンサーはわたしが思いあがっていたから、鼻をへし折ってやろうとしてたわごとを聞かせただけだと釈明しているの。わたしをだしにした、ただのジョークだって。それに、テープが法廷で証拠として採用されるかどうかわからないわ。ここには警官がいなかったし、彼は警告もされていないし、誓ってもいなかったから」

「となると心配だね。釈放されたら、あなたを探しにやって来るかもしれない」

「いえ、それはないわよ。ビンサーにとってわたしは脅威じゃない。わたしには何も発見できないって、彼は自信まんまんだったわ。それに、今回有罪にできなかったら、同じ犯罪で二度目の告訴はできないの」

「そうか、わたしにはそれほど自信がないけど。ともあれ、引っ越すよ。ここが売れるまでロンドンのどこかに部屋を借りるぐらいのお金は銀行にあるからね」

アガサはこう言いたかった。「わたしがいなくて寂しくないの？　わたしのことはまったく好きでも何でもなかったの？」しかし拒絶される恐怖から黙っていた。

ただ、こう口にした。「シャーロット・ベリンジと頻繁に会えるようになるわね」

「あの馬鹿な女」吐き捨てるように言った。「いいや。彼女はとんでもなく退屈な女だってわかった。ロンドンのまばゆい通りやお楽しみに戻れてうれしいよ。冬になってこの土地に閉じこめられるかと思うとぞっとする。あなたがどうやって暮らしていけるのか想像もできないな」

「三件の殺人はどんな人にとっても刺激的だと思うけど」

「それでもね。じゃ、また」

ジョンはコテージに戻って、部屋を見回した。そろそろ荷造りを考えはじめた方がよさそうだ。逃げだせるのがうれしかった。そして、アガサがデートしているのが誰だか知らないが、彼と楽しくやってくれるように祈った。わたしは気にしていない。彼女は自分にとって何の意味もない存在だった。まったく腹立たしい女だ。そして、アガサ・レーズンには関心がないことを示そうとして、ゴミ箱を部屋の向こうまで思い切り蹴飛ばした。

エピローグ

ビンサーが自分に仕返しに来ることなどありえない、とジョンに断言したものの、やはりアガサは神経がささくれだち、不安を感じていた。ビルに何度か電話したが、今は電話に出られないと言われるだけだったので、アガサは落ち込んだ。やはり、アリスについてあんなことを言ったのを謝らなくてはならないようだ。

そんなわけで、ビンサーが逮捕されて一週間後、玄関を開けたらビルが立っていたので、涙ながらにしがみついた。「ああ、ビル、アリスのことでひどいことを言ってしまって、本当にごめんなさい」

「それはもういいんです。中に入りましょう。いいニュースがあるんですよ。コーヒーはおかまいなく。すぐに伝えたいので」キッチンに入っていったビルは猫たちから熱烈に歓迎された。

「何なの？」

「ビンサーの尻尾をつかみましたよ」

「どうやって？　何があったの？」

「ミス・パートルが収容されている刑務所の精神科病棟の主任精神科医に連絡して、彼女の様子をたずねたんです。ちょうど報告書を書いていたところで、正気を失った演技をしている、という結論を記すつもりだったそうです。おそらくずっと演技をしているのに疲れたんでしょうけど、二度ほど知的な笑みを浮かべて読書しているところを目撃して、医師は真相に気づいたそうです。上司に相談して、ミス・パートルを取り調べさせてもらいました。ぼくの前ではよだれを流し、虚ろな目つきをしていました。ぼくはビンサーが自白したと伝えました。有罪にならない可能性については黙っていましたが。

　ぎくりとしてミス・パートルはぼくを見てから、泣きはじめました。すぐさま狂気の演技はやめました。刑務所に面会に来たとき、二人が結婚することはもう奥さんに伝えたのか、とビンサーに訊いた。すると、彼女が釈放されるまで待って、いっしょに逃げようと言われたそうです。そのとき、ふいに彼が嘘をついていることを悟った、なぜなら彼は絶対に仕事を捨てることはないから、と彼女は話してくれました。ビンサーは地位を愛し、権力を愛していたんです。でも、彼女はどうしたらいいかわからなかった。まだ彼を愛していたし、そうなってもなお、いちるの希望を捨てられなかったからです。ミス・パートルはすっかりふさぎこみ、彼にまた会えるという希望だけで生きていた。それに正気を失ったふりをしていたら、裁判にかけられることはない、と彼に忠告されていたんです。

ミス・パートルから、彼を有罪にできる証拠をどうにかして聞きだしたかったので、死刑はないから彼の出所を待っていられる、殺人の共謀と殺人未遂の方が刑期は短いと言ったんです。そうそう、ミス・パートルはあなたを殺すつもりはなかったと言ってましたよ。ビンサーに電話したら、いい方法を考えつくまで、できるだけあなたを脅しつけておけ、と命じられたんだそうです。実際にハンマーで殴るつもりはなかったと弁解しています」

「それで、どうやってビンサーの有罪の証拠を手に入れたの？」

「ビンサーはミス・パートルを愛したことなどなかったし、ただ利用しただけだ、妻を捨てるつもりはない、とアガサに話したそうだと伝えたんです。彼女はまた泣きはじめ、涙がおさまると激怒しました。自分の死後、ミス・パートルの潔白が証明されるように、ビンサーは殺人についての自白書を書き残したのだそうです。彼の方が長生きするかもしれないのに、どうしてミス・パートルがそれを受け入れたのかはわかりませんけどね。その自白書はどこにあるのか、とたずねると、いくつもある子会社のひとつ、ドックランズにあるオフィスの金庫にあるということでした。

いったんしゃべりだすと、ミス・パートルは止まらなくなりました。インサイダー取引、乗っ取りたい会社に対する脅迫、悪事がボロボロ出てきました。自分の幸運が信じられませんでしたよ。

ウィルクスに電話すると、刑事を二人連れ、テープレコーダーを持って飛んできました。待っているあいだにミス・パートルの気が変わり、再び狂気の演技に戻ってしまうのではないかとはらはらしていました。警察がハイテン・エレクトロニクスという会社の金庫を開けると、国税庁には絶対に見せたくないだろう帳簿といっしょに、自白書が見つかった。というわけで、ビンサーは告訴されたんです」

「ほっとしたわ。わたしに仕返しに来るはずがないとジョンには言ったけど、物音がするたびに飛び上がりそうになっていたの」

「ジョンはどこなんですか？　彼のコテージの前に〝売家〟の看板が出ていたけど」

「ロンドンにアパートを借りるんですって。すでに家財道具の大半を向こうに送ってしまったわ」

「ずいぶん手回しがいいですね」

「あら、お金さえあれば、ロンドンで部屋を借りるのは簡単なのよ」

「じゃあ、婚約は解消？」

「ええ、結婚するほどの関係じゃなかったの。指輪は返したわ」

「そのことで動揺してますか？」ビルはアガサの顔をのぞきこんだ。

「別に。退屈な男だったから」無意識にジョンのシャーロット評を真似ていた。「あなたとアリスは順調にいくといいわね」

「いえ、もうだめなんです」

「まあ、お気の毒に、ビル。あの強いワインのせいね。彼女に飲ませなければよかった」

「あの件は許したんです。人は酔っ払うと、本心じゃないことを口走ることがありますからね。彼女が母さんに失礼な態度をとったせいです」

アガサはアリスにちょっぴり同情した。

「何を言ったの？」

「母さんはいつも先走るんですが、結婚したあとわが家に越してくれれば、お金を節約できるって勧めたんです。つまり父さんと母さんといっしょに暮らすってことです。

アリスは母さんに『冗談でしょ。もう二人で住むためにすてきなバンガローを選んであるんです』って答えた。そんなことは初耳だって、ぼくは口をはさんだ。するとアリスは『ここで暮らせるわけないでしょ。この人たちといっしょだと頭がどうかなりそうだもの』と言ったんですよ。

ぼくはとても腹が立ちましたけど、もしかしたら女性が不安定になっている時期だったのかもしれないと思い直したんです。アリスがミルセスター郊外の環状道路沿いに買いたいバンガローがあると言うので見に行くと、とても大きな家でした。ちょうど不動産業者が一組の夫婦を案内しているところでした。いくらで売りに出ているのかとたずねると、十八万ポンドだった。それで、ぼくの給料じゃとても手が届かない、そんな高給取りじゃないから、ってアリスに言った。すると自宅で暮らしているのに、どうして貯金をしていないのか、とアリスは文句をつけた。生活費として父さんと母さんにお金を渡しているからだと答えると、アリスはカンカンになって、なんて馬鹿なの、と罵ったんです。だから、もうきみとは二度と会いたくないって言ってやりました」

「一人暮らしはしたくないの？」アガサは好奇心に駆られた。「ミルセスターに警察の寮があるでしょ？　自立できるわよ」

「ぼくは自立してますよ」ビルはとまどったようだった。「自分の食事はすべて自分で用意しているし、自分だけの部屋もある」

アガサはその話題は打ち切ることにした。「自分がまぬけに思えてならないの。ビンサーには完全にだまされたわ」

「彼の方こそまぬけだったが、とてもツイていただけですよ。誰にも目撃されなかったんだから。ミセス・ブロクスビーはあなたがトリスタンの家から真夜中に帰っていくのを見かけたが、そのちょっとあとで窓からのぞかなかったのは惜しかったですね。ミス・ジェロップの隣人たちは、たまたま留守だったり、忙しかったりした。ペギー・スリザーはしょっちゅう大音量で音楽をかけてるし、あまり近所とつきあいがなかった。たぶん、素人の犯罪者を発見するには、素人探偵が必要なんですよ」

「ただ、わたしはまちがった素人の犯罪者を発見した。ビンサーはわたしをどうするつもりだと言っていた？　ジョンにミス・パートルに会いに行くつもりだと言っておいてよかったわ」

「それでなくてもビンサーの罪状は膨大なので、ミス・パートルにはあなたを怖がらせて手を引かせろと指示しただけだ、殺すつもりはなかった、とあくまで主張してますよ」

「ミス・パートルがそれを信じたとは思えないけど」

「彼女はビンサーに恋をしていたし、すでにパニックになっていたので、はっきりものを考えられなかったんです」

「あれほど震えあがったことはなかったわ」

「おそらくビンサーはあなたの死体をどこかに捨て、国外に出たと思わせるような小細工をするつもりだったんでしょう。真実はわかりませんけどね。もう気を楽にしてください、アガサ」

「そのつもりよ」


クリスマス前の数週間、アガサは老人クラブの準備に没頭した。結局、オークションを開き、学校の講堂でビンゴ大会を夜に何度か企画して寄付を集めた。もっとも、牧師はギャンブルを奨励することになると、憤懣《ふんまん》やるかたない様子だった。

クリスマスイヴのオープニングパーティーはすばらしい成功をおさめた。婦人会は当番制で運転担当を決め、体の弱いお年寄りの送り迎えをした。

新年にラルフ・クリンステッドはチェス教室を始めた。あれっきり教えを乞わなかったのでアガサはちょっと気がとがめていたが、クリンステッドの教室には数人の意欲的で優秀な生徒が集まったようだ。

一月の末に、ジョンのコテージから〝売家〟の看板がなくなっているのに気づいた。アガサは急いで牧師館に行った。「新しいお隣はどういう人なの」ミセス・ブロクスビーにたずねた。

「ミスター・ポール・チャタートンという、コンピューターの専門家だと思うわ」

「まあ、コンピューターオタクね。ともかく、わたしはもう男性には興味がないからどうでもいいけど。それにしても、ジョンは一度ぐらい連絡をくれてもいいのにね」

「わたしなら彼のことは放っておくわ。あの人はちょっと軽薄よ」

アガサは驚いて彼女を見た。牧師の妻が誰かについて批判することなどめったになかった。

ミセス・ブロクスビーは顔を赤くした。「あなたに対する彼の態度が気に入らなかったの。もっとあなたにふさわしい人が見つかるといいわね」

「言っておくけど、そういうことはもう卒業したのよ。どっちみち、この年になると、ふさわしい男性なんて存在しないわ」

「神は与えたもう」ミセス・ブロクスビーは重々しく言った。

ハンサムな独身男性が贈り物用に包装されて天から落ちてくるところが頭に浮かん

で、アガサはにっこりした。

アガサがコテージに戻ると、引っ越しトラックが外に停まっていた。荷下ろしを監督しているのは、あきらかにコテージの新しい所有者のようだ。中年だが長身で鍛えられた体つき。真っ白な髪と肉のついていない知的な顔で輝く黒い瞳。

アガサはあわてて家に飛びこんでいった。受話器をとり、美容師とエステティシャンに予約を入れる。

男性にまだ関心があるわけではない。

それでも、みすみす大物を逃すつもりはなかった。

訳者あとがき

〈英国ちいさな村の謎シリーズ〉十三作目『アガサ・レーズンとイケメン牧師』をお届けします。前巻『アガサ・レーズンと七人の嫌な女』のラストで、フランスの修道院にいるジェームズ・レイシーに思い切って手紙を書いたアガサですが、今回の冒頭ではジェームズが行方不明になっていて修道院に戻っていない、という返事をもらってうちひしがれています。修道院に入るという理由で離婚したのに、本当はわたしに飽きたせいだったのだろうか、とアガサはすっかり自信を失い、もう男性はこりごりという気分です。すべてに意欲を失い、だぼっとした服にぺたんこのサンダル、ノーメイクという気合いの入らない格好で、退屈そうにカースリー村を歩き回っていました。

そんなとき、村に若い副牧師がやって来ます。彼の美貌に、教会が女性たちで満員になっていると聞き、アガサも日曜に教会に出かけてみます。説教壇に立つ副牧師トリスタン・デロンは噂に違わず、天使のように美しい男性でした。すっかりのぼせあがったアガサが彼ともっと親密になる夢に浸っていると、なんと彼の方からディナーに誘ってきます。しかも、彼の下宿先で。アガサは家主の年老いたミセス・フェザーズに申し訳ないと思いつつも、彼女が材料費を払い、わざわざ手作りしてくれた豪勢なディナーを楽しみます。しかし、翌朝、トリスタンが牧師館の書斎で刺殺死体となって発見されたのです。

場所が牧師館の書斎で、しかも事件前にトリスタンの人気ぶりに嫉妬していたせいで、ブロクスビー牧師に容疑がかかります。アガサは牧師のことを好きではありませんでしたが、親友である牧師の妻ミセス・ブロクスビーのために犯人を見つけようと決心するのです。

今回の調査の相棒は、前作に引き続き隣家の探偵小説家ジョン・アーミテージ。アガサと同年配にもかかわらず肌もきれいで贅肉のないひきしまった体型のイケメン作家は、若い女性にも人気です。しかも、アガサを女性としてまったく意識していないくせに、酔った勢いでアガサをベッドに誘ったので（前作参照）、アガサはプライドが傷つき、彼に対するわだかまりがどうしても消えません。事件について調べているときも、二人はささいなことで口論ばかり。事件の真相がなかなか見えてこないときに、いつものようにアガサが直感に従って大胆な行動に出て……。

あとの展開は本文でお楽しみください。

今回もまたアガサは読者を何度も笑わせてくれますが、怪しいとピンときた相手の家の石炭搬入口から忍びこんだときのエピソードは爆笑ものです。場面を想像して、訳しながらも笑いが止まりませんでした。オーブン調理するべきホイルトレイの冷凍食品を電子レンジに放りこんで四十五分も加熱し、あわや火事になりかけた事件も、いかにもアガサらしい失敗です。冷凍食品をチンするばかりではなく、料理もしようかしら、とアガサは考えますが、今後はどうなるのでしょうか。また、せっかく禁煙したのに、本作でまた煙草を吸いはじめていますが、次作では禁煙できるのでしょうか?

作者のビートンは今年十月にこのシリーズ三十作目の *Beating About The Bush* を出版しました。あるインタビューで、物語は自然に湧いてくるし、アガサにも他のシリーズの主人公にもまだまったく飽きていない、創作意欲は涸れていないと答えています。ビートンはすでに八十代半ばだと思いますが、まだまだ元気で新作を書き続けてくれそうです。インタビュー写真で美しいグリーンの長いコートドレスをまとったビートンの姿は貫禄があり、アガサ・クリスティを彷彿とさせます。

次作では人声や足音や得体の知れない霧に悩まされている幽霊屋敷の住人を救うために、アガサは乗りだします。新しい相棒はジョンのあとに越してきたハンサムな男性です。アガサの恋の行方も気になるところですね。二〇二〇年六月刊行予定なので、楽しみにお待ちください。

コージーブックス

英国《えいこく》ちいさな村《むら》の謎《なぞ》⑬

アガサ・レーズンとイケメン牧師

著者　M・C・ビートン
訳者　羽田詩津子《はたしずこ》

2019年　12月20日　初版第1刷発行

発行人　成瀬雅人
発行所　株式会社　原書房
〒160-0022 東京都新宿区新宿1-25-13
電話・代表　03-3354-0685
振替・00150-6-151594
http://www.harashobo.co.jp
ブックデザイン　atmosphere ltd.
印刷所　中央精版印刷株式会社

落丁・乱丁本はお取り替えいたします。
定価は、カバーに表示してあります。
 ISBN978-4-562-06101-3 Printed in Japan